# APEGADOS

Amir Levine
Rachel S. F. Heller

# APEGADOS

## UM GUIA PRÁTICO E AGRADÁVEL PARA ESTABELECER RELACIONAMENTOS ROMÂNTICOS RECOMPENSADORES

TRADUÇÃO

MARCOS MAFFEI

Novo Conceito

4ª Impressão — 2018


Produção editorial:
Equipe Novo Conceito



Dados Internacionais de Catalogação na Publicação (CIP)
(Câmara Brasileira do Livro, SP, Brasil)

Levine, Amir
    Apegados / Amir Levine e Rachel S. F. Heller ; tradução Marcos Maffei. -- Ribeirão
Preto, SP : Novo Conceito Editora, 2013.

    Título original: Attached.
    ISBN 978-85-8163-196-7

    1. Comportamento humano  2. Intimidade (Psicologia)  3. Relações interpessoais
I. Título.

13-00655                                                        CDD-158.2

Índices para catálogo sistemático:
1. Relacionamentos humanos : Psicologia aplicada  158-2

**Novo Conceito**
Rua Dr. Hugo Fortes, 1885
Parque Industrial Lagoinha
14095-260 – Ribeirão Preto – SP
www.editoranovoconceito.com.br

*Para o meu pai, que me ensinou como mergulhar nas*
*maiores ondas, e para a minha mãe, que fez*
*da descoberta científica parte do meu crescimento*
A. L.


*Para a minha família*
R. H.

# Sumário

## Nota dos autores

Neste livro, nós destilamos anos de pesquisa sobre o apego romântico adulto em um guia prático para o leitor que deseja encontrar um bom relacionamento ou melhorar o seu já existente. A "teoria do apego" é um vasto e complexo campo de pesquisa que diz respeito tanto ao desenvolvimento infantil e à criação dos filhos quanto aos relacionamentos românticos. Neste livro, abordaremos apenas o apego romântico e os relacionamentos românticos.

Ao escrever esta obra, procuramos transformar complexas ideias acadêmicas em um recurso prático, útil para a vida cotidiana. Fazemos referências a vários estudiosos ao longo do caminho, mas, infelizmente, foi impossível mencionar muitos outros. Somos eternamente gratos pelo trabalho maravilhoso de incontáveis mentes criativas nesse campo e lamentamos não poder mencionar todas.

INTRODUÇÃO

# A nova ciência do apego adulto

# Decodificando o comportamento no relacionamento

"Faz só duas semanas que estou saindo com esse cara e já estou me sentindo péssima, me preocupando se ele não me acha atraente o bastante e obcecada se ele vai ou não ligar! Eu sei que mais uma vez vou conseguir tornar todos os meus medos de não ser boa o bastante numa profecia autorrealizadora e arruinarei mais uma chance de um relacionamento!"

"O que há de errado comigo? Sou um cara inteligente, atraente, bem-sucedido na carreira. Tenho muito a oferecer. Já saí com mulheres incríveis, mas, inevitavelmente, após algumas semanas, perco o interesse e começo a me sentir preso. Não devia ser assim tão difícil encontrar alguém com quem eu seja compatível."

"Faz anos que estou casada com o meu marido e, no entanto, me sinto completamente sozinha. Ele nunca foi de discutir suas emoções ou conversar sobre o relacionamento, mas as coisas só têm ido de mal a pior. Ele fica trabalhando até tarde, quase todos os dias da semana e, nos fins de semana, ou vai para o campo de golfe com amigos ou fica assistindo ao canal de esportes na TV. Simplesmente não há nada que nos mantenha juntos. Talvez eu estivesse melhor sozinha."

•••

Cada um desses problemas é profundamente doloroso e toca o núcleo mais íntimo da vida das pessoas. No entanto, nenhuma explicação ou solução dá conta deles. Cada caso parece único e pessoal; cada um resulta de um número infinito de causas básicas possíveis. Decifrá-los requereria um conhecimento profundo de cada pessoa envolvida. A história de vida, os relacionamentos anteriores e o tipo de personalidade são apenas alguns dos caminhos que um terapeuta teria de percorrer. Isso, ao menos, é o que a nós, clínicos no campo da saúde mental, foi ensinado e no que acreditávamos até fazermos uma nova descoberta — a que forneceu uma explicação simples e direta para "todos" os três problemas descritos acima e muitos outros. A história dessa descoberta, e o que veio depois dela, é do que trata este livro.

## O amor basta?

Há alguns anos, Tamara, uma amiga nossa, começou a sair com uma nova pessoa:

"Eu notei o Greg pela primeira vez numa festa na casa de um amigo. Ele era inacreditavelmente bonito, e achei que ter despertado a atenção dele fora muito lisonjeiro. Alguns dias depois, nós saímos para jantar com algumas outras pessoas, e eu não consegui resistir ao brilho de excitação em seus olhos quando me olhava. Mas o que achei mais instigante foram as suas palavras e a promessa implícita de proximidade que ele sugeria. A promessa de não ficar sozinha. Ele dizia coisas como: 'Tamara, você não precisa ficar sozinha em casa, você pode vir e trabalhar em minha casa', 'Você pode me ligar na hora que quiser...'. Havia conforto nessas afirmações: o conforto de pertencer a alguém, de não estar sozinha no mundo. Se ao menos eu tivesse ouvido com mais atenção, poderia facilmente ter ouvido outra mensagem que era incongruente com essa promessa, uma mensagem que deixava claro que Greg tinha medo de ficar próximo demais e não se sentia à vontade com o compromisso, porque, por várias vezes, ele mencionara que nunca estivera numa relação estável — que, por alguma razão, ele sempre ficava cansado de suas namoradas e sentia necessidade de mudar.

Embora conseguisse identificar esses aspectos como potencialmente problemáticos, na hora eu não soube como avaliar corretamente as implicações deles. Tudo o que eu tinha para me guiar era a crença comum com que muitos de nós crescemos: de que o amor conquista tudo. E, assim, deixei o amor me conquistar. Nada era mais importante para mim do que estar com ele. E, no entanto, ao mesmo tempo, as outras mensagens sobre sua inabilidade de se comprometer persistiam. Eu as descartava, confiante de que comigo as coisas seriam diferentes. Claro, eu estava errada. Quando fomos ficando mais íntimos, as mensagens dele começaram a ficar mais erráticas e tudo começou a desmoronar; ele começou a me dizer que estava muito ocupado para se encontrar comigo nessa ou naquela noite. Às vezes, alegava que sua semana inteira estava 'infernal' e me perguntava se podíamos deixar para nos encontrar só no fim de semana. Eu concordava, contudo, por dentro, ficava com a sensação de que havia alguma coisa errada. Mas o quê?

A partir de então eu ficava sempre ansiosa. Ficava preocupada com o paradeiro dele e hipersensível a qualquer coisa que pudesse, de algum jeito, significar que ele quisesse terminar. Mas embora o comportamento de Greg me apresentasse ampla evidência de sua insatisfação, ele alternava seu afastamento com um mínimo de afeição e desculpas, o que evitava que eu rompesse com ele.

Depois de um tempo, os altos e baixos começaram a pesar, e eu não conseguia mais controlar minhas emoções. Não sabia como agir e, apesar de saber o que se passava, eu evitava fazer planos com amigos na esperança de que ele ligasse. Perdi completamente o interesse em tudo o mais que era importante para mim. Não demorou muito para o relacionamento não suportar a pressão, e tudo acabou de maneira desastrosa."

Como seus amigos, a princípio estávamos contentes ao ver Tamara encontrando alguém com quem estivesse entusiasmada, mas, com o desenrolar do relacionamento, ficamos cada vez mais preocupados com a crescente ansiedade dela em relação a Greg. Sua vitalidade fora substituída por ansiedade e insegurança. A maior parte do tempo, ela estava ou esperando uma ligação de Greg ou estava muito preocupada e tensa com o relacionamento para se divertir conosco como fazia no passado. Ficou evidente que o trabalho dela também estava sendo afetado, e ela expressou alguma inquietação de que poderia perder o emprego. Nós sempre consideramos Tamara uma pessoa extremamente centrada e resiliente, e estávamos começando a nos perguntar se não tínhamos nos enganado quanto à força dela. Embora Tamara pudesse perceber o histórico de incapacidade de Greg em manter uma relação séria, além de sua imprevisibilidade, e até mesmo reconhecesse que ela estaria melhor sem ele, não conseguia reunir a força necessária para deixá-lo.

Para nós, profissionais experientes da saúde mental, foi muito difícil aceitar que uma mulher inteligente e sofisticada como Tamara tivesse se desviado tanto de seu jeito habitual de ser. Por que uma mulher tão bem-sucedida agia dessa maneira tão desamparada? O outro lado da equação era igualmente intrigante. Por que Greg ficava enviando mensagens tão contraditórias, embora fosse claro, até para nós, que ele "de fato" a amava? Havia muitas respostas psicológicas complexas possíveis para essas perguntas, mas um *insight* surpreendentemente simples e, todavia, de enorme alcance sobre a situação viria de uma fonte inesperada.

## Da clínica infantil a uma ciência prática do amor adulto

Durante a mesma época em que Tamara estava saindo com Greg, Amir estava trabalhando durante meio-período na clínica de terapia infantil da Universidade de Columbia. Lá, ele usava terapia baseada no apego para ajudar mães a criar laços mais seguros com seus filhos. O efeito poderoso que o tratamento guiado pelo apego tinha no relacionamento entre mãe e filho encorajou Amir a aprofundar seus estudos sobre a "teoria do apego". Isso acabou conduzindo-o a leituras fascinantes: resultados de pesquisas feitas inicialmente por Cindy Hazan e Phillip Shaver indicavam que adultos demonstram padrões de apego com seus parceiros românticos similares aos padrões de apego das crianças com os pais. Ao ler mais sobre apego adulto, Amir começou a prestar atenção no comportamento de apego em todos os adultos à sua volta. Ele percebeu que esse tipo de *insight* poderia ter implicações espantosas na vida cotidiana e poderia ajudar muitas pessoas em seus relacionamentos românticos.

A primeira coisa que Amir fez, assim que se deu conta do amplo alcance das implicações da "teoria do apego" para os relacionamentos adultos, foi ligar para sua amiga de longa data, Rachel. Ele descreveu para ela o quão efetivamente a teoria do apego explicava a gama de comportamentos em relacionamentos adultos e pediu a ela para ajudá-lo a transformar os estudos acadêmicos e os dados científicos que estivera lendo em diretrizes e conselhos práticos que as pessoas pudessem usar para, realmente, mudar o curso de sua vida. E foi assim que este livro surgiu.

## O seguro, o ansioso e o evitante

O apego adulto indica três "estilos de apego" principais, ou maneiras como as pessoas percebem e reagem à intimidade em relacionamentos, que são paralelos aos que se encontram nas crianças: o seguro, o ansioso e o evitante. Basicamente, os *seguros* sentem-se à vontade com a intimidade e são usualmente calorosos e amorosos; pessoas *ansiosas* desejam intimidade, ficam, com frequência, preocupadas com seus relacionamentos e tendem a duvidar sobre a capacidade de seu parceiro de amá-las; pessoas *evitantes* igualam a intimidade à perda de sua independência e constantemente tentam minimizar a proximidade. Além disso, as pessoas, em cada um desses estilos de apego, diferem:

- na visão que têm da intimidade e do estar junto;
- na maneira como lidam com o conflito;
- na atitude em relação ao sexo;
- na capacidade de comunicar seus desejos e necessidades;
- em suas expectativas em relação ao parceiro e ao relacionamento.

Todas as pessoas em nossa sociedade, sejam aquelas que estão apenas começando a sair com alguém, sejam aquelas casadas há 40 anos, entram em uma dessas categorias ou, mais raramente, numa combinação das duas últimas (o ansioso e o evitante). Pouco mais de 50% são seguras, por volta de 20% são ansiosas,

25% são evitantes e os restantes 3% a 5% caem na quarta categoria, menos comum (combinação de ansioso e evitante).

A pesquisa sobre o apego adulto produziu centenas de trabalhos científicos e dezenas de livros que delineiam cuidadosamente a maneira como os adultos se comportam em ligações românticas íntimas. Esses estudos confirmaram, inúmeras vezes, a existência desses estilos de apego em adultos em uma ampla gama de países e culturas.

Compreender os estilos de apego é uma maneira fácil e confiável de compreender e prever o comportamento das pessoas em qualquer situação romântica. De fato, uma das principais mensagens dessa teoria é que, em uma situação romântica, estamos programados para agir de uma maneira "predeterminada".

### De onde vêm os estilos de apego?

Inicialmente, presumiu-se que os estilos de apego adulto eram primariamente um produto de sua educação. Assim, propôs-se a hipótese de que seu atual estilo de apego é determinado pela maneira como cuidaram de você quando era bebê: se os seus pais eram sensíveis, disponíveis e solícitos, você desenvolveria um estilo de apego seguro; se eles eram inconsistentes em suas reações, você desenvolveria um estilo de apego ansioso; e se eles fossem distantes, rígidos e pouco solícitos, você desenvolveria um estilo de apego evitante. Hoje, todavia, sabemos que os estilos de apego na idade adulta são influenciados por uma variedade de fatores, e um deles é, de fato, o modo como seus pais cuidaram de você, mas outros fatores também entram em jogo, incluindo sua experiência de vida. Para saber mais, veja o capítulo 7.

## Tamara e Greg: uma nova perspectiva

Nós voltamos à história de nossa amiga Tamara e a vimos, então, sob uma luz inteiramente diferente. A pesquisa sobre o apego continha um protótipo de Greg — que tinha um estilo de apego evitante bem preciso até o último detalhe. Resumia como ele pensava, se comportava e reagia ao mundo. Previa seu distanciamento, o ato de encontrar defeitos em Tamara, iniciar brigas que faziam recuar qualquer progresso no relacionamento deles e sua enorme dificuldade em dizer "eu te amo". De um modo intrigante, os resultados da pesquisa explicavam que, embora ele quisesse ficar íntimo dela, sentia-se compelido a afastá-la; não porque ele não estivesse "a fim dela" ou porque ele achasse que "ela não era boa o bastante", como Tamara concluíra. Ao contrário, ele a afastava porque sentia a proximidade e a intimidade aumentando.

Também ficou claro que Tamara não era singular. A teoria explicava seus comportamentos, pensamentos e reações como típicos de alguém com um estilo de apego ansioso com surpreendente exatidão. Previa sua crescente insistência frente ao distanciamento dele; prenunciava sua inabilidade de se concentrar no trabalho, seus constantes pensamentos sobre o relacionamento e sua sensibilidade excessiva em relação a tudo o que Greg fazia. Previa também que, mesmo que ela tivesse decidido romper com ele, nunca conseguiria reunir a coragem para fazê-lo. Mostrava por que, contra sua própria avaliação e o conselho de amigos próximos, ela faria praticamente qualquer coisa para tentar ficar com ele. E mais importante: essa teoria revelava por que Tamara e Greg achavam tão difícil se entender mesmo quando realmente se amavam. Eles falavam duas línguas diferentes e exacerbavam as tendências naturais um do outro — a dela de buscar proximidade física e emocional e a dele de preferir a independência e recuar ante a intimidade. A precisão com que a teoria descrevia o par era intrigante. Era como se os pesquisadores conhecessem os momentos mais íntimos do casal e seus pensamentos. As abordagens psicológicas podem ser um pouco vagas, deixando muito espaço para a interpretação, mas essa teoria conseguia proporcionar um *insight* preciso, baseado em provas sobre o que, aparentemente, era um relacionamento único.

Embora não seja impossível que alguém mude o seu estilo de apego — em média, uma em cada quatro pessoas faz isso em um período de quatro anos —, a maioria das pessoas não tem consciência do assunto, de modo que essas mudanças ocorrem sem que elas jamais percebam que ocorreram (ou por que). Não seria ótimo, nós pensamos, se pudéssemos ajudar as pessoas a ter algum grau de controle sobre essas mudanças, alterando sua vida? Quanta diferença faria se elas pudessem, conscientemente, atuar no sentido de se tornar mais seguras em seus estilos de apego em vez de deixar que a vida as levasse para onde quer que fosse!

Conhecer esses três estilos de apego realmente abriu nossos olhos. Descobrimos que os comportamentos relacionados ao apego adulto estavam em toda parte. Fomos capazes de encarar nossos próprios comportamentos românticos e os das pessoas à nossa volta, sob uma nova e revigorante perspectiva. Atribuindo estilos de apego a pacientes, colegas e amigos, podíamos interpretar seus relacionamentos de modo diferente e alcançar uma clareza muito maior. O comportamento deles não mais parecia incompreensível e complexo, mas bastante previsível em suas circunstâncias.

Laços evolucionários

A teoria do apego está baseada na afirmação de que a necessidade de estar em um relacionamento íntimo está embutida em nossos genes. Foi um momento de genialidade de John Bowlby que o levou à conclusão de que fomos programados, pela evolução, para destacar alguns poucos indivíduos específicos em nossa vida e torná-los valiosos para nós. Fomos criados para sermos dependentes de um outro ser significativo. A necessidade começa no útero e termina quando morremos. Bowlby propôs que, ao longo da evolução, a seleção genética favoreceu as pessoas que se apegavam, porque isso proporcionava uma vantagem para a sobrevivência. Na pré-história, as pessoas que contavam só consigo mesmas e não tinham ninguém para proteger apresentavam maior probabilidade de acabar sendo presas de caça. Na maior parte das vezes, aqueles que estavam com alguém que se importava profundamente com eles sobreviviam para passar para sua descendência a preferência por estabelecer ligações íntimas. De fato, a necessidade de estar perto de alguém especial é tão importante que o cérebro tem um mecanismo biológico especificamente responsável por criar e regular a nossa conexão com as figuras com as quais estabelecemos apego (pais, filhos e parceiros românticos). Esse mecanismo, chamado "sistema de apego", consiste de emoções e comportamentos que garantem que permaneceremos seguros e protegidos se ficarmos próximos daqueles que amamos. O mecanismo explica por que uma criança separada de sua mãe fica agitada, procura-a desesperadamente ou chora incontrolavelmente até restabelecer o contato com ela. Essas reações são intituladas "comportamento de protesto", e todos nós ainda as manifestamos quando adultos. Na época pré-histórica, estar próximo de um parceiro era uma questão de vida ou morte, e o nosso sistema de apego se desenvolveu para tratar essa proximidade como uma necessidade absoluta.

Imagine ficar sabendo da queda de um avião no oceano Atlântico na noite em que seu parceiro está voando de Nova York para Londres. Aquela sensação de angústia na boca do estômago e a histeria que a acompanha seriam o seu sistema de apego em operação. Suas ligações frenéticas para o aeroporto seriam o seu comportamento de protesto.

Um aspecto extremamente importante da evolução é a heterogeneidade. Os seres humanos são uma espécie muito heterogênea, variando enormemente em aparência, atitudes e comportamentos. Isso explica, em grande medida, a nossa abundância e a capacidade de nos encaixarmos em praticamente qualquer nicho ecológico na Terra. Se fôssemos todos idênticos, qualquer único desafio ambiental teria o potencial de nos aniquilar inteiramente. Nossa variabilidade aumenta as chances de um segmento da população que é de alguma forma único sobreviver quando outros não sobreviveriam. O estilo de apego não é diferente de nenhuma outra característica humana. Embora todos tenhamos uma necessidade básica de estabelecer ligações próximas, a maneira como as criamos varia. Em um ambiente muito perigoso, seria menos vantajoso investir tempo e energia em uma só pessoa porque ela provavelmente não iria sobreviver por muito tempo; faria mais sentido ficar menos vinculado e ser capaz de buscar outra (e daí vem o estilo de apego evitante). Outra opção, em um ambiente hostil, é agir da maneira oposta e ser intensamente persistente e hipervigilante ao ficar próximo da figura à qual você se vincula (e daí vem o estilo de apego ansioso). Numa situação mais pacífica, as ligações íntimas estabelecidas por meio do investimento em um indivíduo específico propiciarão maiores benefícios tanto para o indivíduo quanto para sua descendência (e daí vem o estilo de apego seguro).

É verdade que, na sociedade moderna, não somos caçados por predadores como nossos ancestrais eram, mas, em termos evolucionários, estamos a apenas uma fração de segundo de como as coisas funcionavam no passado. O nosso cérebro emocional nos foi legado pelo *homo sapiens,* que vivia numa era completamente diferente, e foi para lidar com esse estilo de vida, e os perigos encontrados, que nossas emoções foram desenvolvidas. Nossos sentimentos e comportamentos, hoje, não são muito diferentes daqueles de nossos ancestrais.

## O "comportamento de protesto" na era digital

Equipados com nossos novos *insights* sobre as implicações dos estilos de apego na vida cotidiana, começamos a perceber as ações das pessoas de uma forma muito diferente. Comportamentos que costumávamos atribuir às características da personalidade de alguém, ou que tínhamos anteriormente rotulado como exagerados, podem, agora, ser compreendidos com clareza e precisão através da lente do apego. Nossas descobertas colocavam sob uma nova luz a dificuldade que Tamara tinha em romper com um namorado como Greg, que a fazia completamente infeliz. Não vinha necessariamente de uma fraqueza dela. Originava-se, em vez disso, de um instinto básico de manter contato com uma figura com a qual ela estabelecera um apego a qualquer custo, e era amplificado enormemente por um estilo de apego ansioso.

Para Tamara, a necessidade de estar com Greg era disparada pela mais tênue sensação de perigo — perigo de que seu amado estivesse fora de alcance, incapaz de responder ou com problemas. Romper nessas situações seria insano em termos evolucionários. Usar um comportamento de protesto, tal como ligar várias vezes ou tentar deixá-lo com ciúmes, fazia perfeito sentido quando visto sob essa perspectiva.

O que realmente nos agradou na teoria do apego foi ela ter sido formulada com base na população como um todo. Diferentemente de muitos outros quadros de referência que foram criados baseados em casais que procuravam terapia, este tirava suas lições de todo mundo — daqueles que tinham relacionamentos felizes e daqueles que não tinham, daqueles que nunca fizeram terapia e daqueles que a procuravam ativamente. Ela nos permitia entender não só o que "dá errado" num relacionamento, mas também o que "dá certo", e nos permitia encontrar e realçar um grupo inteiro de pessoas que mal era mencionado na maioria dos livros sobre relacionamentos. Além disso, a teoria não rotulava os comportamentos como saudáveis ou não saudáveis. Nenhum dos estilos de apego em si mesmo é considerado "patológico". Ao contrário, comportamentos românticos que anteriormente foram considerados estranhos ou equivocados agora pareciam compreensíveis, previsíveis e até esperados. Você fica com alguém embora ele/ela não tenha certeza se a/o ama? Compreensível. Você diz que quer partir e alguns minutos depois decide que quer desesperadamente ficar? Compreensível também.

No entanto, tais comportamentos são efetivos ou valem a pena? Essa já é outra história. As pessoas com o estilo de apego seguro sabem como comunicar suas próprias expectativas e reagir às necessidades de seus parceiros efetivamente sem ter de recorrer ao comportamento de protesto. Para o restante de nós, a compreensão é só o começo.

Da teoria à prática — desenvolvendo intervenções baseadas especificamente no apego

Por compreender que as pessoas variam enormemente em suas necessidades de intimidade e proximidade, e que essas diferenças criam colisões, as descobertas relativas ao apego adulto nos ofereceram um novo modo de observar os relacionamentos românticos. Mas, embora a pesquisa tornasse fácil a melhor compreensão das ligações românticas, como poderíamos fazer a diferença? A teoria oferecia a promessa de melhorar as uniões íntimas das pessoas, porém a sua tradução, do laboratório para um guia acessível — que

25

as pessoas pudessem aplicar em sua própria vida —, não existia. Acreditando que nisso residia uma chave para guiar as pessoas em direção a relacionamentos melhores, decidimos aprender tudo o que pudéssemos sobre esses três estilos de apego e sobre as maneiras como eles interagem em situações cotidianas.

Começamos a entrevistar pessoas de todos os tipos de vida. Entrevistamos colegas e pacientes, bem como leigos de diferentes idades e formações. Escrevemos sumários dos históricos de relacionamentos e experiências românticas que eles compartilharam conosco. Conduzimos observações de casais em ação. Avaliamos seus estilos de apego analisando seus comentários, atitudes e comportamentos e, algumas vezes, oferecemos intervenções especificamente baseadas na teoria do apego. Desenvolvemos uma técnica que permite que as pessoas determinem — em um tempo relativamente curto — o estilo de apego de outra pessoa. Ensinamos às pessoas como elas podiam usar seu instinto relacionado ao apego em vez de lutar contra ele, de modo a não só evitar relacionamentos infelizes, mas também a revelar as "pérolas" ocultas que valiam a pena cultivar — e funcionou!

Descobrimos que, diferentemente das outras intervenções em relacionamentos que se concentram sobretudo em solteiros ou em casais já existentes, o apego adulto é uma teoria abrangente da filiação romântica, que permite o desenvolvimento de aplicações úteis para as pessoas em todos os estágios de sua vida romântica. Há aplicações específicas para pessoas que estão saindo pela primeira vez, para aquelas nos primeiros estágios de um relacionamento, para as que estão em relacionamentos de longo prazo, para pessoas passando por um rompimento ou para aquelas que estão em luto pela perda de alguém amado. A linha comum é que a teoria do apego adulto pode ter uma utilidade poderosa em todas essas situações, e pode ajudar a guiar as pessoas em toda sua vida rumo a relacionamentos melhores.

## Colocando os *insights* em prática

Depois de algum tempo, o jargão relacionado à teoria do apego tornou-se uma segunda natureza para as pessoas à nossa volta. Ouviríamos dizer em uma sessão de terapia ou em um jantar "não posso sair com ele, ele é claramente um evitante" ou "você me conhece, sou ansioso. Um casinho é a última coisa de que preciso". E pensar que, até recentemente, elas nem tinham consciência dos três estilos de apego!

Tamara, é claro, aprendeu tudo o que havia para saber sobre a teoria do apego e sobre as novas descobertas que fizemos — ela puxava o assunto em praticamente todas as conversas que tínhamos. Ela, finalmente, reuniu a força necessária para romper seus laços frouxos com Greg. Logo depois, começou a ter novos encontros com uma vantagem a mais. Equipada com seu recém-adquirido conhecimento sobre o apego, Tamara era capaz de elegantemente se esquivar de pretendentes em potencial com um estilo de apego evitante, os quais, ela agora sabia, não eram o certo para ela. Pessoas pelas quais ela passaria dias agonizando no passado — analisando o que estavam pensando, se ligariam, se tinham intenções sérias em relação a ela — eram descartadas sem esforço. Em vez disso, os pensamentos de Tamara estavam voltados para avaliar se as novas pessoas que conhecia tinham a capacidade de ser próximas e amorosas da maneira que ela queria que fossem.

Depois de algum tempo, Tamara conheceu Tom, um homem claramente seguro, e o relacionamento deles se desenvolveu com tanta segurança que ela mal o discutia. Não era porque ela não quisesse compartilhar detalhes íntimos conosco, era só que ela tinha encontrado uma base segura e simplesmente não havia crises nem dramas para discutir. A maioria das nossas conversas versava sobre as coisas divertidas que eles faziam juntos, seus planos para o futuro ou sobre a carreira dela, que estava a toda de novo.

## Indo adiante

Este livro é o resultado de nossa tradução das pesquisas sobre o apego em ações concretas. Esperamos que você, assim como muitos de nossos amigos, colegas e pacientes, o utilize para tomar decisões melhores em sua vida pessoal. Nos capítulos a seguir, você aprenderá mais sobre cada um dos três estilos de apego adulto e sobre as maneiras como eles determinam seu comportamento e atitudes em situações românticas. Fracassos do passado serão vistos sob uma nova perspectiva, e as suas motivações — bem como as motivações dos outros — ficarão mais claras. Você vai aprender quais são as suas necessidades e com quem você deve ficar para ser feliz num relacionamento. Se você já estiver num relacionamento com um parceiro que tem um estilo de apego que entra em conflito com o seu, você terá *insights* quanto às razões de vocês pensarem e agirem como agem e pensam, e aprenderá estratégias para aumentar o seu nível de satisfação. Qualquer que seja o seu caso, você começará a sentir a mudança — mudança para melhor, é claro.

# 2

# Dependência não é um palavrão

Há alguns anos, em um *reality show* de TV que apresentava casais competindo entre si em uma corrida pelo mundo em que realizavam tarefas temerárias, Karen e Tim formavam o casal dos sonhos do programa: bonitos, sexies, inteligentes e bem-sucedidos. Frente aos variados desafios que encontraram, detalhes íntimos sobre o relacionamento deles emergiram: Karen queria se casar, contudo Tim mostrava-se relutante. Ele valorizava sua independência, e ela queria ficar mais íntima. Em certos momentos de muita tensão, durante a competição, e com frequência depois de uma discussão, Karen precisava que Tim segurasse a mão dela. Tim relutava em fazê-lo; parecia proximidade demais e, além disso, ele não queria ceder a todos os caprichos dela.

No último programa, Tim e Karen estavam liderando a corrida. Eles quase ganharam o grande prêmio em dinheiro, mas foram derrotados na linha de chegada. Quando foram entrevistados no fim da temporada, perguntaram-lhes se, em retrospecto, teriam feito alguma coisa diferentemente. Karen disse: "Eu acho que nós perdemos porque eu estava muito carente. Olhando para trás vejo que o meu comportamento foi um pouco excessivo. Várias vezes precisei que Tim segurasse minha mão durante a competição. Não sei por que isso era tão importante para mim. Mas eu aprendi uma lição com isso e decidi que não preciso mais agir dessa maneira. Por que eu precisava segurar tanto a mão dele? Isso era bobagem. Eu devia ter sido simplesmente capaz de manter meu sangue-frio sem precisar desse gesto dele". Tim, por sua vez, disse muito pouco: "A competição não parecia de forma alguma com a vida real. Foi a experiência mais intensa que eu já tive. Nós não tínhamos tempo nem mesmo para ficarmos bravos um com o outro. Nós simplesmente corríamos de uma tarefa para a outra".

Karen e Tim negligenciaram a menção de um fato importante: Tim tivera medo de um desafio de *bungee-jump* em dupla e quase abandonara a competição. Apesar de Karen tê-lo encorajado e tranquilizado, afirmando que saltaria junto, ele simplesmente não conseguia. Chegaram ao ponto de ele tirar todo o equipamento e pensar em ir embora. Por fim, ele criou a coragem de enfrentar o desafio. Por causa dessa hesitação em particular, eles perderam a liderança.

A teoria do apego adulto nos ensina que o pressuposto básico de Karen, de que ela podia, e devia, controlar suas necessidades emocionais e se assegurar frente ao estresse está simplesmente errado. Ela pressupôs que o problema era que ela estava muito carente. Os resultados das pesquisas indicam exatamente o oposto. Ficar vinculado significa que nosso cérebro fica programado para buscar o apoio de nosso parceiro garantindo sua proximidade psicológica e física. Se nosso parceiro falha em nos assegurar, estamos programados para continuar nossas tentativas de obter a proximidade até o parceiro garanti-la. Se Karen e Tim tivessem entendido isso, ela não ficaria envergonhada de precisar segurar a mão dele durante o estresse de uma competição transmitida nacionalmente pela TV. De sua parte, Tim teria sabido que o simples gesto de segurar a mão de Karen poderia dar a eles o fôlego necessário para que ganhassem. De fato, se ele soubesse que, ao corresponder à necessidade dela de início, dedicaria menos tempo a "apagar os incêndios" causados pela aflição acumulada de Karen, ficaria disposto a segurar-lhe a mão quando percebesse que ela estava começando a ficar ansiosa, em vez de esperar até ela pedir. Além disso, se Tim tivesse sido capaz de aceitar o apoio de Karen mais facilmente, ele teria provavelmente saltado de *bungee-jump* antes.

Os princípios do apego nos ensinam que a maioria das pessoas só é carente em relação às suas necessidades não atendidas. Quando suas necessidades emocionais são atendidas, e o quanto antes melhor, as pessoas em geral voltam sua atenção para fora. Isso é, às vezes, referido na literatura sobre o apego como o "paradoxo da dependência": quanto mais efetivamente dependentes as pessoas são umas das outras, mais independentes e ousadas elas ficam. Karen e Tim não sabiam como usar a ligação emocional deles como uma vantagem na corrida.

## Viemos por um longo caminho
## (mas não chegamos longe o bastante)

A opinião de Karen culpando a si mesma por ser muito carente e a falta de percepção de Tim quanto ao seu papel no apego não são surpreendentes e não é, de fato, culpa deles. Afinal, vivemos numa cultura que parece desprezar as necessidades básicas de intimidade, proximidade e, especialmente, dependência, enquanto, ao mesmo tempo, exalta a independência. Tendemos a aceitar essa atitude como uma verdade em detrimento de nós mesmos.

A crença errônea de que todas as pessoas deviam ser emocionalmente autossuficientes não é nova. Há não muito tempo, na sociedade ocidental, as pessoas acreditavam que as crianças ficariam mais felizes se fossem deixadas à vontade e aprendessem, sozinhas, a se assegurar. Então, veio a teoria do apego e mudou essas atitudes ao menos em relação às crianças. Nos anos 1940, os experts advertiam que "ninar demais" resultaria em crianças carentes e inseguras que se tornariam adultos emocionalmente mal ajustados e não saudáveis. Aos pais se dizia para que não se excedessem na atenção dada aos seus bebês, para que os deixassem chorando por horas e os treinassem a comer em um horário rigoroso. As crianças em hospitais eram isoladas de seus pais e só podiam ser visitadas através de uma parede de vidro. As assistentes sociais removiam as crianças de seus lares e as colocavam sob cuidado institucional ao menor sinal de problemas.

A crença geral era de que uma distância adequada deveria ser mantida entre pais e filhos, e que a afeição física devia ser manifestada com moderação. Em *Psychological Care of Infant and Child,* um livro popular sobre a educação dos filhos da década de 1920, John Broadus Watson advertia contra os perigos do "excesso de amor materno" e dedicava o livro "à primeira mãe que criar uma criança feliz". Tal criança deveria ser um ser autônomo, sem medo, confiante, adaptável e capaz de resolver problemas, que não chora, a não ser quando fisicamente machucada, que fica absorvida no trabalho e na brincadeira, e não tem grande apego com nenhum lugar nem pessoa.

Antes do trabalho pioneiro de Mary Ainsworth e John Bowlby, os fundadores da teoria do apego nas décadas de 1950 e 1960, os psicólogos não tinham uma percepção clara da importância da ligação entre pais e filhos. O apego de uma criança à sua mãe era visto como o produto colateral do fato de que esta oferecia comida e sustento; a criança aprendera a associar sua mãe à nutrição e, portanto, buscava a proximidade. Bowlby, todavia, observou que mesmo os bebês que tinham todas as necessidades nutricionais atendidas, mas não tinham uma figura com a qual estabelecer um apego (como os bebês criados em instituições ou deslocados durante a Segunda Guerra Mundial), não conseguiam se desenvolver normalmente. Eles demonstravam um desenvolvimento físico, intelectual, emocional e social tolhido. Os estudos de Ainsworth e Bowlby deixavam claro que a conexão entre o bebê e quem cuidava dele era tão essencial para a sobrevivência da criança quanto o alimento e a água.

## Necessidade de apego: não é só das crianças

Bowlby sempre afirmou que o apego é uma parte integral do comportamento humano ao longo de toda sua vida. Em seguida, Mary Main descobriu que os adultos também podem ser divididos em categorias de apego, de acordo com a maneira como se lembravam de seus relacionamentos primordiais com quem cuidava deles, o que, por sua vez, influenciava o comportamento parental. Cindy Hazan e Phillip Shaver, em trabalho independente do de Mary Main, descobriram que os adultos têm diferentes estilos de apego também nas situações românticas. Eles descobriram isso publicando, inicialmente, um "teste de amor" no *Rocky Mountain News*, onde pediram a voluntários para assinalar uma afirmação entre três como a que melhor descrevia os seus sentimentos e atitudes em relacionamentos. As três afirmações correspondiam aos três estilos de apego e eram as seguintes:

- Acho relativamente fácil ficar íntimo das pessoas e me sinto à vontade quanto a depender delas e deixar que elas dependam de mim. Eu não me preocupo com frequência em ser abandonado ou com o fato de alguém ficar muito próximo a mim. (Padrão do estilo de apego seguro.)

- Não me sinto inteiramente à vontade tendo intimidade com os outros; acho difícil confiar inteiramente em outras pessoas, acho difícil me permitir depender deles. Fico nervoso quando alguém fica muito íntimo e, com frequência, parceiros amorosos querem que eu seja mais íntimo do que eu me sinto confortável sendo. (Padrão do estilo de apego evitante.)
- Acho que os outros são relutantes em ficar tão íntimos quanto eu gostaria. Eu, com frequência, me preocupo se meu parceiro realmente me ama ou se vai querer ficar comigo. Quero me fundir completamente com a outra pessoa e esse desejo, às vezes, assusta e afasta as pessoas. (Padrão do estilo de apego ansioso.)

Notavelmente, os resultados mostraram uma distribuição dos estilos de apego nos adultos similar àquela encontrada nos bebês: aqui também a maioria dos que responderam entraram na categoria "seguro", com o restante se dividindo entre ansiosos e evitantes. Os pesquisadores também descobriram que cada estilo correspondia a crenças e atitudes sobre si mesmos, seus parceiros, seus relacionamentos e sobre a intimidade em geral muito diferentes e únicas.

Estudos posteriores de Hazan e Shaver corroboraram essas conclusões. Ficou claro que, como Bowlby especulara, o apego continua a desempenhar um papel importante em toda a nossa vida. A diferença é que adultos são capazes de um nível mais elevado de abstração, de modo que a necessidade da presença física contínua da outra pessoa pode, às vezes, ser substituída pelo conhecimento de que a pessoa está disponível para nós psicológica e emocionalmente. Mas o essencial é que a necessidade de uma conexão íntima, e a garantia da disponibilidade de nosso parceiro, continua a desempenhar um papel importante durante toda nossa vida.

Infelizmente, da mesma forma que a importância da ligação pais-filhos foi minimizada no passado, hoje, o significado do apego adulto segue desconsiderado. Entre adultos, a noção que prevalece é ainda a de que dependência demais em uma relação é algo ruim.

## O mito da codependência

O movimento da codependência e outras abordagens atualmente populares da autoajuda retratam os relacionamentos de uma maneira que é notavelmente similar às visões que se tinha da ligação pais-filhos na primeira metade do século 20 (lembra-se da "criança feliz" que estava livre de apegos desnecessários?). Os experts de hoje oferecem conselhos que são algo como: a sua felicidade é algo que deve vir de dentro, e não deve ser dependente de seu amado ou companheiro. Seu bem-estar não é responsabilidade dele, e o bem-estar dele não é de sua responsabilidade. Cada pessoa tem de cuidar de si mesma. E mais, você deve aprender a não deixar sua paz interior ser perturbada pela pessoa de quem você é mais próximo. Se o seu parceiro age de um jeito que solapa sua sensação de segurança, você deve se mostrar capaz de se distanciar emocionalmente da situação, "manter o foco em si mesmo" e ficar em equilíbrio. Se não consegue fazer isso, pode ser que haja algo de errado com você. Você pode estar enredado demais com a outra pessoa, ou "codependente", e precisa aprender a erigir "fronteiras" melhores.

A premissa básica que embasa esse ponto de vista é a de que o relacionamento ideal é aquele entre duas pessoas autossuficientes que se unem de uma maneira madura e respeitosa e, ao mesmo tempo, mantêm fronteiras claras. Se você desenvolve uma dependência intensa de seu parceiro, você é deficiente de algum modo e é aconselhado a trabalhar isso para se tornar mais "distante" e desenvolver uma "maior consciência de si". A pior situação possível é você acabar precisando de seu parceiro, o que é igualado a ser "viciado" nele, e todos sabemos que ficar viciado é uma possibilidade perigosa.

Embora os ensinamentos do movimento da codependência permaneçam imensamente úteis para lidar com membros da família que sofrem com o abuso de substâncias (como era a intenção inicial), eles podem estar equivocados e até mesmo ser prejudiciais quando aplicados indiscriminadamente a todos os relacionamentos. Karen, que nós mencionamos antes, na competição da TV, tinha sido influenciada por essas escolas de pensamento. Mas a biologia nos conta uma história totalmente diferente.

## A verdade biológica

Um grande número de estudos mostra que, uma vez que nos apegamos a alguém, ambos os envolvidos passam a formar uma unidade fisiológica. Nosso parceiro regula a nossa pressão arterial, nossa frequência cardíaca, a respiração e os níveis de hormônio em nosso sangue. Não somos mais entidades separadas. A ênfase na diferenciação, que é sustentada pela maioria das abordagens de psicologia popular sobre os relacionamentos adultos, não se sustenta no âmbito de uma perspectiva biológica. A dependência é um fato: não é uma escolha ou uma preferência.

Um estudo realizado por James Coan é particularmente esclarecedor desse efeito. O Dr. James Coan é o diretor do laboratório de Neurociência Afetiva da Universidade de Virgínia. Ele investiga os mecanismos por meio dos quais os relacionamentos próximos e as redes sociais mais amplas regulam nossas reações emocionais. Neste estudo em particular, que ele realizou em colaboração com Richard Davidson e Hillary Schaefer, ele usou a tecnologia da tomografia para escanear o cérebro de mulheres casadas. Enquanto essas mulheres estavam sendo monitoradas, o Dr. Coan e seus colegas simularam uma situação estressante dizendo a elas que receberiam um choque elétrico muito leve.

Normalmente, em condições estressantes, o hipotálamo se ativa. E de fato foi o que aconteceu nessa experiência enquanto elas estavam sozinhas esperando o choque: seus hipotálamos se ativaram. Em seguida, eles testaram mulheres que estavam segurando a mão de um desconhecido enquanto esperavam. Dessa vez, a tomografia mostrou uma atividade um pouco reduzida no hipotálamo. E quando a mão que as mulheres seguraram foi a de seus maridos? A redução foi muito mais drástica — o estresse delas quase não foi detectado. Além disso, as mulheres que se beneficiavam mais dos maridos segurando suas mãos eram aquelas cuja satisfação no casamento era mais elevada — mas voltaremos a esse aspecto depois.

O estudo demonstra que, quando duas pessoas estabelecem um relacionamento íntimo, elas regulam o bem-estar psicológico e emocional uma da outra. A disponibilidade e a proximidade física delas influenciam a reação ao estresse. Como se pode esperar que mantenhamos um alto nível de diferenciação entre nós e nossos parceiros se a nossa biologia básica é influenciada por eles desse modo?

Parece que Karen, nosso exemplo anterior, instintivamente compreendia o efeito positivo de segurar a mão de seu parceiro em condições estressantes. Infelizmente, ela acabou cedendo a equívocos comuns e considerou seu instinto uma fraqueza, algo do que se ter vergonha.

## O "paradoxo da dependência"

Muito antes de a tecnologia de imagens do cérebro ser desenvolvida, John Bowlby compreendeu que nossa necessidade de ter alguém com quem compartilhar a nossa vida faz parte de nossa constituição genética, e não tem nada a ver com o quanto amamos a nós mesmos ou com quanto nos sentimos realizados individualmente. Ele descobriu que, uma vez que escolhemos alguém especial, forças poderosas e, com frequência, incontroláveis entram em jogo. Novos padrões de comportamento entram em ação e, neste momento, pouco importa nossa independência ou nossa vontade consciente. Uma vez que escolhemos um parceiro, não se discute mais se a dependência existe ou não. Ela sempre existe. Uma coexistência elegante que não inclui sentimentos desconfortáveis de vulnerabilidade e medo da perda soa bem, mas não está na nossa biologia. O que se provou, por meio da evolução, como sendo uma forte vantagem para a sobrevivência foi a possibilidade de um casal humano tornar-se uma unidade fisiológica, o que quer dizer que: se ela está reagindo, então eu estou reagindo; ou, se ele está abalado, isso também me abala. Ele é parte de mim, e eu farei qualquer coisa para salvá-lo; ter tamanho interesse investido no bem-estar de outra pessoa traduz-se numa vantagem muito significativa para a sobrevivência de ambas as partes.

Apesar das variações na maneira como as pessoas com diferentes estilos de apego aprendem a lidar com essas forças muito poderosas — os tipos seguro e ansioso as acolhem e os evitantes tendem a suprimi-las —, todos os três estilos de apego estão programados para se conectar com uma pessoa especial. Na verdade, o capítulo 6 descreve uma série de experiências que demonstram que os evitantes têm necessidades de apego, embora as suprimam ativamente.

•••

Isso quer dizer que, para sermos felizes em um relacionamento, precisamos estar muito conectados ao nosso parceiro ou renunciar a outros aspectos de nossa vida, tais como nossa carreira e amigos? Paradoxalmente, o contrário disso é a verdade! O fato é que a nossa capacidade de avançar no mundo por conta própria, com frequência, deriva do conhecimento de que temos alguém por trás de nós com o qual podemos contar — este é o "paradoxo da dependência". A lógica desse paradoxo é difícil de compreender inicialmente. Como podemos agir com mais independência sendo inteiramente dependentes de alguma outra pessoa? Se tivéssemos de descrever a premissa básica do apego adulto numa frase, seria: "Se você quer pegar a estrada da independência e da felicidade, encontre a pessoa certa da qual depender e viaje junto com ela". Assim que compreender isso, você terá captado a essência da teoria do apego. Para ilustrar esse princípio, vamos dar outra olhada na infância, quando o apego se inicia. Embora os estilos de apego adulto e da infância não sejam um só e iguais, nada demonstra melhor a ideia que estamos apresentando do que aquilo que é conhecido nesse ramo como o teste da situação desconhecida.

## O teste da situação desconhecida

Sarah e a sua filha de 12 meses, Kimmy, entram numa sala cheia de brinquedos. Uma jovem e simpática assistente de pesquisa está esperando na sala e troca algumas palavras com elas. Kimmy começa a explorar esse paraíso de brinquedos que acaba de descobrir — ela engatinha pela sala, pega brinquedos, joga-os no chão e verifica se eles chocalham, rolam ou acendem, enquanto de tempo em tempo olha de relance para a mãe.

Em seguida, a mãe de Kimmy é instruída a sair da sala; ela se levanta e sai em silêncio. No minuto em que Kimmy se dá conta do que aconteceu, ela fica agitada. Engatinha até a porta, soluçando, o mais rápido que pode. Ela chama a mãe e bate na porta. A assistente tenta entreter Kimmy com uma caixa cheia de blocos de construção coloridos, mas isso só faz a criança ficar mais agitada, e ela joga um dos blocos no rosto da assistente.

Quando a mãe dela retorna à sala, pouco tempo depois, Kimmy sai engatinhando na direção dela e ergue os braços para ser pega no colo. As duas se abraçam, e Sarah, tranquilamente, conforta a filha. Kimmy abraça forte a mãe e para de soluçar. Assim que está calma de novo, o interesse de Kimmy pelos brinquedos volta e ela retoma a brincadeira.

A experiência de que Sarah e Kimmy participaram é provavelmente o estudo mais importante no campo da teoria do apego — conhecido como o teste da situação desconhecida (a versão descrita aqui é uma abreviação do teste completo). Mary Ainsworth ficou fascinada pelo modo como o impulso exploratório das crianças — a capacidade delas de brincar e aprender — podia ser despertado ou interrompido pela presença ou ausência de suas mães.

Ela descobriu que ter uma figura de apego na sala era o bastante para permitir que a criança enveredasse por um ambiente previamente desconhecido e o explorasse com confiança. Essa presença é conhecida como base segura. É a consciência de que você tem o apoio de alguém que o encoraja, em quem pode confiar com uma certeza de 100% e a quem você pode recorrer em caso de necessidade. Uma base segura é um pré-requisito para a capacidade de uma criança explorar, se desenvolver e aprender.

## Uma base segura para adultos

Quando adultos, não brincamos mais com brinquedos, mas temos de enfrentar o mundo e lidar com situações novas e desafios difíceis.

Queremos ser altamente eficientes no trabalho, tranquilos e inspi-rados em nossos hobbies, além de compassivos o bastante para nos importarmos com nossos filhos e parceiros. Se nos sentimos segu-ros, como a criança no teste da situação desconhecida quando a mãe dela está presente, o mundo fica sob nossos pés. Podemos correr riscos, ser criativos e buscar realizar nossos sonhos. E se nos falta essa sensação de segurança? Se não temos certeza de que a pessoa mais próxima de nós, nosso parceiro romântico, verdadeiramente acredita em nós e nos apoia e estará presente em momentos de necessidade, perceberemos que é muito mais difícil manter o foco e conseguir engajamento na vida. Assim como no teste da situação desconhecida, quando nosso parceiro é totalmente confiável e nos faz sentir seguro, e especialmente se ele sabe como nos confortar nos momentos difíceis, podemos voltar nossa atenção para todos os outros aspectos da vida que fazem a nossa existência ter sentido.

Brooke Feeney, diretora do Laboratório de Relacionamen-tos da Universidade Carnegie Mellon, ilustrou como uma base segura funciona nos relacionamentos adultos. A Dra. Feeney tem um interesse particular em estudar a maneira como os parceiros obtêm e dão apoio uns aos outros e os fatores que determinam a qualidade desse apoio. Em um de seus estudos, ela pediu a casais que discutissem as suas metas e as oportunidades de alcançá-las. Quando os participantes sentiam que suas metas tinham o apoio de seus parceiros, eles mostravam um aumento na autoestima e uma disposição renovada após a discussão. Eles também se saíam melhor quanto à probabilidade de atingir as suas metas depois da discussão do que antes dela. Os participantes que sentiam que seus parceiros eram mais intrusivos e/ou menos acolhedo-res, por outro lado, eram menos abertos para a discussão, não examinavam com confiança os meios de atingir essas metas e tendiam a diminuir seus projetos ao longo da discussão.

Voltando a Karen e Tim, nosso casal do *reality show*: de várias maneiras, a experiência deles é parecida com o teste da situação desconhecida com crianças. Do mesmo modo que Karen precisava da mão de Tim para encorajamento e Tim obtinha força de Karen garantindo o encorajamento, Kimmy requisitava a presença da mãe. Karen entrava em um comportamento de protesto (não concordando em continuar, enquanto ele não segurasse a mão dela), do mesmo modo que Kimmy fizera ao chamar a mãe ausente. Ambas necessitavam ser confortadas pela figura de apego antes de poderem se concentrar em outras tarefas. Elas só podiam voltar a outras atividades quando a base segura delas era restaurada.

## Encontrando a pessoa certa de quem depender

A questão é: o que acontece quando a pessoa em que mais confiamos — e de fato dependemos emocional e fisicamente — não desempenha o seu papel no apego? Afinal, nosso cérebro atribuiu ao nosso parceiro a tarefa de ser a nossa base segura, a pessoa que usamos como nossa âncora emocional e porto seguro, a quem recorremos em momentos de necessidade. Estamos programados para buscar a disponibilidade emocional dessas pessoas. Mas e se elas não estiverem consistentemente disponíveis? Na experiência com a tomografia de Coan, vimos que o contato físico com um cônjuge pode ajudar a reduzir a ansiedade numa situação de estresse, e também ficamos sabendo que aqueles que apresentavam os níveis de satisfação mais altos em seus relacionamentos se beneficiavam mais do apoio do cônjuge.

Outras experiências produziram resultados ainda mais abrangentes. Brian Baker, psiquiatra e pesquisador da Universidade de Toronto, estuda aspectos psiquiátricos das doenças cardíacas e da hipertensão e, em particular, a maneira como desentendimentos conjugais e pressões no trabalho afetam a pressão arterial.

Em um de seus estudos, o Dr. Brian descobriu que, caso você tenha uma forma branda de hipertensão arterial, estar em um casamento satisfatório é bom para você: passar algum tempo na presença de seu parceiro é, na realidade, benéfico e diminui sua pressão arterial para níveis mais saudáveis. Se, por outro lado, você não está satisfeito com seu casamento, o contato com seu parceiro irá, na verdade, elevar sua pressão arterial, que permanecerá elevada enquanto você estiver fisicamente próximo ao parceiro! As implicações desse estudo são profundas: quando nosso parceiro é incapaz de corresponder às nossas necessidades básicas de apego, vivenciamos uma sensação crônica de desconforto e tensão que nos deixa mais expostos a várias doenças. Não apenas o nosso bem-estar emocional é sacrificado ao formarmos uma parceria romântica com alguém que não nos proporciona uma base segura, mas a nossa saúde física também é sacrificada.

Parece, portanto, que nosso parceiro afeta poderosamente a nossa capacidade de prosperar no mundo. Não há como contornar isso. Eles não só influenciam a maneira como nos sentimos em relação a nós mesmos, como também o grau até onde acreditamos em nós mesmos, e se vamos ou não tentar realizar nossos propósitos e sonhos. Ter um parceiro que atenda às nossas necessidades intrínsecas de apego, e que se sinta confortável agindo como uma base segura e porto de refúgio, pode ajudar a nos manter emocional e fisicamente mais saudáveis e a viver mais tempo. Ter um parceiro que é inconsistente em sua disponibilidade ou apoio pode ser uma experiência verdadeiramente desmoralizante e debilitante que pode, literalmente, tolher o nosso crescimento e prejudicar a nossa saúde.

O restante deste livro trata de como ir em busca de um parceiro que poderá se tornar sua base segura, transformar-se nesse tipo de parceiro, e como ajudar seu atual parceiro a desempenhar esse papel que transformará a vida do casal.

## Usando este livro

Como este livro pode guiá-lo na busca do amor nos lugares certos e melhorar seus relacionamentos já existentes?

Após esta introdução, nós o convidamos a "arregaçar as mangas" e ir direto ao assunto, determinando seu próprio estilo de apego. Isso permitirá que você identifique o seu singular "DNA" quanto aos relacionamentos ou ao estilo de apego. Em seguida, você aprenderá a identificar os tipos de apego dos que estão à sua volta. Esses são capítulos-chave, os primeiros passos para a compreensão de suas necessidades específicas e de como você será capaz (ou incapaz) de atender a essas necessidades. Nós o guiaremos nesse processo passo a passo e, então, lhe daremos uma chance de treinar as suas novas habilidades.

Na próxima etapa, discutiremos cada estilo de apego mais detalhadamente. Você começará a ter uma melhor percepção da operação interna de cada tipo. Talvez você vivencie esses capítulos como uma verdadeira revelação, já que eles permitirão que você veja suas próprias experiências românticas e as experiências das pessoas à sua volta sob uma nova perspectiva.

A terceira parte vem com um grande aviso de advertência. Você conhecerá o custo emocional de se conectar com alguém que tem necessidades de intimidade drasticamente diferentes das suas. Descreveremos os problemas específicos da armadilha ansioso-evitante. Se você já estiver numa ligação assim e quiser fazer com que ela funcione, essa parte do livro irá guiá-lo no processo. Revelando as necessidades e as vulnerabilidades específicas de cada estilo de apego (o seu e o de seu parceiro) e seguindo dicas e intervenções específicas que foram concebidas para a conexão ansioso-evitante, você será capaz de conduzir o relacionamento a um patamar mais seguro. Se decidir terminar, discutiremos as armadilhas que irá encontrar que poderão impedir que você vá adiante, e ofereceremos algumas dicas úteis sobre como sobreviver à dor do rompimento.

Por fim, nos enveredaremos pelo *modus operandi* das pessoas com um estilo de apego seguro. Revelaremos um método para efetivamente enviar sua mensagem a uma pessoa que você conheceu ou a seu parceiro. Usar essa habilidade irá não só expor suas necessidades claramente, e de um modo forte e digno, mas também fornecerá informações valiosas sobre seu parceiro. A qualidade da reação dele ou dela falará por si mesma. Exploraremos também as cinco estratégias usadas pelas pessoas com um estilo de apego seguro para resolver conflitos e ofereceremos um workshop para você poder treinar essas técnicas de modo que, da próxima vez em que um conflito aparecer, esteja mais bem preparado. Esses capítulos são um colete salva-vidas para aqueles que têm um estilo de apego ansioso ou evitante — são um treinamento de como manter um relacionamento saudável e pleno. Mesmo que você seja do estilo seguro, irá aprender alguns truques novos que acabarão levando a um aumento no seu nível geral de satisfação em relacionamentos. Trata-se de habilidades universais, que ajudam pessoas seguras a navegar no mundo em volta delas mais tranquilamente.

Esperamos que, ao conhecer a força poderosa do apego em seus relacionamentos e as maneiras de dominá-la, isso faça uma diferença significativa em sua vida, como fez na nossa.

PARTE 1

A sua caixa de ferramentas
para relacionamentos:
decifrando os estilos de apego

3

# Primeiro passo: qual é o meu estilo de apego?

O primeiro passo para aplicar a teoria do apego em sua vida é conhecer a si mesmo e as pessoas à sua volta sob a perspectiva da teoria do apego. No próximo capítulo, vamos acompanhá-lo no processo de determinar o estilo de apego de seu parceiro ou potencial parceiro com base em várias pistas. Mas vamos começar avaliando a pessoa que você conhece melhor: você mesmo.

## Qual é o meu estilo de apego?

A seguir, temos um questionário concebido para determinar o seu estilo de apego — o modo como você se relaciona com os outros no contexto de um relacionamento íntimo. Esse questionário é baseado no questionário Experiência em Relacionamento Íntimo (ERI). O ERI foi publicado pela primeira vez em 1998, por Kelly Brennan, Catherine Clark e Phillip Shaver, o mesmo Shaver que publicou o "teste de amor" original com Cindy Hazan. O ERI fornece breves perguntas específicas tendo como alvo certos aspectos do apego adulto baseados em duas principais categorias: a ansiedade no relacionamento e a negação. Mais tarde, Chris

Fraley, da Universidade de Illinois, em colaboração com Niels Waller e Kelly Brennan, revisou o questionário e criou o ERI-R. Nós apresentamos uma versão modificada que funciona melhor na vida cotidiana.

Os estilos de apego são estáveis, mas artificiais. Conhecer seu perfil de apego específico irá ajudá-lo a se compreender melhor e guiá-lo em suas interações com os outros. Em termos ideais, isso resultará em mais felicidade em seus relacionamentos. (Para o questionário sobre apego adulto completo e validado, acesse o website do Dr. Chris Fraley: http://www.web-research-design. net/cgi-bin/crq/crq.pl — em inglês.)

Assinale o quadradinho caso corresponda a uma afirmação VERDADEIRA para você. (Se a afirmação não for verdadeira, não marque nada.)

|  | Verdadeiro | | |
|---|:---:|:---:|:---:|
|  | A | B | C |
| Com frequência me preocupo se meu parceiro vai deixar de me amar. | ☐ | | |
| Acho fácil ser afetuoso com o meu parceiro. | | ☐ | |
| Tenho medo de que, se uma pessoa conhecer o meu eu verdadeiro, não goste de quem sou. | ☐ | | |
| Percebi que me recupero facilmente depois de um rompimento. É esquisito como eu simplesmente tiro alguém de minha cabeça. | | | ☐ |
| Quando estou envolvido em um relacionamento, sinto-me um pouco ansioso e incompleto. | ☐ | | |
| Acho difícil apoiar emocionalmente o meu parceiro quando ele está se sentindo triste. | | | ☐ |
| Quando o meu parceiro está viajando, tenho medo de que ele possa se interessar por outra pessoa. | ☐ | | |

|  | Verdadeiro | | |
|---|:---:|:---:|:---:|
|  | A | B | C |
| Sinto-me à vontade dependendo de parceiros românticos. |  | ☐ |  |
| A minha independência é mais importante para mim do que meus relacionamentos. |  |  | ☐ |
| Prefiro não compartilhar meus sentimentos mais íntimos com o meu parceiro. |  |  | ☐ |
| Quando mostro ao meu parceiro o que estou sentindo, tenho medo de que ele não sinta o mesmo em relação a mim. | ☐ |  |  |
| Em geral, estou satisfeito com os meus relacionamentos românticos. |  | ☐ |  |
| Não sinto necessidade de me expressar no meu relacionamento. |  | ☐ |  |
| Penso muito sobre os meus relacionamentos. | ☐ |  |  |
| Acho difícil depender de parceiros românticos. |  |  | ☐ |
| Tendo a me apegar rapidamente a parceiros românticos. | ☐ |  |  |
| Tenho pouca dificuldade em expressar as minhas necessidades e vontades para o meu parceiro(a). |  | ☐ |  |
| Às vezes, fico bravo ou aborrecido com o meu parceiro sem saber por quê. |  |  | ☐ |
| Sou muito sensível aos estados de ânimo de meu parceiro. | ☐ |  |  |
| Acredito que a maioria das pessoas é essencialmente honesta e confiável. |  | ☐ |  |
| Prefiro sexo casual com parceiros sem compromisso a sexo íntimo com uma pessoa só. |  |  | ☐ |
| Sinto-me à vontade para compartilhar meus pensamentos e sentimentos com o meu parceiro. |  | ☐ |  |
| Preocupo-me que, caso o meu parceiro me abandone, talvez eu nunca consiga encontrar outra pessoa. | ☐ |  |  |
| Fico nervoso quando o meu parceiro fica muito próximo. |  |  | ☐ |

|  | Verdadeiro | | |
|---|:---:|:---:|:---:|
|  | A | B | C |
| Durante um conflito, tendo a fazer ou dizer, impulsivamente, coisas das quais me arrependo depois, em vez de ser capaz de raciocinar sobre as coisas. | ☐ | | |
| Uma discussão com o meu parceiro geralmente não me faz questionar nosso relacionamento. | | ☐ | |
| Meu parceiro com frequência quer ser mais íntimo do que eu me sentiria confortável sendo. | | | ☐ |
| Fico preocupado sobre não ser atraente o bastante. | ☐ | | |
| Às vezes, as pessoas me acham chato porque crio pequenos dramas nos relacionamentos. | | ☐ | |
| Tenho saudade de meu parceiro quando não estamos juntos, mas, aí, quando ficamos juntos, sinto a necessidade de escapar. | | | ☐ |
| Quando discordo de alguém, eu me sinto à vontade para expressar as minhas opiniões. | | ☐ | |
| Detesto sentir que as outras pessoas dependem de mim. | | | ☐ |
| Se percebo que alguém em quem estou interessado está olhando com atenção para outras pessoas, não deixo que isso me perturbe. Posso sentir um pouco de ciúme, mas é passageiro. | | ☐ | |
| Se percebo que alguém em quem estou interessado está olhando com atenção outras pessoas, eu fico aliviado — significa que ele não está querendo que as coisas fiquem exclusivas. | | | ☐ |
| Se percebo que alguém em quem estou interessado está olhando com atenção outras pessoas, isso me deixa deprimido. | ☐ | | |
| Se alguém com quem estou saindo começa a agir com frieza e distância, posso até me perguntar o que aconteceu, mas saberei que provavelmente não tem nada a ver comigo. | | ☐ | |
| Se alguém com quem estou saindo começa a agir com frieza e distância, eu provavelmente ficarei indiferente. Posso até mesmo ficar aliviado. | | | ☐ |

| | Verdadeiro | | |
|---|:---:|:---:|:---:|
| | **A** | **B** | **C** |
| Se alguém com quem estou saindo começa a agir com frieza e distância, ficarei preocupado de ter feito alguma coisa de errado. | ☐ | | |
| Se o meu parceiro estiver querendo romper comigo, farei o melhor que puder para mostrar a ele o que estará perdendo (um pouco de ciúme não faz mal). | ☐ | | |
| Se alguém com quem saí por vários meses me diz que não quer mais me ver, eu ficarei magoado a princípio, mas acabarei superando. | | ☐ | |
| Às vezes, quando consigo o que quero em um relacionamento, eu não tenho mais certeza do que quero. | | | ☐ |
| Eu não teria muito problema em manter contato com o meu ex (estritamente platônico) — afinal, temos muito em comum. | | ☐ | |

*Adaptado do Questionário ERI-R de Fraley, Waller e Brennan (2000).

Some todos os quadradinhos assinalados na coluna A:_____
Some todos os quadradinhos assinalados na coluna B:_____
Some todos os quadradinhos assinalados na coluna C:_____

Chave da pontuação

Quanto mais afirmações você assinalou em uma categoria, mais você demonstra características do estilo de apego a que ela corresponde. A categoria **A** representa o estilo de apego ansioso, a categoria **B** representa o estilo de apego seguro e a categoria **C** representa o estilo de apego evitante.

**Ansioso:** você adora ser muito próximo de seus parceiros românticos e tem capacidade para uma grande intimidade. Entretanto, com frequência, você tem medo de que o seu parceiro não queira estar tão próximo quanto você gostaria. Os relacionamentos tendem a consumir uma parte considerável de sua energia emocional. Você tende a ser muito sensível às menores flutuações dos estados de ânimo e ações de seu parceiro e, embora suas percepções geralmente estejam corretas, você encara os comportamentos de seu parceiro de forma muito pessoal. Você vivencia um monte de emoções negativas dentro do relacionamento e fica facilmente perturbado. Como consequência, tende a desabafar e a dizer coisas de que se arrepende depois. Se a outra pessoa oferece muita segurança e conforto, todavia, você é capaz de descartar muitas das suas preocupações e sentir-se satisfeito.

**Seguro:** ser caloroso e amoroso em um relacionamento é algo que vem naturalmente de você. Você gosta de ter intimidade sem ficar excessivamente preocupado com os seus relacionamentos. Leva as coisas tranquilamente no que se refere a romances e não fica facilmente perturbado com assuntos de relacionamentos. Você comunica efetivamente as suas necessidades e sentimentos para o seu parceiro e é bom em interpretar as pistas emocionais do outro e em reagir a elas. Você compartilha os seus sucessos e problemas com o parceiro e é capaz de estar disponível em momentos de necessidade.

**Evitante:** é muito importante para você manter a sua independência e sua autossuficiência e, com frequência, prefere a autonomia a relacionamentos íntimos. Mesmo que queira ter proximidade com outros, você fica pouco à vontade com a proximidade excessiva e tende a manter o seu parceiro distante. Você não gasta muito tempo se preocupando com seus relacionamentos românticos ou com a possibilidade de ser rejeitado. Você tende a não se abrir para os seus parceiros, e eles, na maior parte das vezes, reclamam que você é emocionalmente distante. Em relacionamentos, costuma ficar muito alerta para quaisquer sinais de controle ou invasão de seu território por seu parceiro.

## E se eu ainda estiver em dúvida?

Quando as pessoas ficam sabendo dos estilos de apego, geralmente não têm dificuldade em reconhecer o seu próprio estilo. Algumas pessoas nos dizem de imediato "sou ansioso", "sou definitivamente evitante" ou "eu acho que sou seguro". Outros têm dificuldades para chegar a uma conclusão. Se você pontuou alto em mais de um estilo de apego, pode lhe ser útil saber que duas dimensões determinam essencialmente os estilos de apego:

- Sentir-se à vontade com a intimidade e proximidade (ou o grau em que você tenta evitar a intimidade).
- A sua ansiedade quanto à atenção e o amor de seu parceiro e a sua preocupação com o relacionamento.

O que achamos particularmente útil é a maneira como Brennan e seus colegas apresentam os estilos de apego na forma de um gráfico, proporcionando uma perspectiva panorâmica dos estilos de apego que ajuda a compreender como o seu tipo se relaciona com os das outras pessoas. A sua localização nesses dois eixos determina o seu estilo de apego, como mostra o seguinte esquema:

As duas dimensões do apego

(Baseado na Escala das Duas Dimensões do Apego de Brennan, Clark e Shaver.)

- Se você se sente à vontade em relação à intimidade com o seu parceiro romântico (isto é, tem baixa negação em relação à intimidade) e não fica muito obcecado no que se refere ao relacionamento ou à capacidade de seu parceiro de corresponder ao seu amor (isto é, tem baixa ansiedade quanto ao relacionamento), mas navega junto com ele — você provavelmente é seguro.
- Se você anseia por intimidade e proximidade (isto é, tem baixa negação da intimidade), mas tem muita insegurança quanto ao rumo que o relacionamento está tomando e pequenas coisas que o seu par-

ceiro faz tendem a deixá-lo alerta (isto é, tem alta ansiedade quanto ao relacionamento) — você provavelmente é ansioso.

- Se você fica pouco à vontade quando as coisas ficam muito íntimas e próximas e valoriza mais a sua independência e liberdade do que o relacionamento (isto é, tem alta negação de intimidade) e tende a não se preocupar com os sentimentos e o compromisso de seu parceiro em relação a você (isto é, tem baixa ansiedade quanto ao relacionamento) — você provavelmente é evitante.

- Se você fica pouco à vontade com a intimidade e ao mesmo tempo preocupa-se muito com a disponibilidade de seu parceiro, você tem uma rara combinação de ansiedade e negação do apego. Só uma pequena porcentagem da população se encaixa nessa categoria, e, se você se inclui nela, poderá se beneficiar das informações tanto sobre o estilo ansioso quanto sobre o evitante.

## Da boca dos bebês

**De onde provêm essas classificações?** É interessante notar que elas provêm da observação do comportamento dos bebês. Os estilos de apego foram definidos, a princípio, por pesquisadores que observaram a maneira como bebês (usualmente entre 9 e 18 meses de idade) se comportavam durante o teste da situação desconhecida (a reunião com a mãe após uma separação estressante, descrita na página 39).

Eis uma breve descrição de como os estilos de apego são definidos nas crianças. Algumas das reações delas também podem ser detectadas em adultos que apresentam o mesmo estilo de apego.

**Ansioso:** o bebê fica extremamente aflito quando a mamãe sai da sala. Quando sua mãe volta, ele reage de maneira ambivalente — está feliz por vê-la, mas ao mesmo tempo bravo. Ele leva mais tempo para se acalmar e, mesmo quando se acalma, é apenas temporariamente. Alguns segundos depois, ele empurra com raiva a mãe, se encolhe e irrompe em lágrimas de novo.

**Seguro:** o bebê seguro fica visivelmente aflito quando a mamãe sai da sala. Quando ela volta, ele fica muito feliz e corre para se encontrar com ela. Uma vez tendo a segurança da presença dela, ele rapidamente se sente seguro, se acalma e retoma a brincadeira.

**Evitante:** quando a mamãe sai da sala, este bebê age como se nada tivesse acontecido. Com a volta dela, ele permanece indiferente, ignora a mãe e continua a brincar como se nada tivesse acontecido. Mas essa fachada não conta a história toda. De fato, por dentro, o bebê não está nem calmo nem contido. Os pesquisadores descobriram que o pulso desses bebês fica tão elevado quanto o dos bebês que expressam a aflição e o seu nível de cortisol — um hormônio relacionado ao estresse — fica mais alto.

4

## Segundo passo:
## decifrando o código —
## qual é o estilo de meu parceiro?

Reconhecer os estilos de apego de outras pessoas é, em geral, mais complicado do que identificar o seu próprio. Primeiro, porque você se conhece melhor — não só como se comporta, mas também o que sente e pensa quando está em um relacionamento. Depois, você até pode fazer o teste para ajudar no processo, contudo, quando você começa a sair com alguém, é pouco provável que vá tirar da manga o seu teste e começar a interrogar a pessoa sobre relacionamentos anteriores dela. Por sorte, sem nem mesmo saber disso, a maioria das pessoas entrega quase toda a informação de que você precisa para determinar o estilo de apego dela em suas ações e palavras cotidianas.

O truque é saber o que procurar e ser um observador atento e um ouvinte entusiasmado. Nos estudos sobre o apego, os pesquisadores trazem pessoas ao laboratório e fazem perguntas sobre seus relacionamentos românticos. As atitudes que as pessoas demonstram em relação à intimidade e à proximidade e o grau em que elas se mostram preocupadas com seus relacionamentos determinam o estilo de apego. Mas, conforme a nossa experiência, essas informações também são fáceis de se obter fora do laboratório se você souber o que procurar.

Compreender o apego mudará a maneira como você percebe as novas pessoas que conhece, e também lhe dará *insights* surpreendentes sobre o seu parceiro se você já está em um relacionamento.

Em um encontro, seu pensamento passará de "será que ele gosta de mim?" para "essa é uma pessoa na qual devo investir emocionalmente? Ela é capaz de me dar o que necessito?". Ir adiante em um relacionamento estará relacionado às escolhas que você terá de fazer. Você começará a se fazer perguntas como "o quanto essa pessoa é capaz de ter intimidade? Ela está enviando mensagens contraditórias ou está realmente interessada em se aproximar?". Usando este capítulo como guia, com o tempo e a prática você desenvolverá e calibrará sua capacidade de determinar o estilo de apego de alguém logo no começo. Tenha em mente que, quando você está interessado em alguém, sua objetividade fica comprometida e você tende a criar uma imagem idealizada dele ou dela. Qualquer coisa que não se encaixe nessa imagem tende a cair para segundo plano. Nos estágios iniciais de quando se sai com alguém, todavia, é importante prestar atenção a todas as mensagens que chegam e lidar com elas com segurança. Isso ajudará a determinar se o relacionamento é o certo para você e a dar garantias de que está indo em uma direção positiva.

Se você no momento está em um relacionamento, talvez já tenha uma ideia de qual é o estilo de apego de seu parceiro pelo que leu até agora, e poderá usar as ferramentas fornecidas nas páginas seguintes para refinar as suas habilidades. Descobrir o estilo de apego de seu parceiro permitirá que você compreenda melhor os desafios específicos que vocês têm de enfrentar como um casal — um passo essencial em direção ao uso dos princípios do apego para melhorar seu relacionamento.

Questionário: determinando o estilo de apego de seu parceiro

A seguir, apresentamos um questionário elaborado para ajudá-lo a identificar o estilo de apego de seu parceiro ou da pessoa com quem você está saindo.

O questionário é dividido em três grupos. Cada um descreve certas características com alguns exemplos. *Lembre-se que, se a característica for em geral verdadeira em relação ao seu parceiro, você deve assinalá-la como verdadeira. Basta também que um só exemplo, e não todos, seja verdadeiro em relação ao seu parceiro para marcá-la como verdadeira.* Depois de ler cada característica, decida com base em todas as interações e conversas que já teve com seu parceiro ou pretendente. Quanto mais verdadeiro for, mais alta a pontuação, baseada na seguinte escala:

Pontuação

1. Muito falso em relação ao parceiro
2. Moderadamente verdadeiro em relação ao parceiro
3. Muito verdadeiro em relação ao parceiro

## GRUPO A

| Pontuação | Descrição |
|---|---|
| 1   2   3 | 1. Envia sinais contraditórios.<br><br>• Parece distante e altivo e, no entanto, vulnerável ao mesmo tempo (o que você acha irresistível).<br><br>• Às vezes liga muito, outras vezes, nunca.<br><br>• Diz algo íntimo como "quando a gente for morar junto...", mas depois age como se vocês não tivessem futuro como um casal. |

| Pontuação | Descrição |
|---|---|
| 1   2   3 | **2. Valoriza muito a própria independência — vê com maus olhos a dependência e a "carência".**<br><br>• "Eu preciso de muito espaço."<br><br>• "O meu trabalho toma tanto tempo que não sobra o suficiente para ninguém em minha vida agora."<br><br>• "Eu jamais poderia ficar com alguém que não fosse completamente autossuficiente." |
| 1   2   3 | **3. Desvaloriza você (ou parceiros anteriores) — mesmo que só de brincadeira.**<br><br>• Faz piadas sobre o quanto você é incompetente em entender mapas ou a "gracinha" que é você ser gorducho.<br><br>• Descreve alguém em que uma vez esteve realmente interessado, mas depois de alguns encontros perdeu o interesse por causa de alguma característica física.<br><br>• Traiu um parceiro anterior. |
| 1   2   3 | **4. Usa estratégias de distanciamento — emocional ou físico.**<br><br>• Teve um parceiro anterior por seis anos, mas sempre moraram em casas separadas.<br><br>• Prefere ir dormir em casa, usar cobertores separados ou dormir em camas separadas.<br><br>• Prefere tirar férias sozinho.<br><br>• Os planos são vagos — quando irão se encontrar de novo, quando morarão juntos.<br><br>• Fica um passo adiante de você quando estão caminhando juntos. |
| 1   2   3 | **5. Enfatiza fronteiras no relacionamento.**<br><br>• Faz você sentir que "esses são os MEUS amigos (ou família) — mantenha distância!".<br><br>• Não quer convidá-lo para ir à casa dele, prefere ficar na sua. |

| Pontuação | Descrição |
|---|---|
| 1  2  3 | **6. Tem uma visão romântica irreal de como um relacionamento deve ser.**<br><br>• Fala sonhadoramente sobre encontrar algum dia a pessoa perfeita.<br><br>• Idealiza um relacionamento do passado, porém é vago quanto ao que deu errado.<br><br>• "Eu não sei se alguma vez serei capaz de sentir de novo o que senti pelo meu ex." |
| 1  2  3 | **7. Desconfiado — tem medo de que o parceiro se aproveite dele.**<br><br>• Tem certeza de que as pessoas com quem sai querem "fisgá-lo" para casar.<br><br>• Tem medo de que o parceiro vá se aproveitar financeiramente dele. |
| 1  2  3 | **8. Tem opiniões rígidas quanto a relacionamentos e regras inflexíveis (as quais você tem de cumprir).**<br><br>• Tem uma forte preferência por certo "tipo" de parceiro: muito atraente ou muito magro ou de cabelos loiros, por exemplo.<br><br>• Tem certeza de que é melhor morar em casas separadas ou não se casar.<br><br>• Faz generalizações tais como "todas as mulheres/homens querem isso e aquilo" ou "depois que você se casa ou começa a morar junto, eles/elas mudam totalmente".<br><br>• Não gosta de falar pelo telefone mesmo que essa seja a principal maneira de vocês entrarem em contato. |
| 1  2  3 | **9. Durante um conflito, precisa ir embora ou "explode".**<br><br>• "Sabe de uma coisa, deixa para lá, não quero falar sobre isso."<br><br>• Levanta-se e vai embora furioso. |

| Pontuação | Descrição |
|---|---|
| 1  2  3 | **10. Não deixa suas intenções claras — faz você ter de ficar adivinhando quais são seus sentimentos.**<br><br>• Fica com você muito tempo, mas não diz "eu te amo".<br><br>• Fala sobre passar um ano no exterior sem mencionar como vocês dois ficam em relação a isso. |
| 1  2  3 | **11. Tem dificuldades para falar sobre o que está acontecendo entre vocês.**<br><br>• Faz você se sentir mal por perguntar para onde o relacionamento está se encaminhando.<br><br>• Quando você diz que alguma coisa está incomodando, responde "desculpe..." sem maiores esclarecimentos.<br><br>• Alguns assuntos são tabus. |

(Some os pontos das questões 1 a 11.)

Total de pontos do grupo A: \_\_\_\_\_

# GRUPO B

| Pontuação | Descrição |
|---|---|
| 1  2  3 | **1. Confiável e consistente.**<br><br>• Liga quando diz que vai ligar.<br><br>• Faz planos com antecedência e os segue. Se não consegue, avisa antes, pede desculpas e especifica um plano alternativo.<br><br>• Não volta atrás em relação a promessas. Se não pode mantê-las, explica-se! |

| Pontuação | Descrição |
|---|---|
| 1  2  3 | **2. Toma decisões com você (não unilateralmente).**<br><br>• Discute os planos, não gosta de decidir sem antes ter ouvido a sua opinião.<br><br>• Faz planos que levam as suas preferências em conta. Não pressupõe que saiba o que é melhor. |
| 1  2  3 | **3. Opiniões flexíveis sobre relacionamentos.**<br><br>• Não está procurando algum tipo específico, por exemplo, certa idade ou aparência.<br><br>• Está aberto para diferentes soluções — tais como morar junto ou ter conta bancária conjunta em vez de separada.<br><br>• Não faz generalizações tais como "todas as mulheres/homens querem isso e aquilo" ou "depois que você se casa ou começa a morar junto, eles/elas mudam totalmente". |
| 1  2  3 | **4. Comunica-se bem em questões do relacionamento.**<br><br>• Faz você se sentir à vontade ao perguntar em que pé está o relacionamento e como ele vê o futuro de vocês juntos (mesmo que a resposta não seja a que você gostaria).<br><br>• Diz quando alguma coisa o está incomodando; não "explode" nem fica esperando que você adivinhe. |
| 1  2  3 | **5. É capaz de chegar a acordos em discussões.**<br><br>• Faz o melhor que pode para entender o que realmente está incomodando você e como lidar com o assunto.<br><br>• Quando vocês têm um desentendimento, não faz questão de provar que está certo. |

| Pontuação | Descrição |
|---|---|
| 1 2 3 | **6. Não tem medo de compromisso ou dependência.**<br><br>• Não se preocupa se você está invadindo o território ou a liberdade dele.<br><br>• Não tem medo de que você ou outros parceiros tentem forçá-lo a se casar, pegar o dinheiro dele etc. |
| 1 2 3 | **7. Não considera relacionamentos algo difícil.**<br><br>• Não fala sobre o quanto de compromisso e esforço um relacionamento exige.<br><br>• Está aberto a começar um novo relacionamento, mesmo quando as circunstâncias não são as ideais (por exemplo, quando trabalho ou estudo tomam tempo demais). |
| 1 2 3 | **8. A proximidade cria mais proximidade (em vez de distanciamento).**<br><br>• Depois de uma conversa emocional ou reveladora, é reconfortante e disponível para você. Não fica subitamente com o pé atrás!<br><br>• Depois de dormirem juntos, diz o quanto você significa para ele (não apenas o quanto o sexo foi bom). |
| 1 2 3 | **9. Apresenta os amigos e a família logo no começo.**<br><br>• Quer que você faça parte do círculo de amigos dele. Talvez não tome a iniciativa de apresentá-lo à família dele, mas, se você quiser conhecê-los ou convidá-lo a conhecer a sua, o fará com o maior prazer. |
| 1 2 3 | **10. Expressa naturalmente os sentimentos dele sobre você.**<br><br>• Em geral lhe diz logo como se sente em relação a você.<br><br>• Usa estas três palavras "eu te amo" generosamente. |

| Pontuação | Descrição |
|---|---|
| 1   2   3 | **11. Não faz joguinhos.**<br><br>• Não deixa você tentando adivinhar nem tenta fazer com que fique com ciúmes.<br><br>• Não faz cálculos do tipo "eu já liguei duas vezes, agora é a sua vez" ou "você esperou um dia inteiro para ligar de volta para mim, agora vai ter de esperar um dia também". |

(Some os pontos das questões 1 a 11.)

Total de pontos do grupo B: _____

# Grupo C

| Pontuação | Descrição |
|---|---|
| 1   2   3 | **1. Quer muita proximidade no relacionamento.**<br><br>• Concorda em passar as férias juntos, morar junto ou passar todo o tempo junto logo no começo do relacionamento (embora possa não tomar a iniciativa).<br><br>• Gosta de muito contato físico (segurar as mãos, carícias, beijos). |
| 1   2   3 | **2. Expressa inseguranças — preocupa-se com a rejeição.**<br><br>• Faz um monte de perguntas sobre os seus parceiros anteriores para comparar-se.<br><br>• Tenta descobrir se você ainda sente alguma coisa pelo ex.<br><br>• Esforça-se demais para agradá-lo.<br><br>• Tem medo de que você deixe de ter sentimentos em relação a ele ou perca o interesse sexual. |

| Pontuação | Descrição |
|---|---|
| 1  2  3 | **3. Infeliz quando não está tendo um relacionamento.**<br><br>• Você consegue perceber que ele está desesperado para encontrar alguém mesmo que não diga.<br><br>• Às vezes, o encontro dá a sensação de ser uma entrevista para o posto de "futuro marido/mulher". |
| 1  2  3 | **4. Faz joguinhos para manter a sua atenção/interesse.**<br><br>• Age com distância ou falta de interesse quando você deixou de ligar por uns dias.<br><br>• Finge estar indisponível ou ocupado.<br><br>• Tenta manipular certas situações para fazer com que você fique mais disponível/interessado. |
| 1  2  3 | **5. Tem dificuldades para explicar o que o está incomodando. Espera que você adivinhe.**<br><br>• Espera que você perceba por pistas sutis de que ele está chateado. (Se isso não funciona, desabafa.) |
| 1  2  3 | **6. Desabafa — em vez de tentar resolver o problema entre vocês.**<br><br>• Ameaça ir embora no meio de uma discussão (mas depois muda de ideia).<br><br>• Não expressa suas necessidades, porém acaba se mostrando chateado por causa de um acúmulo de mágoas. |
| 1  2  3 | **7. Esforça-se para achar coisas negativas sobre si mesmo no relacionamento.**<br><br>• Se você tem de trabalhar até tarde e ele tem uma festa, interpreta como "você não quer conhecer os meus amigos".<br><br>• Se você chega em casa cansado e não quer conversar, interpreta como "você não me ama mais". |

| Pontuação | Descrição |
|---|---|
| 1  2  3 | **8. Deixa você dar o tom do relacionamento para não se magoar.**<br><br>• Você liga, ele liga; você diz que tem sentimentos, ele diz que sente o mesmo por você (ao menos a princípio). Não quer se arriscar. |
| 1  2  3 | **9. Preocupa-se com o relacionamento.**<br><br>• No fim de um encontro, você vai para casa dormir. Ele vai para casa para dissecar cada detalhe com amigos.<br><br>• Quando vocês não estão juntos, liga e manda mensagens de texto ou não liga nunca e fica esperando você ligar (como um ato defensivo).<br><br>• Você percebe que ele pensa muito sobre o relacionamento. |
| 1  2  3 | **10. Tem medo de que pequenos atos arruínem o relacionamento; acredita que precisa se esforçar para manter o seu interesse.**<br><br>• Diz coisas como "eu liguei tantas vezes hoje para você que receio que você vai acabar se cansando de mim" ou "eu realmente não me apresentei muito bem para a sua família, e agora eles vão me odiar". |
| 1  2  3 | **11. Suspeita que você seja infiel.**<br><br>• Consegue a sua senha e verifica os seus e-mails.<br><br>• Hipervigilante em relação a onde você está.<br><br>• Examina os seus pertences atrás de provas. |

(Some os pontos das questões 1 a 11.)

Total de pontos do grupo C: _____

Chave da pontuação

1. 11-17: Muito baixa. O seu parceiro definitivamente não tem este estilo de apego.
2. 18-22: Moderada. O seu parceiro mostra uma tendência para este estilo de apego
3. 23-33: O seu parceiro tem definitivamente este estilo de apego.

Como regra básica, quanto mais alta a pontuação, mais forte a inclinação em direção àquele estilo. Uma pontuação de 23 ou mais indica uma alta probabilidade de um estilo de apego em particular. Se o seu parceiro pontuar alto em dois estilos, o mais provável é que sejam o evitante e o ansioso. Alguns dos comportamentos desses dois estilos são exteriormente similares (mesmo originando-se de atitudes românticas muito diferentes). Nesse caso, consulte as "regras de ouro", na página 74, para uma melhor avaliação.

**Pontuação de 23 ou mais no grupo A:** parece que seu parceiro/pretendente tem um estilo de apego evitante. Isso significa que você não pode ter como certas a proximidade e a intimidade. Alguém seguro ou ansioso tem um desejo básico de ficar próximo; com alguém evitante, esse desejo não se corresponde. Embora eles tenham uma necessidade de apego e amor — eles também possuem no cérebro o mecanismo básico para criar o apego —, os evitantes tendem a se sentir sufocados quando as coisas ficam muito íntimas. Com eles, as interações e conversas cotidianas, seja sobre a qual canal assistir na TV, seja sobre como criar os filhos, são, na realidade, negociações por espaço e independência. Você acabará atendendo às vontades deles — caso contrário eles recuarão. As pesquisas mostram que evitantes raramente saem juntos. A eles simplesmente falta "a cola" que mantém as coisas juntas.

**Pontuação de 23 ou mais no grupo B:** seu parceiro/pretendente tem um estilo de apego seguro. Pessoas assim querem ser íntimas; ao mesmo tempo, não são excessivamente sensíveis à rejeição. Também são excelentes comunicadores e sabem como passar as suas mensagens de um modo que é direto, porém não é agressivo. Uma vez que você fica íntimo de alguém com este estilo de apego, não precisa mais negociar a intimidade: ela se torna natural. Isso libera os dois para desfrutar da vida e crescer. Eles escutam o seu ponto de vista e tentam fazer as coisas acontecerem de um jeito que seja aceitável para ambos. Eles têm uma compreensão inata do que um relacionamento implica — saber que o bem-estar do seu parceiro é o seu próprio e vice-versa. Essas qualidades permitem que você seja o mais autêntico possível, o que as pesquisas demonstraram ser um dos fatores mais importantes para sua felicidade e bem-estar em geral.

**Pontuação de 23 ou mais no grupo C:** seu parceiro/pretendente tem um estilo de apego ansioso. Alguém com um estilo ansioso é ávido pela intimidade, mas também é muito sensível até para perceber a menor das ameaças a esta proximidade. Às vezes, eles interpretam as suas ações inconscientes como uma ameaça para o relacionamento. Quando isso acontece, ficam inteiramente tomados pela apreensão, mas a eles faltam as habilidades para comunicar os sentimentos de forma eficaz. Em vez disso, recorrem a um monte de desabafos e dramas. Isso pode criar um círculo vicioso que os leva a ficar cada vez mais sensíveis a deslizes e a acumular aflições. Isso, de fato, parece intimidador, porém, antes de cair fora, é importante que saiba que se você for sensível e atencioso o suficiente para acalmar os medos deles — o que é muito factível —, ganhará um parceiro muito amoroso e devotado. Assim que você se mostra receptivo às necessidades básicas deles de carinho e segurança, sua sensibilidade torna-se uma vantagem; eles ficarão muito sintonizados com as suas vontades e serão solícitos e dedicados. Além disso, irão gradualmente aprender a comunicar seus medos e emoções melhor e você terá de adivinhar cada vez menos.

## As regras de ouro para decifrar os estilos de apego

Se você ainda estiver em dúvida, aqui estão o que chamamos de cinco regras de ouro para ajudar na identificação do estilo de apego do parceiro:

### 1. Determine se ele busca intimidade e proximidade.

Essa é a pergunta número um para fazer a si mesmo sobre o seu parceiro. Todas as outras características e comportamentos derivam deste aspecto dominante. Se a resposta é não, você pode ter certeza de que seu parceiro/pretendente tem um estilo de apego evitante. Se a resposta é sim, seu parceiro/pretendente tem um estilo ou seguro ou ansioso (veja o capítulo 3 para saber mais sobre as duas dimensões que determinam os estilos de apego). Ao tentar responder a essa pergunta, evite os preconceitos. Não há um tipo de personalidade que seja evitante, nem um que seja seguro ou ansioso. Ele pode ser atrevido e seguro de si mesmo, e, ainda assim, realmente ansiar por intimidade. Por outro lado, pode ser acanhado e desajeitado e, ainda assim, avesso à intimidade. Pergunte a si mesmo: o que este comportamento específico indica sobre a atitude dele ou dela em relação à intimidade e proximidade? Eles estão fazendo ou deixando de fazer alguma coisa porque querem minimizar a intimidade?

Imagine que você está saindo com alguém com filhos de um casamento anterior. Ela pode não querer apresentá-lo a eles porque está pensando no bem-estar deles e acha que é muito cedo para lidarem com uma pessoa nova em sua vida, o que é perfeitamente justificável. Por outro lado, pode ser uma maneira de mantê-lo a distância, e a vida dela separada da sua. Você precisa observar o quadro completo para decidir como esse comportamento se encaixa. Dependendo do tempo que já se passou e de quão sério o relacionamento esteja, ainda parece certo que ela seja tão protetora em relação às crianças? O que faz sentido nos estágios iniciais do relacionamento não faz mais depois de dois anos. Ela o apresentou a outros membros da família e a amigos? Ela considerou o seu bem-estar e explicou a situação, permitindo a você expressar seus sentimentos? Se a resposta para todas essas perguntas é não, então isso não tem a ver só com o que é melhor para os filhos dela; tem mais a ver com mantê-lo a distância.

**2. Avalie o quanto ele se preocupa com o relacionamento e o quanto é sensível em relação à rejeição.**

Ele se magoa facilmente com coisas que você diz? Ele se preocupa com o futuro de vocês juntos ou se você o ama o bastante para permanecer fiel? Ele é muito sensível a detalhes no relacionamento que sugerem distanciamento, tal como quando você toma decisões que não o levam em conta? Se a resposta para essas perguntas é sim, é provável que ele tenha um estilo de apego ansioso.

**3. Não se baseie em um só "sintoma", procure vários sinais.**

Observar um comportamento, atitude ou crença não é o bastante para determinar o estilo de apego de seu parceiro. É por isso que não há uma única característica para estabelecer o estilo de alguém, mas, antes, uma combinação de comportamentos e atitudes que juntos criam um padrão coerente. É o quadro completo que conta a história verdadeira. Não ter a permissão de conhecer os filhos de seu parceiro pode ser muito frustrante, contudo, se ele também é capaz de falar sobre o assunto, ouvir a sua frustração e encontrar outras maneiras de deixar você fazer parte da vida dele, não indica necessariamente uma incapacidade de estar próximo.

## 4. Avalie a reação dele à comunicação efetiva.

Esta é provavelmente uma das maneiras mais importantes de se descobrir o estilo de apego de seu parceiro: não tenha medo de expressar as suas necessidades, pensamentos e sentimentos para o seu parceiro! (Veja o capítulo 11 para saber mais sobre a comunicação efetiva.) O que com frequência acontece quando estamos saindo com alguém é que nos censuramos por diferentes razões: não queremos soar muito ávidos nem carentes ou acreditamos que é muito cedo para trazer à tona um determinado tópico. Todavia, expressar as suas necessidades e sentimentos verdadeiros pode ser um teste útil da capacidade da outra pessoa de atender às suas necessidades. A reação, no instante em que ocorre, é em geral muito mais reveladora que qualquer coisa que ele possa dizer.

- **Se ele é seguro:** compreenderá e fará o melhor para atender às suas necessidades.
- **Se ele é ansioso:** você servirá como um exemplo útil. Ele irá acolher a oportunidade de uma intimidade maior e começará a ser mais direto e aberto.
- **Se ele é evitante:** ele se sentirá muito desconfortável com a crescente intimidade que o fato de abrir-se emocionalmente traz e irá responder de uma das seguintes maneiras:

- "Você é muito sensível/exigente/carente."
- "Não quero falar sobre isso."
- "Pare de ficar analisando tudo."
- "O que você quer de mim? Eu não fiz nada de errado."
- "Puxa, eu pedi desculpas."
- Ou levará em conta as suas necessidades em relação a alguma coisa apenas para ignorá-las de novo logo depois.

### 5. Ouça e observe o que ele não está dizendo ou fazendo.

O que fica não dito ou não feito por seu parceiro pode ser tão informativo quanto o que ele faz e diz. Confie na sua intuição. Considere estes exemplos:

Na meia-noite do ano-novo, Rob beijou sua namorada e disse: "Estou tão feliz de estar com você. Espero que esse seja o primeiro de muitos anos-novos para nós juntos". Sua namorada beijou-o, mas não respondeu. Dois meses depois, eles estavam separados.

Durante uma discussão, Pat disse ao seu namorado, Jim, que se sentia incomodada porque eles nunca faziam planos com antecedência. Ela se sentiria mais confortável e segura se soubesse com antecedência e tivesse uma melhor noção dos planos deles. Jim não respondeu; ele simplesmente mudou de assunto. Ele continuou ligando para ela de última hora. Ela mencionou o assunto novamente, mas de novo ele a ignorou. Por fim, Pat desistiu do relacionamento.

Nos dois casos, o que as namoradas de Rob e de Jim não disseram falou mais alto que quaisquer palavras.

COLA PARA DECIFRAR OS ESTILOS DE APEGO
DE OUTRAS PESSOAS

| Evitante | Seguro | Ansioso |
|---|---|---|
| Envia mensagens contraditórias. | Confiável e consistente. | Quer muita intimidade no relacionamento. |
| Valoriza bastante sua independência. | Toma decisões junto com você. | Expressa inseguranças — preocupa-se com a rejeição. |
| Desvaloriza você (ou parceiros anteriores). | Opiniões flexíveis quanto a relacionamentos. | Infeliz quando não está em um relacionamento. |

| Evitante | Seguro | Ansioso |
|---|---|---|
| Usa estratégias de distanciamento — emocionais ou físicas. | Comunica bem as questões do relacionamento. | Faz joguinhos para manter sua atenção/interesse. |
| Enfatiza fronteiras no relacionamento. | Consegue chegar a um acordo durante uma discussão. | Tem dificuldades de explicar o que o está incomodando. Espera que você adivinhe. |
| Tem uma visão romântica irrealista do que um relacionamento deveria ser. | Não tem medo do compromisso ou dependência. | Faz drama. |
| Desconfiado — receia que o parceiro esteja se aproveitando dele. | Não considera o relacionamento como algo que requeira esforço. | Esforça-se por negar a si mesmo no relacionamento. |
| Tem uma visão rígida do relacionamento e regras inflexíveis. | A proximidade cria mais proximidade. | Deixa você dar o tom do relacionamento. |
| Durante uma discussão, precisa ir embora ou "explode". | Apresenta amigos e família logo no começo. | Preocupa-se com o relacionamento. |
| Não deixa suas intenções claras. | Expressa sentimentos por você naturalmente. | Tem medo de que pequenos atos arruinarão o relacionamento; acredita que precisa se esforçar para manter o seu interesse. |
| Tem dificuldades em falar sobre o que está acontecendo entre vocês. | Não faz joguinhos. | Suspeita que você possa ser infiel. |

> **REGRAS DE OURO:**
>
> Determine se ele busca intimidade e proximidade.
>
> Avalie o quanto se preocupa com o relacionamento e o quanto é sensível em relação à rejeição.
>
> Não se baseie em apenas um "sintoma", procure vários sinais.
>
> Avalie a reação dele à comunicação efetiva.
>
> Ouça e observe o que ele não está dizendo ou fazendo.

## Workshop de decifração de estilos de apego

Leia os relatos a seguir. Você consegue identificar o estilo de apego em cada caso? Cubra as respostas com um pedaço de papel se realmente quiser se testar e tenha em mente as características predominantes e as regras de ouro que acabamos de delinear (veja o quadro acima).

### 1. Barry, divorciado, 46.

Relacionamento? Não quero ouvir falar disso agora. Ainda estou me recuperando do meu divórcio. Quero compensar o tempo em que fiquei casado. Quero sentir que as mulheres me desejam. Quero muito sexo. Sei que tenho de tomar cuidado, no entanto, porque cada mulher com quem eu saio começa a fantasiar imediatamente sobre que tipo de pai serei para os filhos dela e como os nossos sobrenomes soam juntos. Estou saindo com alguém já faz quase um ano, o nome dela é Caitlin, e ela é ótima em todos os aspectos. Eu sei que ela adoraria se a coisa ficasse mais séria entre a gente, mas ainda vai levar muito tempo antes de eu estar pronto para confiar em outra mulher, para o compromisso e para o amor. E, mesmo assim, eu sei exatamente o que não quero e com o que não estou disposto a me comprometer. Como o quê? Bom, ela terá de ser financeiramente autossuficiente porque eu já tenho uma mulher sugando tudo o que pode de mim; não tenho a menor intenção de sustentar duas! E há também outras fronteiras que estou determinado a não cruzar.

Estilo de apego: _____

**Resposta: evitante.** Você pode estar pensando que o cara acabou de passar por um divórcio, e é natural que tenda a ser cauteloso. Pode ser o caso, mas até que se prove o contrário — ele é evitante. Ele diz que mesmo depois de se apaixonar não aceitará compromissos, que valoriza sua independência, que é desconfiado. Note como ele até fala sobre "os filhos dela". Ele podia estar falando sobre uma mulher com filhos de um casamento anterior, mas não é o caso. É possível que até ao imaginar os filhos dos dois, Barry os considere "filhos dela". A linguagem que ele usa cria distância. Ele também tem medo de ser explorado por mulheres que querem prendê-lo ao casamento ou se aproveitar financeiramente dele. Considere a primeira Regra de Ouro. Determine se ele busca intimidade e proximidade. Você sabe que não busca: ele fala em ser desejado e muito sexo, porém nada menciona sobre apoio emocional ou proximidade.

### 2. Bella, solteira, 24.

Mark e eu estamos namorando há um ano e meio. Estamos muito felizes juntos. Não me entenda mal, não que tenha sido tudo perfeito desde o primeiro dia. Havia várias coisas que me incomodavam em Mark no começo. Um exemplo foi quando nos conhecemos: Mark era sexualmente inexperiente e, para ser bem franca, eu tive de literalmente iniciá-lo na cama, porque eu não ia viver o resto da minha vida sexualmente frustrada! Mas isso é história passada. Também sou muito mais doida que ele. Mark é o tipo do sujeito sério, pé no chão; na verdade, a princípio, achei que ele era certinho demais para sair com ele. Mas eu não poderia ter feito uma escolha melhor, pois Mark é caloroso e confiável — qualidades que não têm preço. Eu o amo de paixão.

Estilo de apego: _____

**Resposta: seguro.** A pista mais clara e decisiva de que Bella é segura é que ela guiou Mark na cama. Esse é um grande exemplo sobre comunicar problemas do relacionamento clara e efetivamente. Ela encontra um problema, quer solucioná-lo e sente-se confiante o bastante para fazê-lo. Se Bella fosse ansiosa, ela poderia culpar a si mesma pelas deficiências de Mark na cama; ela poderia concluir que ele simplesmente não estava atraído por ela e, portanto, não se esforçava para lhe dar prazer. A alternativa seria dar sorriso amarelo e suportar a situação para não prejudicar o relacionamento. Se Bella fosse evitante, ela não culparia a si mesma, entretanto poderia usar a incompetência de Mark para fazer pouco dele, uma estratégia de distanciamento, e, provavelmente, não iria ensiná-lo de forma pragmática. Fica também aparente que Bella tem opiniões flexíveis sobre os relacionamentos. Embora Mark não se encaixasse em sua definição do "homem ideal", ela fez a transição mental sem muita hesitação e, mais importante, está muito satisfeita com sua decisão. Aqui também, se ela fosse evitante, poderia ter assumido o mesmo compromisso, mas muito provavelmente se sentiria traída por ter de fazê-lo. Por fim, Bella expressa os sentimentos por Mark aberta e naturalmente.

### 3. Janet, solteira, 23.

Eu finalmente conheci um cara legal, realmente um cara legal. Tim e eu saímos duas vezes e eu já sinto que estou me apaixonando por ele. É tão difícil encontrar alguém com que eu seja compatível — eu só sinto atração por um certo tipo de homem, e, então, quais são as probabilidades de que ele também vá me achar atraente? As possibilidades são muito baixas para mim. Então, agora que eu conheci o Tim, quero ter certeza de que vou fazer tudo certo. Não posso me dar ao luxo de cometer nenhum erro. Um passo em falso e poderei colocar em risco todo o relacionamento. Estou esperando que ele determine o ritmo porque não quero parecer muito ansiosa. Talvez uma mensagem de texto seja o certo? Dará a impressão de algo tranquilo e espontâneo, não? Ou talvez eu encaminhe para ele algum e-mail engraçado como parte de uma lista de endereços?

Estilo de apego: _____

**Resposta: ansioso.** Janet é a típica ansiosa. Ela busca a proximidade, sente-se incompleta sozinha e está muito preocupada com o relacionamento. É certo que, nos primeiros encontros, as pessoas de todos os estilos de apego ficam entusiasmadas com a outra pessoa e pensam nela demais. Todavia, com Janet isso vai um passo adiante — ela considera os relacionamentos raros e frágeis e acredita que qualquer ato inapropriado dela, por menor que seja, tem a capacidade de arruiná-los. Assim, ela passa e repassa na cabeça cada movimento que faz, inúmeras vezes, para não cometer um "erro". Ela também opta por deixar Tim dar o tom e o ritmo do relacionamento. Por fim, por causa de sua insegurança, Janet faz joguinhos ao considerar maneiras de entrar em contato indiretamente com Tim, sem se colocar à frente, tal como fazer uma lista de endereços como um pretexto para mandar um e-mail para ele.

**4. Paul, solteiro, 37.**

Acabei de terminar meu relacionamento com Amanda. Estou muito desapontado, mas eu sei que jamais poderia passar a minha vida com ela. Nós saímos por alguns meses e, a princípio, eu estava certo de que tinha encontrado a mulher dos meus sonhos. No entanto, algumas coisas nela começaram a me incomodar. Primeiro, estou convencido de que ela fez plástica, e isso é realmente um desapontador. Ela não é muito segura de si mesma, o que eu acho desalentador. E, assim que eu deixo de ter sentimentos em relação a alguém, não consigo ficar nem mais um minuto com essa pessoa. Vou simplesmente ter de continuar procurando. Sei que a mulher certa está em algum lugar, à minha espera, e não importa quanto tempo leve, nós vamos nos encontrar e ficar juntos. É uma sensação visceral: eu consigo ver o sorriso dela e sentir o seu abraço. Sei que, quando nos conhecermos, eu terei imediatamente uma sensação de calma e tranquilidade. Não importa quantas vezes eu fracasse, prometo a mim mesmo que vou continuar a procurar.

Estilo de apego: _____

**Resposta: evitante.** Este aqui pode confundir um pouco. Paul anseia pela mulher dos seus sonhos, então ele deve ser seguro ou ansioso, certo? Errado. Sua descrição de um "amor verdadeiro" ideal deveria ser um sinal vermelho. Além disso, pessoas com estilos de apego diferentes tendem a explicar por que ainda estão sozinhas de maneira diferentes: as pessoas que são ansiosas geralmente acham que há algo de errado com elas; as seguras têm uma visão mais realista das coisas e as evitantes com frequência soam como Paul — atribuem a circunstâncias externas o fato de estar solteiros, tais como não ter encontrado a pessoa certa. Essa é uma boa oportunidade para olhar para o que não é dito; se você não compreendeu claramente a razão de essa pessoa não ter conhecido "a certa", mesmo tendo saído com um bom número de mulheres, você deve ler nas entrelinhas. Há também indícios na maneira como Paul descreve o seu relacionamento com

Amanda — ele estava muito entusiasmado com ela, mas, depois que ficaram próximos, ele começou a notar pequenas coisas que o desanimaram. Desvalorizar o parceiro quando as coisas ficam próximas demais é bem típico de pessoas com um estilo de apego evitante, e é usado como um meio de criar distância emocional.

### 5. Logan, solteiro, 34.

Só saí com três pessoas em toda a minha vida, incluindo a Mary. Quando nos conhecemos, há uns dois anos, lembro que Mary ficou muito perturbada com isso. Ela ficou me fazendo perguntas sobre os meus relacionamentos anteriores e, quando se deu conta de que eu contara a respeito de todos os meus relacionamentos e não estava escondendo nada, ela pareceu perplexa e me perguntou se eu não tinha sentido falta de alguma coisa. Se eu não ficara preocupado por permanecer sozinho por tempo demais. Ou que nunca pudesse encontrar alguém. Sinceramente, a ideia de que eu não iria encontrar alguém nunca passou pela minha cabeça. Claro, tive minha porção de decepções, mas imaginei que quando chegasse a hora iria acontecer. E aconteceu. Eu soube que amava Mary quase imediatamente e disse isso a ela. Quando ela correspondeu? Na realidade, eu não tenho certeza, mas sei que ela estava louca por mim antes mesmo de me dizer.

Estilo de apego: _____

**Resposta: seguro.** Há várias pistas aqui de que Logan tem um estilo de apego seguro. Ele não se preocupa com relacionamentos nem tem medo de ficar sozinho, o que exclui um estilo de apego ansioso (embora pareça que a namorada dele, Mary, seja ansiosa por essas razões). A questão é, então, saber se Logan tem um estilo evitante ou seguro. Várias indicações excluem o estilo evitante. Primeiro, ele parece ser muito aberto com Mary em relação a seus relacionamentos anteriores, coloca todas as cartas na mesa e não fica chateado com as perguntas dela (e também não embeleza o seu histórico romântico como alguém ansioso faria). Segundo, ele se sente à vontade ao expressar seus sentimentos por Mary logo no começo, o que é uma característica tipicamente segura. Se ele fosse evitante, o mais provável seria enviar mensagens contraditórias. E mais: perceba que ele não entra em joguinhos — não faz questão de saber quando Mary correspondeu; ele simplesmente é verdadeiro consigo mesmo e age do jeito mais autêntico sem deixar que outras considerações interfiram.

### 6. Suzanne, solteira, 33.

Este dia dos namorados marca o começo do ano em que eu vou encontrar meu marido. Estou cansada de ficar sozinha; não aguento mais chegar em uma casa vazia, ir ao cinema sozinha, fazer sexo comigo mesma ou com desconhecidos. Este ano eu vou encontrar alguém maravilhoso que será meu! No passado, me dediquei completamente aos meus parceiros e me magoei feio. Perdi a fé em encontrar alguém que prestasse. Mas preciso superar o medo de me magoar. Estou disposta a me pôr em campo, disposta a correr o risco e me perder. Eu compreendo que quem não arrisca não petisca, e sem que eu abra o meu coração não há como alguém entrar. Não vou me entregar ao desespero. Eu mereço ser feliz!

Estilo de apego:_____

**Resposta: ansioso.** Este é um relato claro de alguém ansioso que já se magoou muitas vezes antes. Ela está muito concentrada em achar alguém. Quer sair no mundo e encontrar sua alma gêmea, mas, como não tem familiaridade com os princípios do apego, não sabe a quem evitar e em quem confiar. Suzanne é muito diferente de Paul, no exemplo 4. Ela não está procurando o parceiro "ideal". Nós percebemos qual é o problema e por que ela ainda não encontrou alguém — ela fica próxima e então se magoa, mas continua a ansiar pela proximidade. Paul não ficará próximo enquanto não encontrar a "mulher certa".

PARTE 2

Os três estilos de apego na vida cotidiana

# 5

# Vivendo com um sexto sentido para o perigo: o estilo de apego ansioso

O famoso filósofo do século 17 Baruch Spinoza disse: "Toda felicidade ou infelicidade depende somente da qualidade do objeto ao qual estamos vinculados pelo amor". Assim, escolha sabiamente quando você for se envolver com alguém, porque os riscos são altos: a sua felicidade depende disso! Nós consideramos isso particularmente verdadeiro para as pessoas com um estilo de apego ansioso. Por não terem consciência do sistema do apego, elas se arriscam a sofrer muito em relacionamentos, como pode se ver no exemplo da colega de Amir, Emily.

## Você só é tão problemático quanto o relacionamento no qual está

Quando Emily estava fazendo residência em psiquiatria, ela decidiu que também queria ser psicanalista. Antes de começar as aulas no instituto de psicanálise, foi necessário que ela fizesse sua própria análise por, pelo menos, um ano, com quatro sessões por semana, deitada no divã e falando sobre o que quer que viesse a sua cabeça. No começo, Emily estava indo muito bem. De fato, ela parecia tão bem resolvida que a analista dela achou que ela terminaria a análise em, no máximo, dois anos — coisa inédita, considerando que uma análise, normalmente, dura entre quatro e cinco anos.

Então ela conheceu David, por quem se apaixonou muito rapidamente. David, um aspirante a ator, acabou se revelando desagradável. Ele dava a ela mensagens contraditórias quanto a ficarem juntos, e isso realmente afligia Emily. Mudou o comportamento dela até Emily parecer completamente desestabilizada. Nós costumávamos correr juntos em volta da represa do Central Park, e ela levava tanto o seu *pager* do trabalho quanto o seu celular (e naquela época os telefones celulares eram relativamente grandes e pesados!). Ela conferia, alternadamente, um e depois o outro a cada minuto só para ver se ele tinha ligado. No trabalho, ela passava horas rastreando as atividades de David na internet, agora com uma novidade: criara uma identidade falsa na rede e entrava em salas de bate-papo que ele frequentava. Em suma, ela ficou obcecada.

O analista dela não conseguiu compreender essa transformação horrível em sua candidata mais promissora. De uma pessoa resiliente e centrada, Emily começou a se transformar em alguém com "traços masoquistas de personalidade borderline. Parecia, agora, que a análise levaria muitos anos.

## Um sistema de apego sensível

Entretanto, Emily não era um caso de masoquismo ou de distúrbio de personalidade borderline. Era simplesmente um caso de sistema de apego ativado. Pessoas com apego do tipo ansioso como Emily têm um sistema de apego hipersensível. Como mencionamos nos capítulos anteriores, o sistema de apego é o mecanismo em nosso cérebro responsável por rastrear e monitorar a segurança e a disponibilidade de nossos objetos de desejo. Se você tem um estilo de apego ansioso, possui uma capacidade singular de perceber quando o seu relacionamento está ameaçado. Até mesmo a menor indicação de que algo possa estar errado ativará o seu sistema de apego e, uma vez ativo, você ficará incapaz de se acalmar enquanto não obtiver uma indicação clara de seu parceiro de que ele está realmente disponível para você, e de que o relacionamento está seguro. As pessoas com outros estilos de apego também são ativadas, mas não se atêm a detalhes sutis como as pessoas com um estilo ansioso.

Para demonstrar o quanto é sensível o sistema de apego de pessoas do tipo ansioso, um estudo do laboratório de Chris Fraley, na Universidade de Illinois, em Urbana-Champaign — ele é o mesmo pesquisador que elaborou o questionário sobre estilos de apego ERI-R — em colaboração com Paula Niedenthal da Universidade Blaise Pascal, em Clermont-Ferrand, França, descobriu um meio específico de medir a vigilância sobre pistas sociais do estilo de apego ansioso. Eles usaram uma técnica de *morph movie* — um filme computadorizado no qual uma face mostra inicialmente uma expressão emocional específica (por exemplo, raiva) e, gradualmente, evolui para uma expressão neutra. Aos participantes se pedia que parassem o filme no quadro em que achavam que a emoção original tinha se dissipado. Eles descobriram que as pessoas com um estilo de apego ansioso tinham maior probabilidade de perceber a evasão da emoção antes dos outros. E, também, quando a tarefa era o contrário — começando com um semblante neutro e progressivamente produzindo uma expressão intensa —, os indivíduos mais ansiosos percebiam o início da emoção mais cedo. Esses resultados sugerem que as pessoas com um estilo de apego ansioso são, de fato, mais vigilantes em relação às mudanças de expressão emocional dos outros e podem ter um grau mais alto de precisão e sensibilidade aos sinais alheios. Todavia, essa descoberta vem com uma ressalva. O estudo mostrou que as pessoas com um estilo de apego ansioso tendem a tirar conclusões muito precipitadas e, ao fazê-lo, tendem a interpretar equivocadamente o estado emocional dos outros. Somente quando a experiência era concebida de um modo tal que os participantes ansiosos tivessem de esperar um pouco mais — eles não podiam reagir imediatamente quando percebiam uma mudança, e tinham de esperar mais um pouco — e obtinham mais informações antes de fazer um julgamento é que se saíam melhor que os outros participantes. Essa é uma lição importante para alguém com um estilo de apego ansioso: se você apenas espera um pouco mais antes de reagir e tirar conclusões precipitadas, terá uma capacidade singular de decifrar o mundo à sua volta e de usá-lo a seu favor. Mas é só se precipitar e estará se perdendo, fazendo julgamentos errados e se magoando.

Uma vez ativados, eles frequentemente são tomados por pensamentos que têm um só propósito: restabelecer a proximidade com seus parceiros. Esses pensamentos são chamados de "estratégias de ativação".

Estratégias de ativação são quaisquer pensamentos ou sentimentos que o compelem a ficar próximo, física ou emocionalmente, de seu parceiro. Assim que ele responde a você de uma maneira que restabeleça sua segurança, você voltará ao seu jeito de ser calmo, normal.

## Estratégias de ativação

**Pensamentos e sentimentos que o compelem a buscar proximidade com seu parceiro:**

- Pensar sobre seu parceiro, dificuldade de se concentrar em outras coisas.
- Lembrar-se apenas das boas qualidades dele.
- Colocá-lo num pedestal: subestimando seus talentos e capacidades e superestimando os dele.
- Um sentimento de ansiedade que só passa quando você está em contato com ele.
- Acreditar que essa é a sua única chance de amar, como em:
  - "Eu só sou compatível com poucas pessoas — quais são as chances de eu conhecer outra pessoa como ele?"
  - "Leva anos até conhecer outra pessoa; vou acabar sozinho."
- Acreditar que, mesmo que você esteja infeliz, é melhor não desistir, como em:
  - "Se me deixar, ela será uma parceira ótima — para alguma outra pessoa."
  - "Ele pode mudar."
  - "Todos os casais têm problemas — não somos diferentes disso."

No caso de Emily, seu sistema de apego acertou o alvo. Durante o relacionamento deles, ela descobriu que David ficava assistindo a pornografia na internet por horas a fio, enquanto ela estava trabalhando e ele, supostamente, deveria estar fazendo

testes para papéis. Ela também descobriu que ele estava flertando on-line com outras garotas (inclusive com a identidade
inventada dela) em várias salas de bate-papo. Entretanto, ainda
assim foi difícil para ela terminar com ele. Ela foi bombardeada
por estratégias de ativação similares às que enumeramos acima,
achando que ele mudaria, que todo mundo tem problemas e
assim por diante. Foi necessário um ano para ela criar a coragem
de romper o elo. Durante esse ano, e por um bom tempo depois
do rompimento, Emily passou sua análise falando, sobretudo, a
respeito dele. Anos depois, após ter se casado com um cara ótimo
e voltado ao seu jeito resiliente de ser, ela relembra a experiência
toda com perplexidade: não consegue acreditar que desperdiçou
seu tempo na análise examinando as raízes profundas de seus
comportamentos "fanáticos" em torno daquele relacionamento.
Se ao menos tivesse encontrado um bom sujeito antes — um
que não ficasse ativando continuamente seu sistema de apego —
ela teria se poupado do desnecessário escrutínio de seus "traços
masoquistas de personalidade borderline".

## O funcionamento do sistema de apego

Para alguém que se apega muito rapidamente e tem um sistema
muito sensível, entender como tudo isso funciona é inestimável.
Várias pessoas com o tipo de apego ansioso, como Emily, vivem
cronicamente conectadas a esse sistema sem se dar conta disso. A
seguir, ilustramos como o sistema de apego funciona.

## O sistema de apego:
## Achando o caminho para a zona de conforto

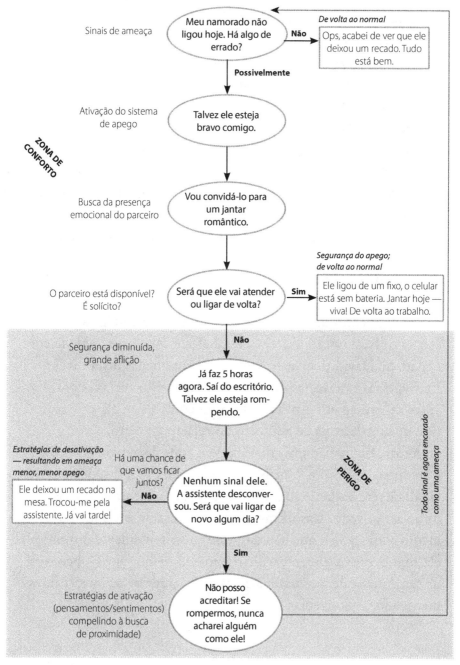

(Baseado no modelo integrativo de Shaver e Mikulincer, de 2002.)

...

Enquanto Emily estava com David, em termos de relacionamentos ela vivia em sua zona de perigo. Sentia-se como alguém andando na corda bamba sem uma rede de segurança, ansiosamente se esforçando para manter o seu equilíbrio emocional, enquanto passava por intermináveis ciclos de ativação, com apenas momentos raros e breves de segurança antes de o ciclo começar de novo. Seus pensamentos, sentimentos e comportamentos eram governados pelo fato de que David não estava realmente disponível para ela. Ela sentia quase que uma constante sensação de ameaça ao relacionamento que tentava minimizar mantendo-se próxima dele — fosse passando muitas e preciosas horas no trabalho on-line, fingindo ser outra pessoa, ou fosse falando dele na análise ou com os amigos dela. Dessa maneira, Emily o mantinha em mente o tempo todo. Todos esses pensamentos e comportamentos aparentemente erráticos — estratégias de ativação — tinham um só objetivo: estabelecer uma proximidade com David. Se David tivesse estado consistentemente disponível para Emily, essas estratégias de ativação teriam sido cortadas pela raiz antes de crescerem e ficarem fora de controle, e ela nunca teria tido de sair da zona de conforto do relacionamento.

Agora, Emily não mais se vê presa à zona de perigo. Seu marido é amoroso, solícito e, o mais importante de tudo, disponível. Mas ela ainda tem bastante consciência da força poderosa de um sistema de apego ativado. Caso Emily voltasse a entrar em um relacionamento com alguém que não estivesse consistentemente disponível, ela muito provavelmente voltaria ao seu velho jeito "obcecado" de ser. A ideia de que alguma coisa assim pudesse acontecer novamente a fazia se arrepiar.

## Vivendo na zona de conforto: Ryan e Shauna

Ryan e Shauna eram colegas de trabalho quando se apaixona-ram. Eles estavam juntos já fazia vários meses quando Ryan saiu daquele trabalho para um emprego com salário melhor, numa empresa prestigiada. Pela primeira vez, o casal não passava seus dias de trabalho juntos. Quando Ryan fez sua primeira viagem a trabalho com seus novos colegas, ficou com saudade de Shauna e resolveu ligar para ela. A ligação caiu na caixa postal depois de tocar duas vezes. Ele sabia que aquilo não era normal, ficou realmente perturbado e ligou de novo. Dessa vez, a ligação caiu direto na caixa postal. Ele não deixou recado: ficou magoado por ela ter apertado o botão "ignorar" da primeira vez e desli-gado definitivamente o telefone na segunda. E teve dificuldades para se concentrar em sua reunião de trabalho; mas prometeu a si mesmo que não ligaria de novo durante todo o restante da viagem. Por sorte, uma hora depois, Shauna mandou uma men-sagem de texto pedindo desculpas por não ter atendido — não pudera atender porque o chefe dela estava parado junto a ela quando ele ligou. Ele ficou aliviado e ligou para ela.

Ryan, que tem um estilo de apego ansioso, tem um sexto sen-tido para pistas relacionadas ao apego; ele fica muito sintonizado com os pequenos detalhes relacionados à disponibilidade de sua namorada: prestou atenção, por exemplo, em quantas vezes o telefone tocou antes de ir para a caixa postal. E concluiu corre-tamente que Shauna apertara o botão de "ignorar" e, em seguida, desligara o telefone, pistas que poderiam ter sido ignoradas por alguém com um estilo de apego diferente. Ele estava especialmente sensível porque estivera acostumado a ter Shauna a três baias da dele, e essa era sua primeira viagem com a nova empresa. Para a sorte de Ryan, Shauna tem um estilo de apego seguro e foi capaz, sem muito esforço, de responder efetivamente a ele, restabelecer o contato e acalmar seu sistema de apego. Diferentemente de Emily,

Ryan não se viu na zona de perigo do relacionamento porque as suas ansiedades foram aplacadas.

Perceba que se você se sente inquieto em uma situação do relacionamento, tudo o que se requer é um mínimo de atitude afirmativa por parte de seu parceiro — uma mensagem de texto no caso de Shauna — para voltar ao normal. No entanto, se você não obtém essa segurança, suas preocupações com o relacionamento irão quadruplicar e será necessário muito mais que uma simples mensagem de texto para acalmar seu sistema de apego. Este é um *insight* muito importante para qualquer um que esteja em um relacionamento. Quanto mais sintonizado você estiver com as necessidades de seu parceiro nos estágios iniciais — e ele com as suas — menos energia você vai precisar gastar atendendo-o depois.

De fato, se Shauna não tivesse reagido como fez, Ryan continuaria a ter dificuldades em se concentrar no trabalho (estratégias de ativação) e iria, provavelmente, agir com distância ou explodir ao telefone (comportamento de protesto) quando ela, por fim, ligasse. E tudo isso teria sido muito destrutivo para o relacionamento.

## Comportamento de protesto — deixando seu sistema de apego dominá-lo

*Tentativas excessivas de restabelecer contato:*
Ligar, mandar mensagens de texto ou e-mails frequentemente, ficar esperando uma ligação, ficar rondando o lugar de trabalho de seu parceiro na esperança de topar com ele.

*Distanciamento:*
Ficar silenciosamente "absorvido" no jornal, literalmente dar as costas ao parceiro, não falar, falar com outras pessoas ao telefone e ignorá-lo.

*Dando o troco:*
Prestar atenção a quanto tempo o parceiro levou para retornar a sua ligação telefônica e esperar exatamente o mesmo tempo para retornar o telefonema dele; esperar que ele faça o primeiro movimento para "consertar" e agir com distância até esse momento. Quando Ryan decidiu não deixar um recado para Shauna, depois que ela não atendeu as suas ligações, ele estava dando o troco ("Se ela não atende as minhas ligações, eu que não vou deixar recado").

*Agindo com hostilidade:*
Olhar para o teto quando ele fala, desviar os olhos, levantar e sair da sala enquanto ele está falando (agir com hostilidade pode progredir para violência aberta às vezes).

*Ameaçando romper:*
Fazer ameaças — "Nós não estamos nos entendendo, acho que não consigo continuar mais com isso", "Eu sabia que não éramos as pessoas certas um para o outro", "Eu estaria melhor sem você" — o tempo todo torcendo para que ele o impeça de partir.

*Manipulação:*
Agir como se estivesse ocupado ou fora de alcance. Ignorar ligações, dizer que tem planos quando não tem.

*Fazendo-o ficar com ciúmes:*
Fazer planos para sair para almoçar com o ex, ir com amigos a um bar de solteiros, contar ao parceiro sobre alguém que achou atraente.

Um *comportamento de protesto* é qualquer ação que tente restabelecer o contato com o parceiro e obter a atenção dele. Há muitas maneiras de manifestar o comportamento de protesto, sendo qualquer coisa que possa impulsionar a outra pessoa a prestar atenção e a reagir a você.

O comportamento de protesto e as estratégias de ativação podem levá-lo a agir de maneiras que são prejudiciais ao relacionamento. É muito importante aprender a reconhecer quando ocorrem. (No capítulo 8, você encontrará o inventário do relacionamento, que foi elaborado para ajudá-lo a identificar seus comportamentos de protesto e encontrar maneiras mais construtivas de lidar com situações difíceis.) Esses comportamentos e estratégias também continuam muito depois de seu parceiro ter partido. É parte das dores do coração — o anseio por alguém que não mais está disponível para nós enquanto a nossa constituição biológica e emocional está programada para tentar ganhá-lo de volta. Mesmo que sua mente racional saiba que você não deve estar com essa pessoa, seu sistema de apego nem sempre corresponde. O processo de apego segue seu próprio curso e seu próprio calendário. Isso significa que você vai continuar a pensar na outra pessoa e será incapaz de tirá-la da cabeça por um tempo bem longo.

Ocorre que as pessoas com estilos de apego ansioso são particularmente suscetíveis a cair em uma situação de sistema de apego cronicamente ativado. Um estudo realizado por Omri Gillath, Silvia Bunge e Carter Wendelken, e junto com dois importantes estudiosos do apego, Phillip Shaver e Mario Mikulincer, mostrou provas fascinantes disso. Usando a tecnologia da tomografia, eles pediram a 20 mulheres para pensar — e depois parar de pensar — em várias situações de relacionamento. O intrigante é que descobriram que, quando as mulheres com estilo de apego ansioso pensavam em situações negativas (conflito, rompimento, morte do parceiro), as áreas relacionadas à emoção no cérebro ficam "acesas" em um grau maior que nas mulheres com outros estilos de apego. E ainda mais: eles descobriram que as regiões do cérebro associadas à regulação emocional, como o córtex orbitofrontal, ficavam menos ativadas que nas mulheres com outros estilos de apego. Em outras palavras, o cérebro das pessoas com um estilo de apego ansioso reage mais intensamente a pensamentos de perda e, ao mesmo tempo, ativa bem menos as regiões usadas normalmente para regular a diminuição das emoções negativas. Isso significa que, uma vez que seu sistema de apego é ativado, você perceberá que é muito mais difícil "desligá-lo" se tiver um estilo de apego ansioso.

Compreender o sistema de apego é crucial para pessoas com um estilo de apego ansioso. Nisso reside a oportunidade delas de terem um relacionamento feliz, realizado.

Dividimos nosso guia para pessoas com um estilo ansioso em duas rotas separadas — a primeira é para aqueles que não estão vinculados. Encontrar um parceiro seguro, antes de mais nada, é a melhor opção disponível se você está solteiro. Pode funcionar como mágica para prevenir as dificuldades antes mesmo de elas começarem — contudo, optar pelo seguro pode ser mais complicado do que você pensa. O restante deste capítulo é dedicado a guiar solteiros com um estilo de apego ansioso em direção a um parceiro seguro, evitando armadilhas no caminho. A segunda rota é para qualquer um que tenha um estilo de apego ansioso — sejam aqueles atualmente em um relacionamento ou aqueles que ainda estão à procura do parceiro certo. Significa remodelar seus modelos operacionais de apego — basicamente repensar suas atitudes e crenças sobre relacionamentos a partir desta perspectiva — em direção à "reinstrumentalização" de habilidades de relacionamento mais seguras. As partes três e quatro são dedicadas a esse segundo grupo.

## O segredo para encontrar um bom relacionamento se você é ansioso

Emily, que conhecemos no começo deste capítulo, desconhecia a ciência do apego. Ela não sabia que tinha um estilo ansioso. Também não sabia que o homem por quem estava obcecada, David, tinha um estilo de apego evitante. Se ela soubesse, teria compreendido que ser ansiosa significa que ela se desenvolve em relacionamentos íntimos com apoio, estabilidade e duração, e que a incerteza e a indisponibilidade emocional a deixam ativada e preocupada ou, em uma palavra, infeliz. Emily também teria consciência de que certas pessoas — a saber, os evitantes — intensificam suas preocupações e sentimentos de inadequação, enquanto outros — os seguros — os pacificam. Emily, como a maioria das pessoas ansiosas, paradoxalmente acabava saindo com frequência com pessoas com um estilo de apego evitante, mesmo depois de as descobertas sobre apego adulto advogarem claramente que as pessoas com estilo ansioso se dão com os seguros. Por que isso ocorre? E, mais importante, como você pode encontrar a felicidade e evitar mágoas desnecessárias?

### Atração gravitacional?

Alguns estudos investigaram a questão da atração por pessoas baseada no estilo de apego delas ou no nosso. Dois pesquisadores da área do apego adulto, Paula Pietromonaco, da Universidade de Massachusetts, e Katherine Carnelley, da Universidade de Southampton, na Inglaterra, descobriram que os indivíduos evitantes, na realidade, preferem as pessoas de estilo de apego ansioso. Outro estudo, de Jeffry Simpson, da Universidade de Minnesota, mostrou que mulheres ansiosas têm maior probabilidade de sair com homens evitantes. É possível, então, que as pessoas que resguardam a sua independência ferozmente busquem os parceiros mais sujeitos a invadir a autonomia delas? Ou que as pessoas que buscam a proximidade sejam atraídas por pessoas que querem afastá-las? E se é assim, por quê?

Pietromonaco e Carnelley acreditam que esses estilos de apego, na verdade, complementam um ao outro de certa forma. Um reafirma as crenças do outro sobre si mesmo e sobre relacionamentos. A percepção de si, defensiva, dos evitantes, de que eles são fortes e independentes é confirmada, assim como a crença de que os outros querem puxá-los para uma maior proximidade do que aquela em que ficariam confortáveis. Os tipos ansiosos descobrem que seu desejo de querer mais intimidade que o parceiro pode oferecer é confirmado, assim como a sua antecipação de que acabaram sendo deixados na mão pelos outros. Portanto, de certa forma, cada estilo é levado a reencenar um roteiro familiar repetidas vezes.

## A montanha-russa emocional

Há, entretanto, outra razão para que você possa ser atraído por um parceiro evitante se você é ansioso. No caso de Emily, os indicadores sutis da incerteza e indisponibilidade de David a faziam se sentir insegura. Isso é o que ocorre com frequência, bem no início do relacionamento, se você é ansioso e está saindo com um evitante. Logo no começo, no relacionamento, você começa a captar sinais contraditórios. Ele liga, mas leva tempo para fazê-lo; ele está interessado em você, mas deixa a entender que ainda está sondando o terreno. Você acaba obrigado a adivinhar. Toda vez que capta mensagens contraditórias, seu sistema de apego é ativado, e você fica preocupado com o relacionamento. Mas então ele elogia você ou faz um gesto romântico que faz seu coração disparar, e você diz a si mesmo que ele está interessado, no fim das contas; você fica extasiado. Infelizmente, esse êxtase tem curta duração. Rapidamente, as mensagens positivas se misturam com as ambíguas e, de novo, você se vê numa montanha-russa. Então vive em suspense, antecipando o próximo pequeno gesto ou comentário que irá confortá-lo. Depois de viver assim por um tempo, você começa a fazer uma coisa interessante. Começa a igualar a ansiedade, a preocupação, a obsessão e essas explosões de alegria sempre tão breves com o amor. O que você está realmente fazendo é igualar um sistema de apego à paixão.

Se vem fazendo isso já há algum tempo, você se torna programado para ficar atraído precisamente pelos indivíduos que são menos prováveis de fazê-lo feliz. Ter um sistema de apego perpetuamente ativado é o oposto do que a natureza tinha em mente para nós, em termos de amor gratificante. Como vimos, um dos *insights* mais importantes de Bowlby e Ainsworth é que: para prosperar e crescer como seres humanos, precisamos de uma base segura da qual derivam força e conforto. Para que isso aconteça, nosso sistema de apego precisa estar calmo e seguro.

Lembre-se: um sistema de apego ativado não é amor. Da próxima vez em que você sair com alguém e sentir-se ansioso, inseguro e obsessivo — só para ficar extasiado de vez em quando —, diga a si mesmo que isso é, muito provavelmente, um sistema de apego ativado, e não amor! O amor verdadeiro, no sentido evolucionário, significa paz mental. "Águas paradas são profundas" é uma boa maneira de caracterizá-lo.

## Se você é ansioso, não deve sair com alguém evitante porque:

**Você:** quer proximidade e intimidade.

**Eles:** querem manter alguma distância, emocional e/ou física.

**Você:** é muito sensível a quaisquer sinais de rejeição (sistema de apego vigilante).

**Eles:** enviam mensagens contraditórias que com frequência parecem rejeição.

**Você:** acha difícil dizer a eles, diretamente, do que precisa e o que o está incomodando (comunicação efetiva), usando em vez disso o comportamento de protesto.

**Eles:** são ruins em interpretar suas pistas verbais e não verbais e não acham que seja responsabilidade deles fazê-lo.

**Você:** precisa ser confortado e sentir-se amado.

**Eles:** tendem a desvalorizá-lo como um meio de desativar o sistema de apego deles.

**Você:** precisa saber exatamente onde está no relacionamento.

**Eles:** preferem deixar as coisas indistintas. Mesmo que o relacionamento de vocês seja sério, ainda restam alguns pontos de interrogação.

## A lei dos grandes números — por que é mais provável que você conheça evitantes quando sai para um encontro

Há uma última razão pela qual provavelmente você venha a conhecer e sair com uma boa quantidade de pessoas evitantes. Considere os seguintes três fatos:

105

- Pessoas com um estilo de apego evitante tendem a terminar seus relacionamentos com maior frequência. Um estudo verificou que, dos indivíduos que entram em um novo casamento seguido de um divórcio, são os evitantes que têm maior probabilidade de se divorciar de novo. Eles também suprimem emoções amorosas e, portanto, se "esquecem" dos parceiros muito rapidamente, de modo que podem começar a sair de novo quase imediatamente. *Conclusão: os evitantes estão na rede de encontros com mais frequência e por períodos maiores.*

- As pessoas com um estilo de apego seguro, em geral, não passam por muitos parceiros antes de encontrar aquele com quem se estabelecem e vivem felizes. Uma vez que as coisas funcionem, eles formam um relacionamento compromissado e duradouro. *Conclusão: as pessoas com um estilo de apego seguro levam muito tempo a reaparecer na rede de encontros, se é que reaparecem.*

- Estudos descobriram que é improvável que evitantes se relacionem com outros evitantes, porque a eles falta a cola emocional para juntá-los. De fato, um estudo sobre casais não encontrou um só par que fosse evitante-evitante. *Conclusão: evitantes não saem entre si; é mais provável que saiam com pessoas de estilos de apego diferentes.*

Agora, vamos juntar as peças desse quebra-cabeça.

Quando você conhece alguma pessoa nova, a probabilidade de que ela tenha um estilo de apego evitante é alta — muito mais alta que a parcela deles na população: — 25%. Eles não apenas são reciclados na rede de encontros mais rapidamente, como também não saem entre si (pelo menos não por muito tempo), nem saem com pessoas seguras, porque há menos seguros disponíveis. Quem eles conhecem, então? Precisamente: você e outros parceiros potenciais com estilo de apego ansioso.

## O que acontece quando você encontra alguém seguro?

Digamos que você supere os obstáculos estatísticos e acabe conhecendo alguém seguro. Você percebe que tropeçou em uma mina de ouro ou deixa a oportunidade passar? Muitos anos atrás, Rachel tentou juntar sua vizinha Chloe com seu conhecido Trevor — um partido e tanto (e seguro). Trevor, então na faculdade de Medicina, estava querendo conhecer alguma pessoa nova depois que sua namorada por dez anos o deixara. Ele tinha estado com ela dos 18 aos 28 anos. Trevor não queria terminar mesmo que ela estivesse sempre insatisfeita; por fim, ela o abandonou. Ele ficou triste por um longo tempo, mas estava pronto para começar a ter encontros de novo. Trevor era muito bonito, tinha um excelente senso de humor e era um atleta de primeira. Tinha força de vontade, era estável e viera de uma família abastada e culta. Todas as características que você iria querer em um parceiro, certo?

Não exatamente. Chloe o encontrou uma vez e ficou totalmente desinteressada. Ela admitiu que Trevor era muito bonito e até interessante, porém "a faísca estava faltando". Na época, Rachel ficou pasma. Ela não conseguia entender por que Chloe o estava dispensando.

Nós compreendemos: se você é ansioso, o contrário do que acontece quando você conhece alguém evitante acontece quando você conhece alguém seguro. As mensagens que vêm de uma pessoa segura são muito honestas, diretas e consistentes. Os seguros não têm medo da intimidade e sabem que são dignos de serem amados. Eles não têm de se pavonear ou se fazer de difíceis. Mensagens ambíguas estão fora do pacote, bem como tensão e suspense. Em consequência, seu sistema de apego permanece relativamente calmo. Você conclui que essa pessoa não pode ser "a certa" — afinal nenhum sino está tocando — porque está acostumado a igualar um sistema de apego ativado com o amor. Você associa um sistema de apego tranquilo com o tédio e indiferença. Por causa dessa falácia, você poderá deixar o parceiro perfeito passar longe.

Chloe teve de passar por dificuldades terríveis porque ela supunha que um sistema de apego ativado era um pré-requisito para o amor. Tony, que eventualmente tornou-se marido dela, parecia confiante e interessante a princípio, mas nunca perdia uma chance de depreciá-la.

Por sorte, as histórias de Trevor e de Chloe têm finais felizes. Trevor não ficou disponível por muito tempo. Não demorou a encontrar uma grande parceira, e eles estão juntos desde então. Viajaram pelo mundo todo, casaram-se e têm dois filhos. Ele é um pai e marido maravilhoso. Chloe sofreu mais, entretanto, depois de vários anos de agonia com Tony, ela se recompôs e aprendeu a apreciar a estabilidade e o amor de um parceiro seguro. Ela se divorciou de Tony e, mais tarde, conheceu Bruce, que é tão amoroso e atencioso quanto Trevor.

Todo mundo pode ter um final feliz como esses. Não depende inteiramente do acaso. O truque é não ficar viciado nos altos e baixos e confundir um sistema de apego ativado com paixão ou amor. Não deixe que a indisponibilidade emocional o excite.

## Se você é ansioso, deve sair com alguém seguro porque:

| | |
|---|---|
| **Você:** quer proximidade e intimidade. | **Eles:** sentem-se à vontade com a proximidade e não tentam afastá-lo. |
| **Você:** é muito sensível a quaisquer sinais de rejeição (sistema de apego vigilante). | **Eles:** são muito consistentes e confiáveis e não enviarão mensagens contraditórias que o abalarão. Se você ficar perturbado, eles sabem como confortá-lo. |
| **Você:** acha difícil dizer a eles diretamente do que precisa e o que o está incomodando (comunicação efetiva), usando em vez disso o comportamento de protesto. | **Eles:** veem o seu bem-estar como a maior prioridade e fazem o melhor que podem para interpretar as suas pistas verbais e não verbais. |
| **Você:** precisa sentir-se seguro e amado. | **Eles:** sentem-se à vontade ao lhe dizer o que sentem, logo no começo, de uma maneira consistente. |
| **Você:** precisa saber exatamente onde está no relacionamento. | **Eles:** são muito estáveis; também se sentem à vontade com o compromisso. |

O que acontece quando você segue os conselhos comuns sobre encontros?

Digamos que você decida seguir os conselhos de muitos livros populares sobre relacionamentos. Eles oferecem diretrizes para ajudar a "fisgar" um parceiro, tais como: não se mostre disponível demais, diga que está ocupado mesmo quando não está, não ligue para ele — espere ele ligar, não pareça se importar demais, dê uma de misterioso. Presumivelmente, você preserva sua dignidade e independência dessa maneira e ganha o respeito do parceiro. Porém, na verdade, você está é se comportando de uma maneira que não corresponde às suas necessidades e sentimentos genuínos. Você os deixa de lado para parecer forte e autossuficiente. E, de fato, esses livros e o conselho que eles dão estão certos; esses comportamentos podem fazer você parecer mais atraente. O que não mencionam, porque desconhecem a ciência do apego, é que eles o fazem parecer mais atraente para um tipo muito particular de parceiro — um evitante. Por quê? Porque, em essência, o que eles estão advogando é que você ignore as suas necessidades e deixe a outra pessoa determinar o grau de proximidade no relacionamento.— Ele pode desfrutar a emoção e a proximidade que você projeta naturalmente quando estão juntos sem ter de levar em conta as suas necessidades de intimidade e proximidade no restante do tempo. Ao ser alguém que você não é, você está permitindo que outra pessoa fique com você nos próprios termos dela e está permitindo que ela venha e vá quando bem entender.

Outro problema é: se esse tipo de jogo é só uma encenação para você, o tiro acabará saindo pela culatra no fim. Primeiro, seu parceiro evitante irá rapidamente perceber qual é a sua — eles são bons em detectar pessoas que querem invadir a autonomia deles. Segundo, você vai acabar achando que já está na hora de mostrar como realmente é. Afinal, o que você realmente quer é chegar a um alto grau de intimidade, passar momentos agradáveis com ele, ser capaz de baixar a guarda. Mas você descobrirá que, ao fazer isso, seu parceiro evitante irá subitamente voltar atrás e começará a se afastar. De ambos os jeitos, você perde porque está atraindo o tipo errado de parceiro.

Uma sessão de treinamento para o estilo de apego ansioso em um encontro

**1. Reconheça e aceite suas verdadeiras necessidades em um relacionamento.**

Nós recomendamos que você trate de ficar atrás dele, realize cada desejo de seu parceiro e ligue incessantemente? Definitivamente não. Sugerimos uma abordagem completamente diferente. Ela deriva de compreender que você — em função de seu estilo de apego ansioso — tem certas necessidades claras em um relacionamento. Se essas necessidades não são atendidas, você não consegue ser verdadeiramente feliz. A chave para achar um parceiro que possa atender essas necessidades é, primeiro, reconhecer integralmente a sua necessidade de intimidade, disponibilidade e segurança em um relacionamento — e acreditar que elas são legítimas. Não são boas ou más, são simplesmente as suas necessidades. Não deixe as pessoas fazerem com que você se sinta culpado por agir de modo "carente" ou "dependente". Não tenha vergonha de se sentir incompleto quando não está em um relacionamento ou de querer ser próximo de seu parceiro e depender dele.

Em seguida, use esse conhecimento. Comece a avaliar as pessoas com quem você sai com base na capacidade delas de atender a essas necessidades. Em vez de pensar como você pode mudar a si mesmo para agradar o seu parceiro, como tantos livros sobre relacionamentos aconselham, pense: essa pessoa pode proporcionar o que eu preciso para ser feliz?

**2. Reconheça e descarte pretendentes evitantes logo no começo.**

O segundo passo é reconhecer e excluir pessoas com um estilo de apego evitante logo no começo. É aqui que o nosso questionário para decifrar o estilo dos outros se revela útil. Mas há também outras maneiras de saber se alguém é evitante. Arthur Conan Doyle cunhou a expressão "cano fumegante" em um de seus livros do detetive Sherlock Holmes. Um cano fumegante tornou--se então uma referência para um objeto ou fato que serve como prova conclusiva não só de um crime, mas também qualquer tipo de prova incontestável. Gostamos de chamar de cano fumegante cada sinal ou mensagem que é altamente indicativo de um evitante.

Pistas, ou "canos fumegantes", que indicam que você está saindo com alguém evitante.

- **Envia mensagens contraditórias** — sobre seus sentimentos em relação a você ou sobre o compromisso dele com você.
- **Anseia por um relacionamento ideal** — mas dá dicas sutis de que não será com você.
- **Quer desesperadamente encontrar a "pessoa certa"** — mas de algum modo sempre encontra defeitos na outra pessoa ou nas circunstâncias que tornam o compromisso impossível.
- **Ignora o seu bem-estar emocional** — e, quando confrontado, continua a ignorá-lo.
- **Sugere que você é "carente demais", "sensível" ou "exagerado em suas reações"** — assim invalida seus sentimentos e faz você duvidar de si mesmo.
- **Ignora coisas que você diz que são inconvenientes para ele** — não responde ou muda de assunto.
- **Lida com as suas preocupações como "em um tribunal"** — reagindo aos fatos sem levar em conta os seus sentimentos.
- **Suas mensagens não chegam a ele** — apesar de todos os seus esforços para comunicar as suas

necessidades, ele não parece receber a mensagem ou, então, a ignora.

Perceba que não são comportamentos específicos que ameaçam se tornar canos fumegantes, mas uma atitude emocional — uma ambiguidade quanto ao relacionamento que segue de mãos dadas com uma mensagem forte de que as suas necessidades emocionais não são importantes para ele. Ele pode até dizer as coisas certas, às vezes, porém as suas atitudes contam uma história diferente.

Como você verá na seção seguinte, a comunicação efetiva é uma ferramenta excelente para desarmar esses canos fumegantes.

### 3. Uma nova maneira de se comportar em encontros: seja quem você autenticamente é e use a comunicação efetiva.

O próximo passo é começar a *expressar* suas necessidades. Muitas pessoas ansiosas caem facilmente na armadilha que os livros sobre relacionamentos — e a sociedade como um todo — armaram para elas. Elas sentem que são muito exigentes e carentes e tentam acomodar a necessidade de seu parceiro de manter distância e fronteiras (se estão envolvidas com alguém evitante). É simplesmente mais aceitável, socialmente, manter uma fachada distante e autossuficiente. Desse modo, elas ocultam seus desejos e encobrem seu descontentamento. Na realidade, você está perdendo ao fazer isso, porque, ao expressar as suas necessidades, atinge dois objetivos. Primeiro, você está sendo quem autenticamente é, o que já se constatou que contribui para os seus sentimentos gerais de felicidade e realização, e ser feliz e realizado é, provavelmente, uma das características mais atraentes que você pode oferecer a um parceiro. Segundo, e não menos importante, como está sendo quem autenticamente é, se o seu parceiro é incapaz de atender às suas necessidades genuínas, você pode determinar logo no começo. Nem todo mundo tem necessidades nos relacionamentos compatíveis com as suas, e não há nada de mal nisso. Deixe que eles achem alguma outra pessoa que queira ser mantida a distância, e você pode ir procurar alguém que o fará feliz.

O que queremos dizer com "ser quem se é autenticamente" e "expressar suas necessidades"? A paciente de Amir, Janet, pode ilustrar bem isso. Com 28 anos, ela estava saindo com Brian há mais de um ano quando ele decidiu terminar o relacionamento. Ele não estava pronto para uma relação mais séria e precisava do espaço dele. Ela ficou absolutamente devastada e não conseguiu parar de pensar nele por muitos meses. Ela nem sequer cogitava sair com outra pessoa, porque ainda se sentia muito conectada a ele. Seis meses depois, como que em resposta às orações dela, Brian ligou para ela dizendo que queria voltar. É claro que Janet ficou extasiada. Algumas semanas depois que o relacionamento foi restabelecido, Amir perguntou como estava indo. Ela disse que eles estavam indo bem devagar e que ela estava deixando que ele ditasse o ritmo, como fizera no passado. Ela sabia que ele tinha medo do compromisso, e não queria assustá-lo de novo.

Amir sugeriu, enfaticamente, que, em vez de cair no mesmo padrão que Brian criara da primeira vez, dessa vez ela devia deixar seus desejos absolutamente claros. Afinal, fora ele quem quisera voltar e ele tinha de provar que mudara e era digno do amor dela. Amir sugeriu que ela declarasse as coisas à queima-roupa, como em "eu te amo muito; preciso saber se posso contar com você o tempo todo. Eu quero saber que posso falar com você todos os dias e não só quando é conveniente para você. Não quero ter de ocultar o meu desejo de passar o tempo com você por medo de fazê-lo se afastar".

Mas Janet acreditava que, se persistisse tempo o bastante, dando a ele o espaço dele e tempo de sobra, ele aprenderia a valorizá-la. Que se ela agisse fria e confiantemente, ele se sentiria mais atraído por ela. Como não era de se surpreender, o relacionamento de Janet com Brian lentamente deteriorou-se e, por fim, apagou-se de vez. Ele ligava cada vez menos, continuou a fazer como queria, sem levar o bem-estar dela em conta, e, por fim, desapareceu sem nem mesmo ter uma conversa de verdade sobre o rompimento. Se Janet tivesse deixado seu jeito autêntico de ser se revelar e tivesse usado a comunicação efetiva para expressar seus sentimentos e necessidades, ela teria terminado a triste provação muito antes, sabendo que tentara o melhor que podia, mas que Brian era simplesmente incapaz de proporcionar o que ela precisava. Ou, então, Brian teria entendido desde o primeiro dia que se ele estava sendo sério quanto a voltar, teria de ficar à altura da ocasião e levar as necessidades de Janet em conta. Saberia exatamente o que era esperado dele, sem precisar adivinhar.

(Para saber mais sobre como expressar quem você autenticamente é, usando a comunicação efetiva, veja o capítulo 11.)

### 4. A filosofia da abundância.

Como discutimos anteriormente, há um número desproporcional de evitantes na rede de encontros. Outro passo útil para transitar com sucesso na rede é o que chamamos de a "filosofia da abundância" (ou "há peixes de sobra no mar") —, isto é, compreender que há muitos indivíduos singulares e maravilhosos por aí, que podem vir a ser parceiros magníficos para você. Tente dar chances a várias pessoas, sem se decidir por uma logo no começo, e garanta que você se desvie daqueles com potenciais canos fumegantes.

Isso exige uma mudança radical em seu pensamento ansioso. Você tende a supor que conhecer alguém apropriado é algo improvável, mas não precisa ser dessa maneira. Há muitas pessoas charmosas e inteligentes por aí que podem fazê-lo feliz, e também há muitas que não são as certas para você. A única maneira de garantir que você conheça sua alma gêmea em potencial é sair com um monte de gente. É uma simples lei da probabilidade — quanto mais gente você conhece, maior a chance de encontrar aquela pessoa que será uma boa escolha para você.

Entretanto, é muito mais que uma questão de probabilidade. Se você tem um estilo de apego ansioso, tende a se vincular muito rapidamente, até mesmo só com base na atração física. Uma noite de sexo, ou até um beijo apaixonado, e, *bum*, você já não consegue tirar a pessoa da cabeça. Como você sabe, uma vez que seu sistema de apego é ativado, começa a querer a proximidade da outra pessoa e fará qualquer coisa ao seu alcance para que funcione, mesmo antes de realmente conhecê-la e decidir se você gosta ou não dessa pessoa! Se você está saindo só com ela, o resultado é que, em um estágio muito inicial, você perde sua habilidade de julgar se é realmente a pessoa certa para você.

Usando a filosofia da abundância, você mantém sua capacidade de avaliar parceiros em potencial com mais objetividade. O que você, na realidade, está fazendo é diminuir a sensibilidade de seu sistema de apego e enganando-o para que seja mais leniente com você. Seu sistema não ficará tão facilmente ativado por uma pessoa apenas, porque estará ocupado avaliando a disponibilidade de várias pessoas diferentes, e é improvável que você fique obcecado por qualquer uma delas em particular. Você pode rapidamente excluir as pessoas que o fazem se sentir inseguro ou inadequado ao não colocar todas as suas esperanças nelas. Por que você perderia tempo com alguém que não é gentil com você, se existem vários outros parceiros em potencial que o tratam como realeza?

Quando você está saindo com várias pessoas — algo que se tornou bem viável na era da internet e do Facebook — também fica mais fácil deixar suas necessidades e desejos claros; você não fica com medo de que, ao fazê-lo, espante um bom pretendente; não precisa pisar em ovos ou esconder seus sentimentos verdadeiros. Isso permite que descubra se uma pessoa é capaz de atender às suas necessidades antes de chegar a um beco sem saída.

Nicky, 31, foi um caso extremo de como esta abordagem funcionou como mágica. Nicky era atraente, social e espirituosa, e, no entanto, raramente ia além dos primeiros dias ou semanas de um relacionamento. Ela tinha um estilo de apego altamente ansioso; ansiava por intimidade e proximidade, mas estava tão convencida de que nunca conheceria alguém que ficar sozinha tornou-se uma profecia autorrealizadora.

Em situações românticas, Nicky era muito sensível e se magoava facilmente, e agia defensivamente, não retornando ligações telefônicas e permanecendo em silêncio (usando o comportamento de protesto) até que o relacionamento chegasse ao fim. Depois, ficaria se atormentando, repassando incessantemente as coisas na mente (uma estratégia de ativação). Era muito difícil encerrar o assunto e seguir em frente. Além disso, ao manter o silêncio e não ligar, Nicky parecia atrair uma fila de homens evitantes que se sentiam mais confortáveis com a falta de comunicação. Mas ela não estava feliz.

Finalmente, por sugestão nossa, ela disse a todos os amigos dela para ficarem de olho aberto para potenciais pretendentes e também se inscreveu em vários serviços de encontro on-line. Ela começou a conhecer pessoas novas, e desse modo aumentou as probabilidades de conhecer o homem certo — um homem seguro. Sair com muitas pessoas e não ter tempo de ficar ansiosa demais com qualquer uma delas em particular trouxe uma mudança na atitude dela. Enquanto antes Nicky via todo homem que conhecia e de que gostava (e ela era exigente) como a sua última chance de encontrar a felicidade, agora os pretendentes eram abundantes. Não que ela não tenha passado por desapontamentos. Alguns homens não iam além do primeiro encontro por uma ou outra razão. Mas o que de fato mudara eram os padrões ansiosos de pensamento dela — seu modelo de relacionamentos em operação:

- Nicky teve provas claras de que muitas pessoas a achavam atraente, mesmo que acabassem se revelando como não sendo as certas. Assim, ela não interpretava encontros malsucedidos como prova de algum problema profundo dela. Sua autoconfiança cresceu bastante e de forma visível.
- Quando alguém em quem ela estava interessada começava a se distanciar, ou a agir de forma evitante, ela percebia que era muito mais simples seguir adiante sem perder um tempo precioso. Podia dizer para si mesma: "Essa pessoa simplesmente não é a certa para mim, mas a próxima talvez seja".
- Quando conhecia alguém de quem realmente gostava, ficava menos obcecada por ele e não recorria tanto ao comportamento de protesto. Desaparecera (ou ao menos se reduzira) o excesso de sensibilidade e defesas que a faziam agir de forma contraproducente.

Um ano depois de sua experiência de muitos encontros ter começado, ela conheceu George. Nicky se permitiu ser aberta e vulnerável com ele. Hoje em dia, ela brinca que, por uma estranha reviravolta do destino (embora ela saiba que teve parte ativa em fazer o destino acontecer), acabara tendo o relacionamento mais feliz e mais seguro de todos entre os seus amigos — muitos dos quais tinham relacionamentos duradouros desde a faculdade.

## 5. Dê uma chance às pessoas seguras.

Mas a filosofia da abundância perde sua eficácia se você não for capaz de reconhecer alguém que valha a pena conservar quando o encontra. Quando reconhecer alguém que encontrou como seguro, lembre-se de não tomar decisões impulsivas quanto a ser a pessoa certa para você. Lembre-se de que você pode ficar entediado a princípio — afinal, há menos drama quando seu sistema de apego não está ativado. Dê algum tempo. O provável é que, você sendo ansioso, interpretará automaticamente a tranquilidade no relacionamento como uma falta de atração. Um hábito de anos não é fácil de abandonar. Contudo, se você insistir um pouco mais, talvez comece a valorizar um sistema de apego calmo e todas as vantagens que ele tem a oferecer.

### Cuidado: estereótipos de apego

Ao dividir o comportamento de apego por gênero, podemos cair na armadilha comum de igualar o jeito de ser evitante com masculinidade. Os resultados das pesquisas, entretanto, provam que há muitos homens que nada têm de evitantes — eles comunicam-se livremente, são amorosos e afetuosos, não recuam ante o conflito e se mostram consistentemente disponíveis para a parceira deles (isto é, são seguros). Outro equívoco é que associamos o estilo de apego ansioso com a feminilidade quando, de fato, a maioria das mulheres é segura e há uma abundância de homens com um estilo de apego ansioso. Todavia, é importante ter em mente que há também mulheres que se encaixam na descrição de evitante. No que se refere ao apego e ao gênero, o fato mais importante a manter em mente é que a maioria da população — tanto homens quanto mulheres — é segura.

## Uma última palavra

Uma última palavra para você, leitor ansioso. Não há ninguém a quem a teoria do apego tem mais a oferecer do que a homens e mulheres com um estilo de apego ansioso. Embora sinta as consequências de um parceiro inadequado e de um sistema de apego ativado mais intensamente, você também tem mais a ganhar com uma compreensão de como o sistema de apego funciona, quais relacionamentos têm a capacidade de fazê-lo feliz e quais situações podem deixar seus nervos em frangalhos. Nós testemunhamos pessoas que conseguiram sair da solidão, para encontrar a companhia pela qual ansiavam, usando os princípios delineados neste capítulo. Também testemunhamos pessoas que estavam em relacionamentos duradouros que faziam aflorar o pior nelas, mas compreender e utilizar os princípios do apego marcou o começo de uma nova fase em seus relacionamentos — uma fase mais segura.

# 6

# Mantendo o amor a distância:
# o estilo de apego evitante

## O viajante solitário

A maioria de nós é fascinada pelas pessoas que saem mundo afora por conta própria, sem quaisquer estorvos ou obrigações, sem sentir a necessidade de se dirigir ou de considerar as necessidades dos outros. De personagens fantasiosos, como Forrest Gump, a pioneiros na vida real, como Diane Fossey, esses viajantes solitários com frequência têm firmes princípios e motivações ideológicas.

No livro *best-seller* de Jon Krakauer, *Na Natureza Selvagem*, Chris McCandless, um estudante e atleta de primeira, de 20 e poucos anos, deixa sua vida normal para trás e parte em direção a regiões ermas do Alasca. Viajando solitário, com o mínimo de equipamento, Chris viaja em direção ao Alasca com o objetivo de viver da terra sem a ajuda de outro ser humano. Durante sua jornada, Chris se envolve com pessoas que querem que ele faça parte da vida delas, incluindo um homem idoso que se oferece para adotá-lo, uma jovem que se apaixona por ele e um casal que o convida para viver com eles. Chris, todavia, está determinado a viver por conta própria.

Antes de chegar a seu destino final, ele tem sua última interação humana com um homem chamado Gallien, que lhe dá uma carona:

"Durante a viagem em direção às montanhas no sul, Gallien tentara repetidamente dissuadir Alex (o pseudônimo de Chris) de seu plano, mas em vão. Ele até se ofereceu para levar Alex de carro todo o caminho até Anchorage para que pudesse, ao menos, comprar-lhe um equipamento decente. 'Não, obrigado', respondeu Alex, 'eu vou ficar bem com o que tenho'. Quando Gallien perguntou se os pais dele ou algum amigo sabia o que ele pretendia — alguém para quem pudesse soar o alarme se ele tivesse problemas e demorasse a voltar —, Alex respondeu calmamente que não, ninguém sabia dos planos dele, que, na verdade, não falava com a família dele fazia quase três anos. 'Eu tenho certeza absoluta', garantiu ele a Gallien, 'de que não vou me defrontar com nada que não possa lidar por minha própria conta'."

Depois de se separar de Gallien, Chris atravessa um rio congelado e se aventura longe, na mata, onde fica completamente isolado do restante do mundo. Por vários meses, Chris se vira sozinho, coletando e caçando para se alimentar. Na primavera seguinte, todavia, quando ele tenta voltar para casa, descobre que o rio encheu com a água da chuva e da neve derretida, e a corrente é tão forte que ele não pode atravessar de volta para a civilização. Sem ter alternativa, Chris retorna para o seu acampamento, onde, por fim, acaba morrendo. Nos seus últimos dias de vida, ele escreve o seguinte em seu diário: "A felicidade só é real quando compartilhada".

Em termos metafóricos, nós vemos as pessoas com um estilo de apego evitante como viajantes solitários na jornada da vida e nos relacionamentos. Como Chris, eles idealizam uma vida de autossuficiência e desprezam a dependência. Se você tem um estilo de apego evitante, a última lição que Chris aprendeu — que as experiências só têm significado quando são compartilhadas com outros — é a chave também para a sua felicidade.

Neste capítulo, nós analisamos as maneiras como você, o viajante solitário, consegue manter-se a distância, mesmo quando está com alguém que ama. Nós o ajudamos a obter um *insight* do porquê você se comporta desse jeito em relacionamentos e como esse comportamento o está impedindo de encontrar a verdadeira felicidade em suas conexões românticas. Se você faz parte dos três quartos da população restantes, é provável que conheça — ou possa algum dia se envolver com — alguém evitante. Este capítulo ajuda a compreender por que eles agem do jeito que agem.

## Uma vantagem para a sobrevivência não lhe compra o amor

Acredita-se que cada estilo de apego evoluiu para aumentar as chances de sobrevivência dos seres humanos em ambientes específicos. O estilo de apego seguro funcionou melhor porque, ao longo da história, nossos ancestrais viveram predominantemente em grupos com laços estreitos onde trabalhar junto era, de longe, a melhor maneira de garantir seu futuro e o de sua descendência. Para garantir a sobrevivência da espécie, sob quaisquer condições que pudessem surgir, todavia, mais do que uma estratégia era necessária. Para aqueles que nasciam sob condições hostis, em que muitos pereciam de fome, doenças ou desastres naturais, outras habilidades, além das cooperativas, tornavam-se mais importantes. Aqueles indivíduos que eram capazes de se separar e de ser autossuficientes tinham mais sucesso na competição pelos recursos limitados desses ambientes extremos, e, assim, um segmento da população inclinou-se para o estilo de apego evitante.

Infelizmente, a vantagem para a sobrevivência da raça humana não necessariamente se traduz em uma vantagem para o indivíduo evitante. Chris McCandless ainda poderia estar vivo se estivesse disposto a conviver com os outros. De fato, os estudos mostram que se você tem um estilo de apego evitante, tende a ser menos feliz e menos satisfeito em seus relacionamentos.

A boa notícia é que não é preciso ser desse jeito; você não tem de ser um escravo das forças evolucionárias. Você pode aprender o que não vem naturalmente para você e aumentar suas chances de desenvolver um relacionamento recompensador.

## Voando Solo?

É importante lembrar que o estilo de apego evitante sempre se manifesta. Determina, em grande medida, o que você espera dos relacionamentos, como interpreta situações românticas e como se comporta em um encontro ou com o seu parceiro. Esteja você solteiro ou envolvido em um relacionamento, mesmo em um compromisso, você está sempre fazendo manobras para manter as pessoas a distância.

Susan, que tem um estilo de apego evitante, descreve-se como um espírito livre. Ela se envolve com homens — às vezes por mais de um ano — mas acaba, enfim, cansando-se deles, parte para a próxima conquista e se refere, brincando, ao "rastro de corações partidos" que deixa para trás. Ela vê a necessidade de intimidade como uma fraqueza e despreza as pessoas que se tornam dependentes de seus parceiros, referindo-se zombeteiramente a tais situações como "tempo de cadeia".

Seria Susan — e outros com estilo de apego evitante — simplesmente desprovida da necessidade de se conectar genuinamente a
outra pessoa? E, se é assim, isso não contradiz a premissa básica
da teoria do apego — de que a necessidade da proximidade emocional e física de um cônjuge ou amante é universal?

Responder a essas perguntas não é uma tarefa fácil. Os evitantes não são exatamente livros abertos e tendem a reprimir,
em vez de exprimir, suas emoções. É aqui que os estudos sobre
o apego tornam-se úteis. Métodos de pesquisa sofisticados
são capazes de ir além dos motivos conscientes das pessoas e
têm sucesso, onde a comunicação direta fracassa, em decifrar a
atitude do evitante. O seguinte conjunto de experiências é particularmente revelador.

Seis estudos independentes examinaram o quanto são iden-
tificáveis as questões do apego para os evitantes. Fizeram-no
medindo quanto tempo levava para participantes informarem
palavras que apareciam em um monitor. Esses testes operavam
com base na premissa, bem estabelecida, de que a velocidade
com que você informa uma determinada palavra indica o quanto
aquele tema é acessível em sua mente. Os pesquisadores descobriram que os evitantes são mais rápidos em registrar palavras
tais como "necessidade" e "enredado", relacionadas ao que
eles consideram características negativas do comportamento
do parceiro, porém mais lentos para reconhecer palavras como
"separação", "conflito" e "perda", associadas às próprias preocupações quanto ao apego. Os evitantes, ficou claro, são rápidos
em pensar negativamente sobre os parceiros, vendo-os como
carentes ou dependentes demais — um elemento importante em
sua visão dos relacionamentos —, mas ignoram suas próprias
necessidades e medos em relação aos relacionamentos. Eles,
aparentemente, desprezam os outros por serem carentes e são
imunes a essas necessidades. Mas esse é realmente o caso?

Na segunda parte desses estudos, os pesquisadores "distraíram" os evitantes dando-lhes outras tarefas para realizar — como solucionar um quebra-cabeça ou responder a outras perguntas — enquanto a tarefa de reconhecimento das palavras continuava. Nessas situações, os evitantes reagiam às palavras relacionadas às suas preocupações com relacionamentos ("separação", "perda", "morte") tão rápido quanto as outras pessoas. Distraídos por outra tarefa, sua capacidade de reprimir diminuía, e os verdadeiros sentimentos e preocupações com os relacionamentos puderam emergir.

As experiências mostram que, embora você possa ser evitante, o seu "maquinário" para o apego ainda está lá — deixando-o igualmente vulnerável a ameaças de separação. Só quando a sua energia mental está empregada em outro lugar, e você é pego com a guarda baixa, é que tais emoções e sentimentos emergem.

Esses estudos também nos dizem que evitantes, como Susan, não são espíritos tão livres assim, afinal; é a atitude defensiva que adotam que os faz parecerem que são. No caso de Susan, perceba como ela faz questão de desvalorizar aqueles que dependem de outros. Outros estudos mostraram que, ao serem confrontados por um acontecimento perturbador na vida, como um divórcio, o nascimento de um filho seriamente deficiente ou guerras, as defesas dos evitantes rapidamente desmoronam, e eles parecem se comportar exatamente do mesmo modo que as pessoas com um estilo de apego ansioso.

## Juntos, mas separados: o relacionamento que não satisfaz ninguém

Então, como as pessoas evitantes suprimem as suas necessidades de apego e mantêm uma distância em seus relacionamentos ao mesmo tempo? Vamos olhar mais de perto as várias técnicas que usam para manter a distância da pessoa mais próxima deles — de estratégias de desativação cotidianas a percepções e crenças abrangentes.

- Mike, 27, passou os últimos cinco anos com alguém que ele sente que não está à sua altura intelectualmente. Eles se amam muito, no entanto há sempre uma insatisfação subjacente, na mente de Mike, quanto ao relacionamento. Ele tem uma sensação persistente de que alguma coisa está faltando e que alguém melhor está logo ali, virando a esquina.
- Kaia, 31, mora com o namorado faz dois anos, mas ainda relembra a liberdade de que desfrutava quando estava solteira. Ela parece ter esquecido de que, na realidade, estava muito solitária e deprimida sozinha.
- Stavros, 40, um empreendedor atraente e cortês, quer desesperadamente se casar e ter filhos. Ele sabe exatamente o tipo que procura para ser sua esposa. Ela tem de ser jovem — não mais do que 28 anos —, bonita, com uma carreira e, não menos importante, estar disposta a se mudar com ele de volta para a sua cidade natal, na Grécia. Depois de mais de dez anos, ele ainda não a encontrou.
- Tom, 49, casado há décadas com uma mulher que ele adorava, agora se sente em uma armadilha e aproveita todas as oportunidades para fazer coisas sozinho — seja viajando sozinho ou indo a eventos com os amigos.

Todas essas pessoas têm uma coisa em comum: um estilo de apego evitante. Eles sentem uma solidão profundamente enraizada, mesmo estando em um relacionamento. Enquanto as pessoas com um estilo de apego seguro têm facilidade para aceitar os seus parceiros, com defeitos e tudo, depender deles e acreditar que eles são especiais e únicos — para os evitantes tal atitude é um desafio considerável na vida. Se você é evitante, você se conecta com parceiros românticos, mas sempre mantém alguma distância mental e uma rota de escape. Sentir-se próximo e completo com alguma outra pessoa — o equivalente emocional de encontrar um lar — é uma condição que você acha difícil de manter.

## Estratégias de desativação — a sua caixa de ferramentas cotidiana para manter seu parceiro a distância de um braço (ou mais)

Embora Mike, Kaia, Stavros e Tom usem métodos diferentes para se afastarem de seus parceiros, todos empregam técnicas conhecidas como *estratégias de desativação*. Uma estratégia de desativação é qualquer comportamento ou pensamento que é usado para minar a intimidade. Essas estratégias suprimem o nosso sistema de apego, o mecanismo biológico em nosso cérebro responsável por nosso desejo de buscar proximidade com um parceiro escolhido. Você se lembra da experiência na qual os pesquisadores mostraram que os evitantes têm a necessidade de proximidade em um relacionamento, mas fazem um esforço consistente de reprimi-la? As estratégias de desativação são as ferramentas empregadas para suprimir essas necessidades no dia a dia. Examine a lista seguinte de estratégias de desativação cuidadosamente. Quanto mais você usa essas ferramentas, mais você se sentirá só e menos feliz em seu relacionamento.

Algumas "estratégias de desativação" comuns

- Dizer (ou pensar) "não estou pronto para o compromisso" — mas ficar junto mesmo assim, às vezes por anos.
- Concentrar-se em pequenas imperfeições de seu parceiro: a maneira como ele fala, se veste, come ou (preencha o espaço) e deixar que isso fique no caminho de seus sentimentos românticos.
- Ater-se à lembrança de um ex-namorado — (o "ex--fantasma" — veja mais sobre isso adiante).
- Flertar com outros — uma maneira dolorosa de introduzir insegurança no relacionamento.
- Não dizer "eu te amo" — e ao mesmo tempo deixar implícito que tem sentimentos pela outra pessoa.
- Afastar-se quando as coisas estão indo bem (por exemplo, não ligar por vários dias depois de um encontro íntimo).
- Estabelecer relacionamentos com um futuro impossível, tal como com alguém casado.
- "Ausentar-se mentalmente" quando seu parceiro está falando com você.
- Manter segredos e deixar as coisas vagas — para manter sua sensação de independência.
- Evitar a proximidade física — não querer compartilhar a mesma cama ou caminhar passos adiante de seu parceiro.

Se você é evitante, essas pequenas estratégias de desativação cotidianas são ferramentas que você inconscientemente usa para ter certeza de que a pessoa que você ama (ou irá amar) não fique no caminho de sua autonomia. Entretanto, no fim das contas, essas ferramentas ficam no seu caminho para que você seja feliz em um relacionamento.

Só o uso das estratégias de desativação não é o suficiente para manter o apego longe. É apenas a ponta do iceberg. Como um evitante, sua mente é governada por percepções/crenças abrangentes sobre relacionamentos, que garantem a desconexão de seu parceiro e ficam no caminho de sua felicidade.

## Padrões de pensamento que o deixam só, lá fora

Como um evitante, você percebe os comportamentos de seu parceiro de maneira diferente da de pessoas com outros estilos de apego, mas não tem consciência, na maior parte do tempo, desse padrão de pensamento desconstrutivo.

### Confundindo autossuficiência com independência

Joe, 29: "Quando eu estava crescendo, meu pai me dizia constantemente para não contar com ninguém. Ele disse tantas vezes que se tornou um mantra em minha cabeça: 'Você só pode contar consigo mesmo!'. Eu nunca coloquei em questão a verdade disso até começar a fazer terapia. 'Relacionamentos? Quem precisa deles?', eu disse ao meu terapeuta. 'Por que vou perder meu tempo ficando com alguém quando eu só posso contar comigo mesmo?'. O meu terapeuta abriu meus olhos: 'Isso é bobagem!', disse ele. 'É claro que você pode — e deve — contar com outras pessoas. Você faz isso o tempo todo, de qualquer forma. Nós todos fazemos. Foi um daqueles momentos de revelação. Eu pude ver que ele estava certo. Que alívio imenso foi deixar para trás uma noção obsessiva que me deixava à parte do restante do mundo."

A crença de Joe na autossuficiência — e sua experiência de sentir-se sozinho por causa dela — não é exclusiva dele. Os estudos mostram que a crença na autossuficiência é muito ligada a um baixo grau de conforto com a intimidade e com a proximidade. Embora se tenha verificado que os indivíduos evitantes têm uma grande confiança quanto a não precisar de mais ninguém, a crença deles vem com uma etiqueta de preço: eles ficaram em último em todas as medidas de proximidade em relacionamentos pessoais. Eram menos dispostos a se colocar abertamente, menos confortáveis com a intimidade e também os menos prováveis a pedir ajuda aos outros.

Como fica evidente no relato de Joe, uma crença intensa na autossuficiência pode ser mais um fardo que uma vantagem. Em relacionamentos românticos, reduz sua habilidade de ficar próximo, compartilhar informações íntimas e estar em sintonia com seu parceiro. Muitos evitantes confundem a autossuficiência com a independência. Mesmo sendo importante para cada um de nós sermos capazes de nos manter de pé com as próprias pernas, se superestimamos a autossuficiência, diminuímos a importância de obter apoio de outras pessoas e cortamos, assim, uma importante linha de segurança.

Outro problema da autossuficiência é a parte "auto". Ela o força a ignorar as necessidades de seu parceiro e a se concentrar apenas em suas próprias necessidades, fazendo com que você fique em débito com uma das experiências humanas mais compensadoras: impede que você (e a pessoa que você ama) tenha a alegria de fazer parte de algo maior do que você mesmo.

*Vendo o bicho em vez da maçã*

Outro padrão de pensamento que faz você manter o seu parceiro a distância é "ver o bicho em vez da maçã". Carole estava com Bob há nove meses e estava se sentindo cada vez mais infeliz. Ela achava que Bob era o cara errado para ela e dava um milhão de razões para isso: ele não estava à altura dela intelectualmente, faltava-lhe sofisticação, ele era carente demais, e ela não gostava do jeito como ele se vestia e interagia com as pessoas. No entanto, ao mesmo tempo, havia uma ternura nele que ela nunca vivenciara com nenhum outro homem. Ele a fazia sentir-se segura e aceita, era pródigo em presentes para ela e tinha uma paciência infinita para lidar com os silêncios, maus humores e desdéns dela. Ainda assim, Carole estava inflexível quanto à sua necessidade de deixar Bob. "Não vai dar certo", dizia ela volta e meia. Por fim, ela rompeu com ele. Meses depois, ficou surpresa com o quanto era difícil encontrar as coisas sem ele. Solitária, deprimida e com o coração partido, ela lamentava o relacionamento perdido como o melhor que já tivera.

A experiência de Carole é típica de pessoas com um estilo de vínculo evitante. Elas tendem a enxergar o copo como meio vazio, em vez de meio cheio, no que se refere ao parceiro. De fato, em um estudo, Mario Mikulincer, diretor da New School of Psychology no Centro Interdisciplinar de Israel e um dos principais pesquisadores do campo de apego adulto, em colaboração com seus colegas Victor Florian e Gilad Hirschberger, do Departamento de Psicologia da Universidade Bar-Ilan em Israel, pediram a casais que contassem sua experiência cotidiana em um diário. Eles descobriram que as pessoas com um estilo de apego evitante viam seus parceiros menos positivamente do que os não evitantes. Além disso, descobriram que essas pessoas faziam isso até mesmo em dias nos quais o relato sobre o comportamento de seus parceiros indicava apoio, calor e atenção.

O Dr. Mikulincer explica que esse padrão de comportamento é impulsionado pela atitude geralmente desdenhosa dos evitantes em relação à conexão. Quando alguma coisa ocorre, contradizendo essa perspectiva — como o esposo se comportando de uma maneira genuinamente dedicada e amorosa — eles tendem a ignorar o comportamento ou, no mínimo, a diminuir seu valor.

Quando estavam juntos, Carole usava muitas estratégias de desativação, tendendo a se concentrar nos atributos negativos de Bob. Embora ela tivesse consciência dos aspectos positivos de seu namorado, não conseguia parar de pensar no que ela percebia como seus incontáveis defeitos. Só depois que eles terminaram, e ela não mais se sentia ameaçada pelo alto grau de intimidade, as estratégias de defesa dela cessaram. Então, Carole foi capaz de entrar em contato com os sentimentos subjacentes de apego, que estiveram lá o tempo todo, e de avaliar com precisão os aspectos positivos de Bob.

## Cuidado: leia os sinais

Imagine se você fosse um pai ou uma mãe e fosse totalmente incapaz de interpretar as deixas de seu filho. Você não saberia dizer se o seu filho estaria com fome ou cansado, querendo colo ou ser deixado sozinho, com a fralda suja ou doente. Como seria difícil a vida de vocês dois. Seu filho teria que se esforçar muito mais — e chorar por muito mais tempo — para ser compreendido.

Ter um estilo de apego evitante pode, com frequência, fazer você se sentir como esse pai ou mãe. Você não é bom em traduzir os muitos sinais verbais e não verbais que recebe durante as interações cotidianas em uma compreensão coerente do estado mental de seu amado. O problema é que, junto com a sua atitude autossuficiente, você também se treina para não se importar com o que a pessoa mais próxima de você está sentindo. Você julga que não é tarefa sua; eles que têm de cuidar, eles mesmos, de seu próprio bem-estar emocional. Isso também conduz a uma menor conexão, calor e satisfação no relacionamento.

O Dr. Jeffry Simpson, professor de psicologia na Universidade de Minnesota, estuda como as orientações do apego adulto estão associadas ao funcionamento dos relacionamentos e ao bem-estar, em particular quando os parceiros estão perturbados. Ele também pesquisa a precisão da empatia — a condição como as pessoas tendem a ser precisas ou imprecisas em avaliar os sentimentos de seu parceiro. Em um estudo conduzido em colaboração com Steve Rholes, da Universidade A & M, no Texas, eles realizaram uma experiência para examinar se as pessoas com diferentes estilos de apego diferiam em sua capacidade de inferir os pensamentos de seus parceiros. Eles pediram aos indivíduos para dar notas quanto à atração e ao *sex appeal* de imagens do sexo oposto na presença de seus parceiros. Então pediram para avaliar a reação do parceiro ao processo de dar notas. Verificou-se que os indivíduos evitantes eram menos acurados que os ansiosos em perceber os pensamentos e sentimentos de seus parceiros durante a experiência. Era comum que os evitantes interpretassem a reação de seu parceiro como indiferente se eles pontuavam alguém como altamente atraente, quando, na verdade, seus parceiros tinham ficado bastante abalados.

John Gray, no seu livro enormemente popular *Homens são de Marte, Mulheres são de Vênus*, começa descrevendo o momento "a-há!" que o fizera escrever o livro. Vários dias depois que a mulher dele, Bonnie, dera à luz uma menina, num parto muito doloroso, John voltou ao trabalho (todos os sinais indicavam que ela estava convalescendo bem). Ele chegou em casa no fim do dia e descobriu que sua esposa tinha ficado sem analgésicos e tinha, consequentemente, "passado o dia inteiro com dor, cuidando de um recém-nascido". Quando ele viu o quanto ela estava perturbada, interpretou erroneamente a tensão dela como raiva e ficou muito defensivo — tentando alegar sua inocência. Afinal, ele não sabia que ela tinha ficado sem remédio. Por que ela não ligara? Depois de uma discussão acalorada, ele estava para sair batendo os pés de casa quando Bonnie o deteve: "Pare, por favor, não vá embora", disse ela. "É agora que eu preciso de você mais do que nunca. Estou com dor. Não durmo há dias. Por favor, ouça o que estou dizendo." Naquele momento, John foi até ela e, silenciosamente, a abraçou. Mais tarde, ele disse: "Naquele dia, pela primeira vez, eu não a abandonei... Eu consegui atendê-la quando ela realmente precisava de mim".

Esse evento — o estresse e a responsabilidade de ter um recém-nascido e a comunicação altamente efetiva de sua mulher — ajudou a invocar um modelo seguro operacional em John. Ajudou-o a tomar consciência de que o bem-estar de sua mulher era responsabilidade e dever sagrado dele. Foi uma verdadeira revelação para John. Para alguém que estivera sempre ocupado com suas próprias necessidades e reagia defensivamente às demandas e insatisfações de sua parceira, ele conseguira alcançar uma atitude mental mais segura. Essa não é uma tarefa fácil se você tem um estilo de apego evitante, mas é possível se você se permite abrir-se o suficiente para verdadeiramente enxergar o seu parceiro.

## Tendo saudade do ex-fantasma ou buscando "a pessoa certa"

Essas são as duas ferramentas mais traiçoeiras que você pode estar usando para ficar em débito no amor. Você convence a si mesmo de que tem uma saudade verdadeira de alguém de seu passado ou de que a pessoa certa está logo ali, virando a esquina, e você pode facilmente solapar a si mesmo no amor. Adotar a ideia do parceiro "perfeito" é uma das ferramentas mais poderosas que um evitante pode usar para manter a distância alguma outra pessoa. Permite que você acredite que tudo está ótimo com você e que a pessoa com quem está agora é que é o problema — ela simplesmente não é boa o bastante. Além de criar distância entre você e seu parceiro, pode também confundi-lo; quando seu parceiro ouve o quanto você sente falta de seu ex, o quanto você anseia pela perfeita alma gêmea, faz com que ele pense que você está querendo uma proximidade e intimidade verdadeiras, quando na realidade você está afastando-as.

### O ex-fantasma

Uma das consequências de desvalorizar seu relacionamento romântico é que você acorda, muito depois de o relacionamento ter perdido o brilho, tendo esquecido todas as coisas negativas que o aborreciam em seu parceiro, perguntando-se o que aconteceu de errado e lembrando-se com saudade de seu amor há muito perdido. Nós chamamos isso de fenômeno do ex-fantasma.

Frequentemente, como ocorreu com Carole, que "redescobriu" seus sentimentos por Bob só depois de ter rompido com ele, uma vez que o evitante colocou tempo e distância entre si mesmo e o parceiro pelo qual perdeu o interesse, algo estranho acontece: os sentimentos de amor e admiração retornam! A uma distância segura, a ameaça de intimidade não existe mais, você não sente a necessidade de suprimir seus verdadeiros sentimentos. Você pode, então, se lembrar de todas as grandes qualidades de seu ex, convencendo-se de que era o melhor parceiro que você já tivera. Claro, você não consegue dizer por que essa pessoa não era certa para você nem se lembrar claramente do porquê você terminou, para começo de conversa (talvez tenha se comportado tão miseravelmente que ele não teve alternativa a não ser a separação). Em essência, você coloca seu antigo parceiro em um pedestal e rende homenagem ao "amor de sua vida", agora para sempre perdido. Às vezes, você até tenta retomar o relacionamento, começando um círculo vicioso de se aproximar e se afastar. Outras vezes, mesmo que a outra pessoa esteja disponível, você não tenta voltar, mas continua, mesmo assim, a pensar nela incessantemente.

Essa fixação em um parceiro antigo afeta novos relacionamentos florescentes, porque age como uma estratégia de desativação, bloqueando-o de ficar próximo de outra pessoa. Mesmo que você provavelmente nunca venha a reatar com seu ex-fantasma, só de saber que ele está à solta por aí é o suficiente para fazer qualquer parceiro novo parecer insignificante em comparação.

## O poder do "tal"

Você alguma vez já saiu com alguém que julgou fantástico, e, ao começar a se aproximar, foi assolado pela sensação de que ele não é tão demais assim, afinal? Isso pode até acontecer depois que você saiu com alguém por um período considerável, ou muito intensamente, acreditando que era o tal, quando, de repente, você sente um efeito de esfriamento. Você começa a perceber que ele tem um jeito esquisito de comer ou que o jeito como assoa o nariz o enfurece. Você acaba descobrindo isso depois de seu entusiasmo inicial, sente-se sufocado e precisa dar um passo atrás. Do que você não se dá conta é que essa explosão de negatividade pode, de fato, ser uma estratégia de desativação, inconscientemente disparada para desligar suas necessidades de apego.

Não querendo olhar para dentro — e acreditando que todos nós temos a mesma capacidade de intimidade —, você conclui que simplesmente não está apaixonado e assim se afasta. O seu parceiro fica arrasado e protesta, contudo isso apenas reforça sua convicção de que ele não é o "tal". Partindo de um pretendente a outro, você começa este círculo vicioso, acreditando o tempo todo que, se que você encontrar o "tal", se conectará facilmente em um nível totalmente diferente.

## Como você pode mudar se tem um estilo de apego evitante?

Ao ler este capítulo, fica evidente para você que ser evitante não tem realmente nada a ver com viver uma vida autossuficiente; tem a ver com uma vida de conflito envolvendo a constante supressão de um poderoso sistema de apego usando as (também poderosas) estratégias de desativação que delineamos. Por causa do poder delas, é fácil concluir que esses comportamentos, pensamentos e crenças são impossíveis de extirpar e mudar. Mas, estritamente falando, não é esse o caso. O que é verdade é que as pessoas com um estilo de apego evitante pressupõem, obstinadamente, que a razão pela qual são incapazes de encontrar a felicidade em um relacionamento tem pouco a ver com elas mesmas e muito a ver com as circunstâncias externas — conhecer as pessoas erradas, não encontrar "o tal", ou sair apenas com pretendentes que querem prendê-las. Elas raramente procuram dentro de si mesmas a razão de sua insatisfação e, ainda mais raramente, procuram ajuda ou mesmo concordam em buscar ajuda quando o parceiro sugere. Infelizmente, até elas olharem para dentro de si mesmas ou procurarem terapia, é pouco provável que mudanças ocorram.

Em ocasiões em que os evitantes atingem um ponto infeliz na vida — por causa de solidão severa, uma experiência transformadora ou um acidente de grandes proporções —, eles conseguem mudar o jeito de pensar. Para aqueles que atingiram esse ponto, vale prestar atenção nas oito ações enumeradas a seguir que deixarão você um passo mais perto da verdadeira intimidade. A maioria destes passos requer, primeiro e principalmente, aumentar a sua autoconsciência. No entanto, saber dos padrões de pensamento que negam a você a capacidade de verdadeiramente ficar próximo de alguém é só o primeiro passo. O passo seguinte, e mais difícil, requer que você comece a identificar as instâncias em que emprega essas atitudes e comportamentos, e então embarque numa jornada de mudança.

SESSÃO DE TREINAMENTO: OITO COISAS QUE VOCÊ PODE COMEÇAR A FAZER HOJE PARA PARAR DE AFASTAR O AMOR

1. **Aprenda a identificar estratégias de desativação.** Não aja por impulso. Quando você está entusiasmado com alguém, mas, então, subitamente, tem um pressentimento de que ele não é certo para você, pare e pense. Será isso na realidade uma estratégia de desativação? Serão todas estas pequenas imperfeições que você está começando a notar, na realidade, uma maneira de seu sistema de apego fazer você recuar? Lembre-se de que essa imagem é distorcida e que você precisa de intimidade apesar de seu desconforto com ela. Se achou que ele era ótimo, a princípio, você tem muito a perder ao afastá-lo.

2. **Tire a ênfase da autossuficiência e concentre-se em apoio mútuo.** Quando seu parceiro sente que tem uma base segura na qual se apoiar (e não sente a necessidade de se esforçar para ficar próximo), e você não sente a necessidade de se distanciar, vocês dois estarão em melhores condições de olhar para fora e fazer suas próprias coisas. Você se tornará mais independente e seu parceiro ficará menos carente. (Veja mais sobre o "paradoxo da dependência" no capítulo 2.)

3. **Encontre um parceiro seguro.** Como você verá no capítulo 7, as pessoas com um estilo de apego seguro tendem a tornar seus parceiros ansiosos e evitantes também mais seguros. Alguém com um estilo de apego ansioso, todavia, irá exacerbar sua negação — com frequência, em um perpétuo círculo vicioso. Tendo a oportunidade, nós recomendamos que você opte pela rota segura. Você vivenciará menos defesas, menos conflito e menos angústia.

4. **Leve em conta sua tendência a interpretar erroneamente comportamentos.** Visões negativas dos comportamentos e intenções de seu parceiro trazem más vibrações para o relacionamento. Mude esse padrão! Reconheça essa tendência, note quando ela se manifesta e procure uma perspectiva mais plausível. Lembre-se de que esse é o seu parceiro, vocês optaram por ficar juntos, e talvez você faça melhor confiando que ele tem os seus interesses no coração.

5. **Faça uma lista de agradecimentos do relacionamento.** Lembre-se diariamente de que você tende a pensar negativamente em seu parceiro ou pretendente. Simplesmente faz parte da sua constituição se você tem um estilo de apego evitante. Seu objetivo deve ser perceber o positivo nas ações de seu parceiro. Essa pode não ser uma tarefa fácil, mas, com perseverança e prática, você irá se acostumar. Use um tempo todas as noites para repensar os acontecimentos do dia. Liste ao menos uma maneira com que seu parceiro contribuiu, mesmo de um jeito mínimo, para o seu bem-estar, e o quanto você é grato por ele estar em sua vida.

6. **Esqueça o ex-fantasma.** Ao se descobrir idealizando aquele ex-parceiro especial, pare e reconheça que ele não é (e nunca foi) uma opção viável. Lembrando-se do quanto você criticava aquele relacionamento — e o quanto você relutava em se comprometer —, é possível parar de usá-lo

como uma estratégia de desativação e se concentrar em alguém novo.

7. **Esqueça do "tal".** Nós não refutamos a presença de almas gêmeas em nosso mundo. Ao contrário, nós acreditamos de coração na experiência da alma gêmea. Mas é nossa crença que você tem de ser uma parte ativa nesse processo. Não espere até o "tal" que se encaixa em sua lista aparecer para então você imaginar que tudo vai dar certo. Torne-o sua alma gêmea ao escolhê-lo em meio à multidão, permitindo que fiquem próximos (usando as estratégias que oferecemos neste capítulo) e fazendo com que se torne uma parte especial de você.

8. **Adote a estratégia de distração.** Como um evitante, é mais fácil para você ficar mais próximo de seu parceiro se há uma distração (lembre-se da experiência com a tarefa que distraía). Concentrar-se em outras coisas — fazer uma caminhada, sair para velejar ou preparar uma refeição juntos — permitirá que você baixe a guarda e torne mais fácil acessar seus sentimentos de amor. Use esse pequeno truque para promover a proximidade quando estiverem juntos.

Para dicas adicionais de combate à rejeição, veja o capítulo 8.

# 7

# Ficando confortavelmente próximo:
# o estilo de apego seguro

Escrever sobre pessoas com um estilo de apego seguro parece ser uma tarefa tediosa. Afinal, o que há para dizer? Se você é seguro, você é muito responsável, consistente e confiável. Não tenta se esquivar da intimidade nem fica ensandecido com seus relacionamentos. Há muito pouco drama em seus laços românticos — nada de altos e baixos, de ioiôs ou montanhas-russas sobre os quais comentar. Então, o que há para dizer?

Na realidade, há muito a dizer! No processo de compreender o apego e entender como um elo seguro pode transformar a vida de alguém, nós aprendemos a admirar e valorizar os seguros deste mundo. Eles estão sintonizados com as indicações físicas e emocionais de seus parceiros e sabem como reagir a elas. O sistema emocional deles não fica muito tenso frente à ameaça (como no ansioso), mas também não se fecha (como no evitante). Neste capítulo, você aprenderá mais sobre as características seguras e o que as torna únicas. E se você é seguro e não costuma buscar ajuda no campo dos relacionamentos, será prevenido, porque também pode, um dia, tropeçar em um relacionamento ineficaz que pode afetá-lo de forma deletéria.

## O efeito amortecedor do seguro

Volta e meia, as pesquisas mostram que a melhor previsão de felicidade em um relacionamento é um estilo de apego seguro. Os estudos demonstram que os indivíduos com um estilo de apego seguro apresentam níveis mais altos de satisfação em seus relacionamentos do que pessoas com outros estilos de apego. Patrick Keelan, como parte de sua tese de doutorado pela Universidade de Toronto, realizou um estudo para testar essa questão. Em colaboração com o falecido professor de psicologia Kenneth Dion e sua parceira de pesquisas e esposa de longa data, Karen Dion, também professora de psicologia na Universidade de Toronto, Patrick acompanhou mais de cem estudantes universitários que estavam tendo relacionamentos por um período de quatro meses. Juntos, eles descobriram que os indivíduos seguros mantinham altos níveis de satisfação, compromisso e confiança no relacionamento. Em contraste, indivíduos inseguros apresentaram níveis decrescentes nos três aspectos, no mesmo período.

E o que acontece quando seguros e inseguros interagem? Em uma experiência separada, os pesquisadores colocaram observadores para avaliar o funcionamento de casais durante uma interação conjunta. Não é nenhuma surpresa que os casais seguros — aqueles em que ambos os parceiros eram seguros — funcionavam melhor que os casais inseguros — aqueles em que ambos os parceiros eram ansiosos ou evitantes. Mas o que foi mais interessante é que não houve diferença observável entre os casais seguros e os casais "mistos" — aqueles com apenas um parceiro seguro. Ambos mostraram menos conflito e foram avaliados como tendo um funcionamento melhor que as duplas "inseguras".

Portanto, as pessoas com um estilo de apego seguro não apenas se saem melhor em relacionamentos, como também criam um efeito amortecedor, conseguindo, de algum modo, elevar a satisfação de seu parceiro inseguro com o relacionamento e funcionar no mesmo alto nível deles. Esta é uma descoberta muito importante. Significa que, se você está com alguém seguro, ele o conduz a uma posição mais segura.

## Então me diga. É mágica?

O que essas pessoas com um estilo de apego seguro têm que cria esse efeito "mágico" em seus relacionamentos? São os seguros sempre as pessoas mais amigáveis, agradáveis e sociáveis que há por aí? É possível reconhecê-los com base em seu charme, compostura, ou autoconfiança? A resposta para todas essas perguntas é: não. Do mesmo modo que acontece com os outros estilos de apego, a personalidade ou características físicas não indicam os seguros. As pessoas seguras se encaixam em quase todas as descrições cobrindo a gama de personalidades:

- Aaron, 30, um engenheiro químico, é um introvertido com uma forte antipatia por eventos sociais. Passa a maior parte de seu tempo livre trabalhando, lendo ou com seus irmãos e pais e acha difícil estabelecer novas conexões. Ele teve sua primeira experiência sexual dois anos atrás.
- Brenda, 27, uma produtora de filmes, age como um clube social, conhece todo mundo e sempre está onde as coisas estão acontecendo. Ela teve um namoro sério dos 18 aos 24 anos e desde então tem saído com outras pessoas.
- Gregory, 50, um engenheiro elétrico e pai divorciado de dois filhos, é muito extrovertido e fácil de lidar. Ele ainda está se recuperando de seu casamento fracassado e em busca de uma segunda esposa.

Os seguros vêm em todas as formas, tamanhos e jeitos possíveis. Há outra coisa que os distingue, que é mais difícil de reconhecer, ao menos a princípio. Janet, 41, vivenciou essa "outra coisa" em primeira mão.

Avassalada pela quantidade de trabalho que deixou inacabada antes do fim de semana, Janet acordou na segunda-feira de manhã em estado de pânico. Ela estava convencida de que não haveria como dar jeito na enorme pilha na mesa dela, e a situação a fez se sentir incompetente. Ela virou-se para seu marido, Stan, que estava na cama, ao lado dela, e — do nada — disse a ele o quanto estava desapontada com os progressos dele no trabalho e o quanto estava preocupada por achar que ele não daria conta. Stan ficou pasmo, mas respondeu ao ataque de Janet sem qualquer traço visível de animosidade. "Eu entendo que você esteja assustada e deve ser algum alívio para você se eu me sentir assustado também, mas se você está tentando me encorajar a ser mais eficiente em meu trabalho — o que você com frequência faz —, essa não é a melhor maneira."

Janet ficou abestalhada. Ela sabia que Stan tinha razão — que ela estava expressando apenas suas próprias preocupações. Vendo que ela estava à beira das lágrimas, Stan ofereceu-se para levá-la de carro para o trabalho. No carro, Janet pediu desculpas. Ela não acreditava realmente que o que tinha dito fosse verdade, mas estava em tamanho desconforto emocional que tudo lhe parecera horrível.

Foi então que ela se deu conta do marido maravilhosamente acolhedor que Stan era. Se ele a tivesse atacado do nada, ela teria devolvido na mesma moeda, e a Terceira Guerra Mundial teria eclodido. Janet não teria se mantido tranquila o bastante para ver o que realmente estava acontecendo, para compreender que não era dele que se tratava, mas dela. A capacidade de Stan de lidar com a situação da maneira como lidou requeria um verdadeiro dom emocional. "Eu preciso lembrar-me do quanto é bom estar ao lado de quem age assim e oferecer retorno algum dia", pensou ela consigo mesma.

## Quando a ameaça não é detectada

As pessoas com um estilo de apego seguro, como Stan, caracterizam-se por algo muito real, mas não visível exteriormente — elas são programadas para esperar que seus parceiros sejam amorosos e solícitos e não se preocupam muito com perder o amor deles. Elas se sentem extremamente confortáveis com a intimidade e a proximidade, e têm uma habilidade singular de comunicar suas necessidades e de corresponder às necessidades de seus parceiros.

De fato, em uma série de estudos tendo como objetivo acessar a mente inconsciente dos participantes (por meio da mensuração de quanto tempo levam para registrar palavras que brilham brevemente em um monitor, conforme descrito no capítulo 6), comparou-se as reações de pessoas com estilos de apego ansioso, evitante e seguro. Os estudos constataram que os seguros têm maior acesso inconsciente a temas tais como amor, abraços e proximidade, e menos acesso para perigo, perda e separação. Os temas negativos ameaçadores não chegavam a eles com a mesma facilidade. Todavia, diferentemente dos evitantes, que não reagiam a essas palavras no início, mas acabavam reagindo se distraídos por outra tarefa, os seguros continuaram a não percebê-las mesmo na condição distraída. Diferentemente das pessoas com um estilo de apego evitante, os seguros não se preocupam com pensamentos ameaçadores sobre relacionamentos mesmo quando são pegos relaxados. Em outras palavras, eles não precisam fazer esforço para reprimir essas ideias; simplesmente não se preocupam com essas questões — tanto consciente quanto inconscientemente! Além disso, quando, aos seguros, se pedia especificamente — e nesta experiência, conscientemente — para pensar em separação, abandono e perda, eles conseguiam fazê-lo e ficavam naturalmente mais nervosos como resultado, conforme medido por testes de condutibilidade da pele (que medem a quantidade de suor na pele). Notavelmente, todavia, quando lhes era dito para pararem de pensar nesses assuntos, a condutibilidade da pele voltava abruptamente ao normal. Assim, parece que aquilo que é um esforço considerável para alguns — manter o equilíbrio emocional frente a uma ameaça — não apresenta nenhuma dificuldade para alguém seguro. Eles simplesmente não são tão sensíveis aos indícios negativos do mundo.

Essa condição influencia cada aspecto de seus relacionamentos românticos. Eles são:

- **Grandes apaziguadores de conflitos** — Durante uma briga, eles não sentem a necessidade de agir defensivamente ou ofender ou punir o parceiro, e desse modo evitam que a situação piore.
- **Mentalmente flexíveis** — Eles não se sentem ameaçados por críticas. Estão dispostos a reconsiderar como agiram e, se necessário, revisar suas crenças e estratégias.
- **Comunicadores efetivos** — Eles esperam que os outros sejam compreensivos e solícitos, de modo que expressar os sentimentos deles, livre e precisamente para seus parceiros, é algo natural para eles.
- **Avessos a joguinhos** — Eles querem proximidade e acreditam que os outros também, então por que vir com jogos?
- **Confortáveis com a proximidade, despreocupados com fronteiras** — Eles buscam a intimidade e não têm medo de ficar "enredados". Por não serem avassalados pelo medo de serem rejeitados (como são os ansiosos) ou pela necessidade de desativar (como são os evitantes), para eles, é fácil desfrutar da proximidade, seja física, seja emocional.
- **Rápidos em perdoar** — Eles pressupõem que as

intenções de seus parceiros são boas e, portanto, são capazes de perdoá-los quando fazem algo que os magoam.

- **Inclinados a considerar sexo e intimidade como a mesma coisa** — Eles não precisam criar distância separando uma coisa da outra (por ser próximo emocional ou sexualmente, mas não ambos).
- **Inclinados a tratar seus parceiros como realeza** — Quando você passou a fazer parte do círculo íntimo deles, eles o tratam com amor e respeito.
- **Seguros de seu poder de melhorar o relacionamento** — Eles têm confiança em suas crenças positivas sobre si mesmos e sobre os outros, o que torna essa proposição lógica.
- **Responsáveis pelo bem-estar de seus parceiros** — Eles esperam que os outros sejam solícitos e amorosos em relação a eles e, portanto, são solícitos às necessidades dos outros.

Muitas pessoas que vivem com parceiros inseguros não têm nem como começar a imaginar quão fundamentalmente diferente a vida com um parceiro seguro pode ser. Para começo de conversa, eles não entram na "dança do relacionamento" à qual, com frequência, os terapeutas se referem — na qual um parceiro fica mais perto enquanto o outro dá um passo para trás com o intuito de manter uma certa distância no relacionamento o tempo todo. Em vez disso, há um sentimento de proximidade e intimidade crescentes. Continuando, eles são capazes de discutir sensivelmente e com empatia — e ainda, mais importante, com coerência — as emoções deles com você. Por fim, a pessoa segura cobre o parceiro com um escudo emocionalmente protetor que faz com que enfrentar o mundo exterior seja uma tarefa mais fácil. Geralmente, nós nem percebemos o bônus que esses atributos são, a não ser quando estão em falta. Não é nenhuma coincidência que as pessoas que mais valorizam um relacionamento seguro são aquelas que tiveram relacionamentos com parceiros seguros e inseguros. E, embora possam lhe dizer que relacionamentos seguros e inseguros são de dois mundos diferentes, sem o conhecimento da teoria do apego, elas não têm como apontar o dedo para onde exatamente a diferença reside.

## De onde vem esse "talento"?

Se você é seguro, nasceu com essa capacidade excepcional ou é algo que foi aprendendo ao longo do caminho? John Bowlby acreditava que os estilos de apego desenvolviam-se em função da experiência de vida — especialmente de nossa interação com nossos pais durante a mais tenra infância. Uma pessoa desenvolveria um estilo de apego seguro se os pais dela fossem sensíveis e solícitos às necessidades dela. Uma criança assim aprenderia a contar com seus pais, confiante de que eles estariam disponíveis para ela sempre que precisasse. No entanto, Bowlby sustentava que não terminava por aí; ele acreditava que uma criança segura levaria essa confiança para o adulto que viria a ser e para os relacionamentos futuros que teria com parceiros românticos.

Os dados confirmam essas previsões? Em 2000, Leslie Atkinson, que pesquisa desenvolvimento infantil na Universidade Ryerson, em Toronto, em colaboração com vários outros colegas, realizou uma meta-análise com base em 41 estudos anteriores. No total, o estudo analisou mais de dois mil pares de pais-filhos para avaliar a conexão entre sensibilidade parental e estilo de apego da criança. Os resultados mostraram uma conexão frágil, mas significante nos dois lados — filhos de mães que eram sensíveis às suas necessidades tinham maiores probabilidades de ter um estilo de apego seguro, mas a parte frágil da conexão significava que, à parte questões metodológicas, podia haver muitas outras variáveis em jogo para determinar o estilo de apego de uma criança. Entre os fatores que se identificou como estimulante da probabilidade de uma criança ser segura estava um temperamento fácil (que faz com que seja mais fácil que seus pais sejam solícitos), condições positivas da mãe — satisfação no casamento, baixo estresse e depressão, e apoio social — e menos horas sendo cuidada por outra pessoa que não os pais.

Para complicar ainda mais as coisas, uma ideia que vem ganhando relevância científica ultimamente é a de que somos geneticamente predispostos a um dado estilo de apego. Em um estudo de associação genética, que examina se uma variante específica de um gene é mais prevalecente para uma característica específica do que para outra, Omri Gillath, da Universidade do Kansas, e seus colegas da Universidade da Califórnia descobriram que um padrão específico do alelo do receptor de dopamina DRD2 estava associado ao estilo de apego ansioso, enquanto uma variante do receptor de serotonina 5-HT1A estava ligado ao evitante. Sabe-se que esses dois genes desempenham um papel em muitas funções do cérebro, incluindo emoções, recompensa, atenção e, significativamente, também atuam no comportamento social e na formação de pares. Os autores concluíram que as inseguranças no apego são parcialmente explicadas por certos genes, embora haja uma grande variabilidade da diferença individual que ainda está para ser explicada por outros genes ou experiências sociais. Em outras palavras, os genes talvez desempenhem um papel importante na determinação de nosso estilo de apego.

Mas, mesmo se fomos seguros na infância, continuaremos a sê-lo ao nos tornarmos adultos? Para verificar essa questão, os pesquisadores do apego reavaliaram participantes de pesquisas que eram bebês nas décadas de 1970 e 1980 e estavam, no momento, por volta dos 20 anos. Continuariam os homens e mulheres classificados como seguros no começo da infância sendo seguros como adultos? A resposta permanece incerta: três estudos não acharam uma correlação da segurança do apego na infância com a idade adulta, enquanto dois outros encontraram uma conexão estatística significativa entre os dois aspectos. O que fica claro é que, mesmo que haja uma correlação entre o estilo de apego na infância e na idade adulta, ela é fraca na melhor das hipóteses.

Então de onde vem o apego seguro? Com mais estudos tornando-se disponíveis, há evidências crescentes de que um estilo de apego seguro não se origina de uma única fonte. A equação de pais atenciosos e sensíveis produzindo filhos seguros por toda a vida é muito unidimensional; em vez disso, parece que um mosaico inteiro de fatores se une para criar esse padrão de apego: nossa primeira conexão com nossos pais, nossos genes e também algo mais — as nossas experiências românticas quando adultos. Em média, entre 70% e 75% dos adultos permanecem consistentemente na mesma categoria de apego em diferentes pontos de sua vida, enquanto os restantes de 25% a 30% da população apresentam uma mudança em seu estilo de apego.

Os pesquisadores atribuem essa mudança a relacionamentos românticos na idade adulta que são tão poderosos que, na realidade, revisam as nossas crenças e atitudes mais básicas em relação à conexão. E, sim, essa mudança pode acontecer em ambas as direções — pessoas seguras podem se tornar menos seguras e pessoas que eram originalmente inseguras podem se tornar cada vez mais seguras. Se você é inseguro, essa informação é vital e pode ser sua passagem para a felicidade nos relacionamentos. Se você é seguro, você precisa ter consciência dessa descoberta porque tem muito a perder ao se tornar menos seguro.

Recorrendo à atitude mental segura — criando uma
base segura para seu parceiro

Como você deve lembrar, um dos papéis mais importantes
que desempenhamos na vida de nossos parceiros é proporcionar uma base segura: criar as condições que habilitem nossos
parceiros a ir atrás de seus interesses e explorar o mundo com
confiança. Brooke Feeney e Roxanne Thrush, da Universidade Carnegie Mellon, em um estudo publicado em 2010,
descobriram que três comportamentos específicos estão subjacentes a esse termo amplo. Você pode proporcionar uma
base segura adotando os seguintes comportamentos seguros:

- **Seja disponível:** responda com sensibilidade às pertur-
bações deles, permita que sejam dependentes de você
quando sentem a necessidade, veja como estão de tempos em tempos e proporcione consolo quando as coisas
dão errado.
- **Não interfira:** nos bastidores proporcione apoio aos
esforços deles. Ajude de uma maneira que deixe com eles
a iniciativa e a sensação de poder. Permita que façam suas
próprias coisas sem tentar dominar a situação, microge-
renciar ou solapar a confiança e capacidades deles.
- **Encoraje:** proporcione encorajamento e seja acolhedor aos objetivos de aprendizado e crescimento pessoal
deles. Alimente a autoestima deles.

Não sou eu: é você — escolhendo um parceiro

Se você tem um estilo de apego seguro, sabe como se desviar de muitos dos obstáculos com os quais as pessoas com outros estilos de apego têm dificuldade de lidar. Você gravita naturalmente na direção daqueles com a capacidade de fazê-lo feliz. Diferentemente do ansioso, você não deixa um sistema de apego ativado distraí-lo — não é viciado nos altos e baixos de alguém que o deixa tendo que adivinhar o tempo todo. Diferentemente dos evitantes, você não é desviado por falsas fantasias da pessoa perfeita esperando por você ou pelo " tal" que escapou; e você não emprega inconscientemente estratégias de desativação que lhe deixam com um pé atrás quando alguém começa a ficar próximo.

Como um seguro, o contrário é verdadeiro em relação a você — você acredita que há muitos parceiros em potencial abertos à intimidade e proximidade que serão solícitos às suas necessidades. Você sabe que merece ser amado e valorizado todas as vezes. Você está programado para ter essas expectativas. Se alguém envia vibrações que não batem com essas expectativas — se eles são inconsistentes ou evasivos —, você automaticamente perde o interesse. Tanya, 28, uma mulher segura que entrevistamos, colocou de forma bem simples:

"Eu dormi com onze caras em minha vida e todos eles quiseram ter um relacionamento sério comigo. Eu acho que é algo que eu passo. Eu sei que passo a mensagem de que sou alguém que vale a pena conhecer, não só na cama; que se eles ficarem comigo, há um tesouro para ser revelado.

Os caras por quem mostro interesse não fazem jogos — isso é muito importante para mim. Todos ligam imediatamente no dia seguinte, ou, no mais tardar, na noite seguinte. Em retorno, desde o começo, eu mostro a eles que estou interessada. Houve apenas dois homens na minha vida que esperaram dois dias para ligar, e os descartei imediatamente."

Note que Tanya não perde tempo nenhum com os homens que ela percebe que não são solícitos o suficiente às suas necessidades. Para alguns, as decisões dela podem parecer precipitadas, mas, para as pessoas seguras, comportamentos assim vêm naturalmente. Estudos no campo do apego confirmaram que os participantes com um estilo de apego mais seguro mostram-se, de fato, menos propensos a fazer jogos. Tanya sabe intuitivamente quais parceiros são errados para ela. Jogos são um rompimento do acordo no que concerne a ela. Importante em sua abordagem é que Tanya pressupõe que se o parceiro a trata desrespeitosamente, isso indica a inabilidade dele de ser solícito em um relacionamento, e não o pouco valor dela. Ela também não tem muitos sentimentos negativos em relação a esses homens. São simplesmente irrelevantes para ela, e ela segue adiante. É muito diferente de alguém ansioso que iria provavelmente pressupor que tem culpa nas ações do parceiro e poderia começar a hesitar quanto ao seu próprio comportamento — "eu devo ter sido muito insistente", "eu devia tê-lo convidado para subir" ou "foi burrice perguntar sobre a ex dele" — dando à pessoa errada uma segunda, terceira ou quarta chance.

No caso de Tanya, ela já viu o bastante e achou inútil ir adiante com homens que sabia que eram incapazes de atender às necessidades emocionais dela. Mas, em caso de dúvida, uma das ferramentas usadas com mais frequência pelas pessoas com um estilo de apego seguro é a comunicação efetiva — eles simplesmente trazem à tona seus sentimentos e observam como o parceiro reage. Se o parceiro mostra uma preocupação verdadeira com o bem-estar dela e a disposição de chegarem a um acordo, elas darão uma chance ao relacionamento. Se não, elas não ficarão lutando o que acreditam ser uma batalha perdida (veja o capítulo 11).

Encontrando o parceiro certo — a maneira segura

Os princípios que defendemos ao longo deste livro para encontrar o parceiro certo são empregados intuitivamente pelas pessoas com um estilo de apego seguro. Eles incluem:

- Localizar "canos fumegantes" logo no começo e tratá-los como motivos para afastamento.
- Comunicar efetivamente seus sentimentos desde o primeiro dia.
- Adotar a crença de que há muitos (sim, muitos!) parceiros em potencial que podem fazê-lo feliz.
- Nunca assumir a culpa pelo comportamento ofensivo de uma pessoa com quem saiu. Quando um parceiro age com falta de consideração ou de um jeito que o magoa, os seguros reconhecem que isso diz muito mais sobre a outra pessoa do que sobre eles mesmos.
- Ter a expectativa de ser tratado com respeito, dignidade e amor.

Isso quer dizer que as pessoas seguras são imunes a problemas em relacionamentos?

As pessoas seguras nem sempre se unem entre si — eles saem e se casam com pessoas de todos os três estilos de apego. A boa notícia é que se você é seguro, tem o potencial de se dar bem com pessoas que têm estilos de apego ansioso ou evitante — mas apenas se você for capaz de manter sua atitude mental segura. Se você se descobre tornando-se menos seguro, não apenas está perdendo um dom precioso, como também vivencia menos felicidade e satisfação em seus relacionamentos.

Se você é seguro, uma das razões pelas quais é capaz de manter um relacionamento satisfatório com alguém que tem um estilo de apego ansioso é que a pessoa irá, gradualmente, tornar-se mais segura como o resultado de estar com você. Quando você sai com alguém ansioso, isso é o que acontece com mais frequência. Uma das coisas que Mary Ainsworth observou na relação mãe-filho é que as mães seguras eram uma raça especial. Não que elas cuidassem mais de seus filhos ou os segurassem mais do que as mães de filhos ansiosos ou evitantes, mas elas pareciam possuir uma espécie de "sexto sentido" e, intuitivamente, sabiam quando a criança queria ser pega no colo. Elas percebiam o incômodo emergente da criança e agiam antes que se tornasse uma crise completa. E se a criança realmente ficava agitada, elas simplesmente sabiam como acalmá-la.

Nós encontramos esse fenômeno em casais adultos também. Os adultos seguros naturalmente sabem como acalmar seus parceiros e cuidar deles — é um talento inato. Isso pode ser visto na transição do casal para a maternidade e paternidade. Jeffry Simpson, da Universidade do Minnesota, e Steven Rholes, da Universidade A & M do Texas — coeditores do livro *Attachment Theory and Close Relationships*, junto com Lorne Campbell e Carol Wilson — constataram que, durante a transição para a maternidade, mulheres de apego ansioso tinham maior probabilidade de se deslocar para a segurança de suas interações com seus parceiros se percebiam seus maridos como disponíveis, apoiadores e acolhedores durante a gravidez — todas características seguras. Em outras palavras, a sensibilidade e o encorajamento de adultos seguros têm o mesmo efeito em seus parceiros que o da mãe segura em seu bebê, o suficiente para criar uma mudança no estilo de apego do parceiro.

Uma palavra de advertência, entretanto. Às vezes, as pessoas seguras, apesar de seu talento inato para se esquivarem de pretendentes potencialmente inadequados e de tornar seus parceiros mais seguros, podem se ver em maus relacionamentos. Isso pode acontecer não só quando eles são inexperientes, mas também quando correspondem ao comportamento inaceitável de seus parceiros de longo data, continuando a lhes dar o benefício da dúvida e tolerando as ações deles.

Nathan, 35, já não sabia mais o que fazer. Nos oito anos desde que se casara com Shelly, as coisas tinham ido de mal a pior. Os ataques de mau humor de Shelly, raros no começo, agora ocorriam quase diariamente. Suas explosões também aumentaram em gravidade: ela quebrava objetos da casa e, em certa ocasião, até lhe deu uma bofetada. Entretanto os problemas no relacionamento deles não terminavam aí. Nathan pegou-a tendo casos on-line, e suspeitava seriamente de que ela estava tendo-os também na vida real. Embora Shelly tivesse ameaçado ir embora muitas vezes — quase como se estivesse testando a paciência e a tolerância de Nathan —, ela não chegava de fato a fazê-lo. Ele tinha certeza de que uma vez que esse "período" passasse, tudo voltaria ao normal. Nathan também se via corresponsável pelo bem-estar de Shelly e não queria abandoná-la quando ela estava passando por tamanho "mau bocado". Assim, ele aguentou os abusos e os casos. Por fim, Shelly anunciou que não mais o amava, tinha conhecido outra pessoa e estava terminando o casamento. Quando Shelly decidiu ir embora, Nathan aceitou a decisão e não tentou ganhá-la de volta.

Agora, com o divórcio já no passado, Nathan está aliviado por Shelly ter resolvido as coisas por conta própria e por tê-lo libertado de uma existência difícil. Ele até está aberto a conhecer uma pessoa nova e torná-la parte de sua vida. Mas ainda acha difícil explicar o que o manteve naquela situação por tanto tempo. A teoria do apego oferece uma explicação. Primeiro, como vimos, pessoas com um estilo de apego seguro consideram o bem-estar de seus parceiros responsabilidade deles. Enquanto tiverem razões para acreditar que seu parceiro está tendo alguma espécie de problema, continuarão a apoiá-lo. Mario Mikulincer e Phillip Shaver, em seu livro *Attachment in Adulthood*, mostram que as pessoas com um estilo de apego seguro têm maior probabilidade que os outros de perdoar seus parceiros por algo errado que tenham feito. Eles explicam isso como uma combinação complexa de capacidades cognitivas e emocionais: "O perdão requer difíceis manobras de regulação (...) compreender as necessidades e motivações do transgressor e fazer avaliações e atribuições generosas das características e ações ofensivas dos transgressores (...) Pessoas seguras são propensas a oferecer explicações relativamente benignas das ações ofensivas de seus parceiros e estarão inclinadas a perdoá-los". Além disso, como vimos anteriormente neste capítulo, as pessoas seguras naturalmente pensam menos no lado negativo e podem desligar emoções incômodas sem se tornar defensivamente distantes.

A boa notícia é que as pessoas com um estilo de apego seguro têm instintos saudáveis e, em geral, percebem muito cedo que uma pessoa não foi feita para ser sua parceira. A má notícia é que, quando as pessoas seguras entram, ocasionalmente, em um relacionamento negativo, eles podem não saber quando desistir — especialmente se é um relacionamento de longo prazo com compromisso no qual eles se sentem responsáveis pela felicidade do parceiro.

## Como saber quando as coisas foram longe demais?

Se você é seguro, mas começa a se sentir agitado, preocupado ou enciumado (características ansiosas), ou se você se descobre pensando duas vezes antes de expressar seus sentimentos, ou está

159

ficando menos confiante ou começando a entrar em jogos com seu parceiro (características do evitante), é um enorme sinal de advertência de que você está com a pessoa errada ou de que passou por uma experiência difícil que abalou o núcleo de sua base segura. Eventos da vida, como a perda de alguém amado, uma doença ou um divórcio podem causar tal transformação.

Se você ainda está tendo um relacionamento, lembre-se de que não é só porque você pode continuar com alguém que deve continuar com essa pessoa. Se você está infeliz, depois de ter tentado de todas as maneiras fazer com que as coisas funcionassem, o mais provável é que você deva sair dessa. Está em sua essência terminar um relacionamento disfuncional em vez de ficar preso para sempre à pessoa errada só porque você é seguro.

Se você vivenciou a perda de uma figura de apego, por qualquer razão, lembre-se de que não é culpa de seu conjunto de crenças e que vale a pena mantê-lo. É melhor encontrar um meio de curar a ferida e manter a esperança de que há outras pessoas no mundo que compartilham de sua necessidade de intimidade e proximidade. Você pode ser feliz de novo.

## Uma palavra final de reconhecimento aos seguros deste mundo

Antes de aprendermos mais sobre a teoria do apego, nós dávamos pouca importância aos seguros deste mundo, e até os descartávamos como entediantes. Contudo, olhando pelo prisma do apego, passamos a valorizar os talentos e capacidades das pessoas seguras. O apatetado colega parecendo Homer Simpson que mal notávamos, subitamente, tornou-se um cara com um talento para relacionamentos impressionante, que trata sua esposa admiravelmente bem, e o nosso vizinho enfadonho subitamente tornou-se uma pessoa perceptiva e atenciosa que mantém sua família inteira sob controle. Mas nem todas as pessoas seguras são caseiras ou patetas. Você não estará se tornando acomodado ao optar pelo seguro! Os seguros vêm em todos os tipos e formas. Muitos são atraentes e sexies. Sejam sem graça, sejam belos, nós aprendemos a valorizá-los pelo que realmente são — os supercompanheiros da evolução — e nós esperamos que você também venha a aprender.

PARTE 3

Quando os estilos de apego se chocam

8

# A armadilha ansioso-evitante

Quando duas pessoas, em um casal, têm necessidades de inti-midade que se chocam, o relacionamento deles está propenso a se tornar mais uma viagem com tempestades do que um porto seguro. Eis três exemplos do que queremos dizer.

## A roupa suja

"Janet, 37, e Mark, 40, estão vivendo juntos faz quase oito anos. Nos últimos dois anos, eles vieram tendo uma briga interminável sobre comprar ou não uma máquina de lavar. Mark é muito a favor — vai poupar um monte de tempo e chateação. Janet é inflexivelmente contra — o apartamento deles, em Manhattan, é minúsculo, e instalar mais um ele-trodoméstico significará atulhar o estilo de vida deles ainda mais. Além disso, pelo olhar dela, ela é responsável por lavar a roupa, então por que Mark se importa tanto com isso? Quando discutem o assunto, ambos ficam altamente envolvi-dos e, em geral, a discussão termina com Janet emburrada ou Mark explodindo."

Sobre o que eles estão brigando?

Para chegar à questão real, vamos acrescentar a seguinte informação na equação: Janet cuida da roupa suja no fim de semana e, para isso, vai à casa de sua irmã, do outro lado do quarteirão. É a coisa sensata a fazer — sua irmã tem uma máquina de lavar, é de graça e menos complicada. Então ela fica à toa, o dia inteiro, lá. Janet tem um estilo de apego evitante e está sempre achando oportunidades para fazer coisas sem Mark. Para Mark, que tem um estilo de apego ansioso, o desejo de uma máquina de lavar é realmente o desejo de algo inteiramente diferente — ficar próximo de Janet.

Quando vista sob essa perspectiva, podemos ver que a briga sobre a máquina de lavar é só um sintoma do verdadeiro problema — o fato de que Mark e Janet têm necessidades muito diferentes no que se refere à proximidade e a passar o tempo juntos.

## Uma escapada romântica em Vermont

"Susan, 24, e Paul, 28, decidem na última hora passar o fim de semana em Vermont. Quando chegam lá, eles visitam dois B&Bs. Os dois lugares são acolhedores e aconchegantes. Um tem um quarto com duas camas de solteiro e o outro tem um quarto com uma grande cama de casal. Paul quer o quarto com duas camas, porque a vista é espetacular. Susan quer o quarto com a cama grande — ela não pode conceber ter de dormir em camas separadas em uma escapada romântica. Paul menospreza um pouco Susan. 'Nós dormimos na mesma cama todas as noites, qual é o problema? Ao menos aqui a gente pode desfrutar da vista'. Susan sente vergonha de ter essa necessidade forte de ficar perto de Paul, de noite, mas, ainda assim, ela não consegue imaginá-los dormindo em camas separadas durante o passeio. Nenhum dos dois quer ceder, e a discussão ameaça arruinar o fim de semana."

Sobre o que é essa discordância? À primeira vista, uma diferença de gosto quanto a quartos de hotéis. A insistência de Susan parece um pouco exagerada. Mas e se você soubesse que Paul detesta se aninhar com ela antes de dormir? Que isso incomoda Susan demais e ela se sente rejeitada com esse comportamento? E se você soubesse que ela tem certeza de que, com camas separadas, ele vai correr para a dele no minuto em que o sexo terminar? Nesse contexto mais completo, Susan não parece mais tão insensata. Podemos interpretar a preocupação dela como uma necessidade fundamental de proximidade que não está sendo atendida.

## Quando o Facebook se encontra com problemas de "abandono"

"Naomi, 33, e Kevin, 30, têm saído exclusivamente faz seis meses e têm algumas discordâncias que não conseguem resolver. Naomi fica chateada porque Kevin não tirou da lista de amigos do Facebook algumas das ex-namoradas. Ela está convencida de que ele está flertando com outras mulheres. Kevin, por outro lado, não gosta do hábito de Naomi de ligar para ele sempre que ele sai para beber com os seus amigos, de modo que ele ignora as ligações. Kevin acha que Naomi tem sérios problemas de abandono e é ciumenta demais — e ele frequentemente diz isso para ela. Naomi tenta controlar suas dúvidas e preocupações persistentes, entretanto elas simplesmente não cessam."

Não há nenhuma regra definitiva em relacionamentos quanto a manter ex-namoradas em seu Facebook ou permanecer em contato com elas. Também não há certo ou errado no que se refere a telefonar para o seu namorado quando ele saiu com os amigos. Em certas situações, esses comportamentos podem perfeitamente fazer sentido. Mas as discordâncias de Naomi e Kevin não são realmente sobre essas questões, e é por isso que eles não conseguem chegar a uma solução. O conflito deles é sobre quão próximos e compromissados eles querem ficar um com o outro. Kevin, que tem um estilo de apego evitante, quer manter uma certa distância entre Naomi e ele, e faz isso usando várias estratégias — ele mantém segredo sobre onde vai e mantém-se em contato com seus antigos amores apesar do óbvio desconforto de Naomi quanto a isso. Naomi, por sua parte, tenta ficar mais próxima de Kevin eliminando as barreiras e distrações que ele colocou entre eles. Mas sem um desejo genuíno dele, de ficar mais próximo, os esforços dela são inúteis; afinal, são necessários dois indivíduos dispostos para criar intimidade.

Todos os três casos que descrevemos têm uma coisa em comum: enquanto um parceiro quer realmente a intimidade, o outro fica muito desconfortável quando as coisas ficam próximas demais. Esse é, com frequência, o caso quando um dos parceiros no casal é evitante e o outro é ansioso ou seguro — mas é mais notável quando um parceiro é evitante e o outro ansioso.

A pesquisa sobre o apego mostrou que quando a sua necessidade de intimidade encontra a reciprocidade de seu parceiro, o seu nível de satisfação aumenta. Necessidades de intimidade incongruentes, por outro lado, usualmente se traduzem em satisfação substancialmente menor. Quando os casais discordam sobre o grau de proximidade e intimidade desejado em um relacionamento, a questão acaba ameaçando dominar todo o seu diálogo. Chamamos essa situação de "armadilha ansioso--evitante", porque, como numa armadilha, você cai nela sem perceber, e, como numa armadilha, uma vez que você foi pego, é difícil escapar.

A razão pela qual as pessoas em um relacionamento ansioso-
-evitante acham particularmente difícil mover-se em direção a
uma maior segurança é, sobretudo, a de se encontrarem presos
em um ciclo superestimado das inseguranças um do outro. Dê
uma olhada no diagrama da página 170. As pessoas com um
estilo de apego ansioso (círculo inferior, à direita) lidam com
as ameaças ao relacionamento ativando o seu sistema de apego
— tentando ficar mais próximas do parceiro. As pessoas evitantes (círculo inferior, à esquerda) têm a reação oposta. Eles
lidam com as ameaças desativando — tomando medidas para
se distanciar de seus parceiros e "desligar" o sistema de apego.
Assim, quanto mais perto o ansioso tenta ficar, mais distante
o evitante age. Para piorar as coisas, a ativação de um parceiro
reforça mais a desativação do outro num círculo vicioso, e
ambos permanecem dentro da "zona de perigo" no relacionamento. Para se deslocar em direção a uma maior segurança — a
zona segura no diagrama —, ambos precisam achar um meio
de se sentir menos ameaçados, ficar menos ativado/desativado
e sair da zona de perigo.

## As porcas e parafusos da armadilha
### ansioso-evitante

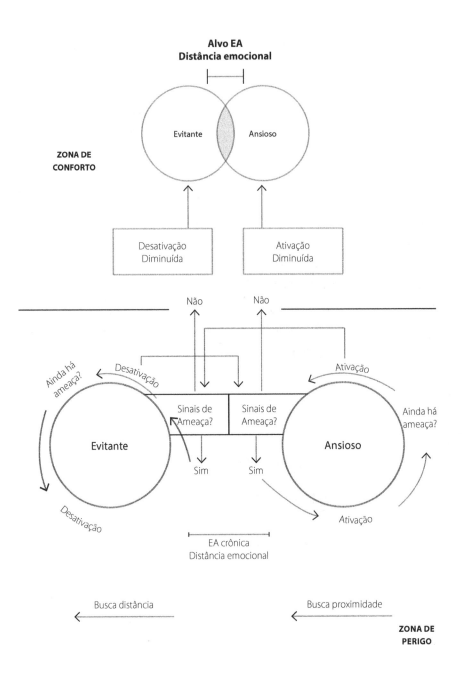

Eis o que, de forma característica, acontece em muitos relacionamentos ansiosos-evitantes:

SINAIS DESCARADOS DA ARMADILHA ANSIOSO-EVITANTE

1. **O efeito montanha-russa.** No relacionamento, você nunca se vê velejando com a quilha equilibrada. No lugar disso, às vezes, quando o parceiro evitante se mostra disponível para o parceiro ansioso, o sistema de apego deste fica temporariamente tranquilizado, e você obtém extrema proximidade — levando a uma sensação de "alto". Essa proximidade, todavia, é percebida pelo parceiro evitante como uma ameaça e é rapidamente seguida por um distanciamento da parte dele — só para criar uma renovada insatisfação no parceiro ansioso.

2. **O ato emocional de contrabalançar.** Se você é evitante, com frequência infla sua autoestima e sensação de independência. Se você é ansioso, você é programado para sentir "menos que" quando o seu sistema de apego fica ativado. Frequentemente, os evitantes sentem-se independentes e poderosos na medida em que seus parceiros sentem-se carentes e incapazes. Essa é uma das razões pelas quais os evitantes dificilmente saem com outros evitantes. Eles não podem se sentir fortes e independentes em relação a alguém que compartilha o mesmo sentimento deles.

3. **Instabilidade estável.** O relacionamento pode durar muito tempo, mas um elemento de incerteza persiste. Como ilustrado no diagrama da página 170, vocês ficam juntos, mas com um sentimento de insatisfação crônica, nunca encontrando o grau de intimidade em que os dois ficariam confortáveis.

4. **Nós estamos realmente brigando por isso?** Vocês poderão sentir que estão constantemente brigando por coisas que não deviam ser motivo para brigar. De fato, as suas brigas não são por causa desses problemas menores, mas por uma coisa completamente diferente, como o grau de intimidade entre vocês.

5. **Vida no círculo interior é o inimigo.** Se você é ansioso, descobre que está sendo tratado pior, em vez de melhor, assim que se torna a pessoa mais próxima de seu parceiro evitante. Exploraremos mais este aspecto no capítulo seguinte.

6. **Vivenciando a armadilha.** Você desenvolve uma estranha sensação de que o relacionamento não é o certo para você, mas se sente muito emocionalmente conectado a outra pessoa para romper.

## Por que as diferenças em intimidade são tão difíceis de reconciliar?

Se duas pessoas se amam, elas não podem conseguir um jeito de ficar juntas e de resolver suas diferenças? Gostaríamos que a resposta fosse um simples sim, mas vimos com frequência que é impossível achar uma solução que seja aceitável tanto para o parceiro ansioso quanto para o evitante, independentemente de quanto amor eles sintam um pelo outro. Normalmente, se o relacionamento segue o seu curso habitual (mostraremos depois que esse não precisa ser o caso) apesar das diferentes necessidades de intimidade, o parceiro ansioso é, em geral, o que tem de fazer concessões e aceitar as regras impostas pelo parceiro evitante.

Assim, mesmo que o relacionamento seja deixado por sua própria conta e dure um longo tempo (de uma maneira estavelmente instável), sem uma tentativa de dirigi-lo para um lugar mais seguro, as coisas em geral não melhoram — e podem piorar. Eis o porquê:

- As diferenças na intimidade podem transbordar para cada vez mais áreas da vida — necessidades de intimidade radicalmente diferentes não param em questões aparentemente triviais como uma pessoa querendo dar as mãos com mais frequência do que a outra. Essas diferenças refletem desejos, pressuposições e atitudes diametralmente opostos. De fato, elas afetam quase todos os aspectos de uma vida compartilhada, desde a maneira como vocês dormem juntos até a como criar os filhos. Com cada novo passo no relacionamento (casar-se, ter filhos, mudar para uma casa nova, ganhar dinheiro ou ficar doente) essas diferenças básicas irão se manifestar, e a distância entre os parceiros poderá crescer conforme os desafios tornam-se maiores.

- Frequentemente, o conflito é deixado sem solução, porque a própria resolução cria intimidade demais. Se é ansioso ou seguro, você realmente quer resolver um problema no relacionamento. Todavia, essa resolução, por si só, com frequência, torna o casal mais próximo — e essa é uma situação que, inconsciente que seja, o parceiro evitante rejeita. Enquanto as pessoas com um estilo de apego ansioso ou seguro procuram resolver um desentendimento para alcançar maior proximidade emocional, essa saída é desconfortável para as evitantes que, na realidade, procuram se manter distantes. Para se esquivar da possibilidade de fica-

173

rem mais próximas, as pessoas evitantes tendem a ficar mais hostis e afastadas com o desenrolar da discussão. A menos que haja um reconhecimento do processo envolvido em um conflito ansioso-evitante, o distanciamento durante o conflito tende a se repetir e causar muita infelicidade. Sem lidar com o problema, a situação tende a ir de mal a pior.

- A cada colisão, a pessoa ansiosa perde mais terreno: durante brigas amargas entre parceiros ansiosos e evitantes, quando não há pontos de referência e equilíbrios seguros atuando, as pessoas com um estilo de apego ansioso tendem a se ver avassaladas por emoções negativas. Quando se sentem magoadas, falam, pensam e agem de uma maneira extrema, mesmo ao ponto de ameaçar terminar o relacionamento (comportamento de protesto). Todavia, uma vez que se acalmam, elas se veem invadidas por memórias positivas e, então, são tomadas pelo arrependimento. Elas buscam o parceiro em uma tentativa de reconciliação. Mas, com frequência, recebem uma reação hostil, porque os evitantes reagem de modo diferente a uma briga. Eles desligam todas as memórias relacionadas ao apego e se lembram do pior de seu parceiro.

O que geralmente acontece nesse ponto, se você é ansioso, é que você não só fracassa em resolver o conflito original, mas ainda se descobre em uma posição pior do que a em que estava no começo. Agora você tem de implorar para voltar apenas ao seu *status quo* inicial, insatisfatório (e com frequência tem de aceitar o compromisso de ainda menos). Todas as esperanças de uma vida melhor juntos se foram pelo ralo.

9

## Escapando da armadilha ansioso-evitante: como o casal ansioso-evitante pode alcançar maior segurança

Se você descobriu que a maioria das suas dificuldades pode, na realidade, ser identificada nas necessidades de intimidade conflitantes, há alguma coisa que você possa fazer em relação a isso?

Talvez uma das descobertas mais intrigantes da pesquisa sobre o apego adulto seja que os estilos de apego são estáveis, mas artificiais. Isso quer dizer que eles tendem a permanecer consistentes ao longo do tempo, entretanto podem também mudar. Até agora, descrevemos em detalhes o que acontece em relacionamentos ansiosos-evitantes se são deixados para seguir o seu curso usual. Aqui, queremos oferecer a esses casais uma chance de trabalharem juntos para se tornar mais seguros.

A pesquisa sobre apego mostra que as pessoas tendem a ficar mais seguras quando estão tendo um relacionamento com alguém seguro. Mas há também esperança para o futuro de um casal quando nenhum dos parceiros é seguro. Estudos constataram que uma "primeira demão" de segurança — lembrar às pessoas das experiências ampliadoras de segurança que tiveram — pode ajudá-las a criar uma sensação maior de estabilidade. Quando conseguem relembrar um relacionamento com uma pessoa segura ou ser inspiradas por um modelo de pessoa segura em sua vida, elas frequentemente são bem-sucedidas ao adotar modos seguros.

Com o estilo de apego de uma pessoa mudando gradualmente em direção a uma maior segurança, ela se comportará de modo mais construtivo em relacionamentos e até desfrutará de uma saúde mental e física melhor. E, se ambos os parceiros são capazes de fazer isso, os resultados podem ser notáveis.

## Identificando o seu modelo integrado de pessoa segura

Encontrar essa "primeira demão" de segurança pode ser tão simples quanto pensar em pessoas seguras à sua volta e em como elas se comportam em seus relacionamentos. Para encontrar um modelo assim, repasse mentalmente as várias pessoas em sua vida, no passado e no presente. A presença segura pode ser alguém próximo como um pai, mãe ou irmão, ou pode ser alguém que você conheceu mais casualmente, no trabalho ou por meio de amigos. O que é importante é que essa pessoa tenha um estilo de apego seguro e um jeito seguro de lidar com os outros. Quando você conseguir pensar em uma ou mais pessoas assim, tente invocar imagens e memórias específicas da maneira como elas interagem no mundo: os tipos de coisas que dizem, como agem em diferentes situações, o que optam por ignorar e ao que elas reagem, a maneira como elas se comportam quando seu parceiro está deprimido e sua atitude em geral em relação à vida e aos relacionamentos. Por exemplo:

"Uma vez, quando eu discordei do meu gerente, fui muito veemente contra ele. Ele mostrou um interesse genuíno no que eu tinha para dizer e criou um diálogo em vez de um duelo."

"O meu melhor amigo, Jon, e a mulher dele, Laura, estão sempre encorajando um ao outro a fazer as coisas pelas quais são apaixonados. Quando Laura decidiu sair de seu escritório de advocacia e trabalhar com promoção social, Jon foi a primeiro a dar a ela sua aprovação, mesmo que isso significasse uma séria diminuição na renda deles."

O seu relacionamento com seu animal de estimação serve como um modelo seguro?

Suzanne Phillips, coautora do livro *Healing Together*, descreve a nossa conexão com nossos animais de estimação como uma fonte de inspiração para os nossos relacionamentos românticos. Em seu texto, ela salienta que tendemos a perceber nossos animais de estimação como altruístas e amorosos apesar de suas muitas contravenções: eles nos acordam à noite, destroem coisas que valorizamos e exigem nossa atenção exclusiva, e, no entanto, nós tendemos a passar por cima desses comportamentos e a ter sentimentos positivos em relação a eles. De fato, nossa conexão com nossos animais de estimação é um exemplo excelente de uma presença segura em nossa vida. Podemos recorrer a nossas atitudes em relação a nossos animais de estimação como um recurso seguro dentro de nós — não pressupomos que nossos animais de estimação estejam fazendo coisas propositalmente para nos magoar, não guardamos rancor mesmo quando comem o que não devem ou fazem uma bagunça, e ainda os cumprimentamos calorosamente quando chegamos em casa (mesmo depois de um dia difícil no trabalho) e ficamos ao lado deles, não importa o que aconteça.

Retome todos os exemplos seguros que você descobriu e resuma as características que gostaria de adotar deles. Esse será o seu modelo integrado de pessoa segura. É para alcançar isso que você quer se esforçar.

## Remodelando seus modelos operacionais

Nas pesquisas sobre o apego, "modelo operacional" é uma expressão que descreve o nosso sistema básico de crenças no que se refere aos relacionamentos românticos — o que o faz ir adiante, o que o faz ficar desinteressado, suas atitudes e expectativas. Em suma, o que faz você funcionar nos relacionamentos. Ajuda muito identificar o que entra e o que fica fora em seu modelo operacional como um primeiro passo em direção a identificar padrões de pensamentos, sentimentos e ações que estão no caminho para você se tornar mais seguro.

### *Criando o seu inventário de relacionamentos*

A primeira atividade a cumprir, portanto, é tomar consciência do modelo operacional que governa o seu comportamento nos relacionamentos. Embora você possa já ter uma boa noção sobre o seu estilo de apego, pelo que leu até agora, o inventário de relacionamentos irá auxiliá-lo(a) a enxergar mais claramente como o seu estilo de apego afeta seus pensamentos, sentimentos e comportamentos em situações românticas no dia a dia.

O inventário fará com que você percorra seus relacionamentos passados e futuros partindo da perspectiva do apego. As pesquisas sobre o mecanismo molecular da memória e do aprendizado revelam que, cada vez que relembramos uma cena — ou recuperamos uma certa memória em nossa mente consciente —, nós a perturbamos e, ao fazê-lo, a alteramos para sempre. Nossas memórias não são como livros velhos em uma biblioteca, permanecendo lá empoeirados e imutáveis; elas são mais como entidades vivas, que respiram. O que lembramos hoje de nosso passado é, de fato, um produto da edição e remodelamento que ocorre ao longo dos anos, cada vez que retomamos uma certa lembrança. Em outras palavras, nossas experiências atuais remodelam a nossa visão das do passado. Ao criar seu próprio inventário do apego, você reexamina suas lembranças de experiências de relacionamentos passados a partir de uma nova perspectiva. Perscrutá-las através da lente da teoria do apego irá permitir que você mude algumas crenças pouco úteis que se baseiam nessas memórias específicas, e, ao fazê-lo, você remodelará seu padrão operacional para uma versão mais segura.

Nas páginas 180-181 está o inventário de relacionamentos. O inventário é uma tarefa que você deve realizar sozinho. Reserve bastante tempo de tranquilidade para trabalhar nele seriamente, para que você possa obter uma imagem completa e precisa de si mesmo a partir de uma perspectiva da teoria do apego. Comece listando, na coluna da esquerda (1), os nomes de todos os seus parceiros românticos, do passado e do presente. Podem ser incluídas pessoas com as quais você saiu brevemente. Sugerimos que você trabalhe na vertical, uma coluna por vez. Preencher o inventário verticalmente o encoraja a se concentrar menos em cada episódio particular e mais em obter uma imagem integrada de seu modelo operacional nos relacionamentos em geral. Quanto mais informação você reunir, melhor. Na coluna 2, escreva do que você se lembra sobre o relacionamento: como era e o que mais fica evidente quando você tenta relembrar o tempo que passaram juntos. Assim que tiver escrito as suas lembranças gerais do relacionamento, a coluna 3 permite que você olhe mais de perto e identifique episódios específicos que contribuíram para a ativação/desativação de seu sistema de apego. A coluna 4 pergunta como você reagiu a essas situações. O que você fez? No que você estava pensando? Como você se sentia? As listas que vêm depois do inventário foram elaboradas para ajudá-lo a relembrar essas reações.

A coluna 5 é um passo crucial. Você terá de reavaliar essas experiências a partir de uma perspectiva da teoria do apego para obter *insights* das questões que afetaram os seus relacionamentos. Quais problemas de apego estavam subjacentes a essas

INVENTÁRIO DE RELACIONAMENTOS

| 1. Nome do parceiro | 2. Como é/era o relacionamento? De quais padrões recorrentes você consegue se lembrar? | 3. Situação que disparou a ativação ou desativação do sistema de apego | 4. Minha reação (pensamentos, sentimentos, ações) |
|---|---|---|---|
| | | | |
| | | | |
| | | | |
| | | | |
| | | | |
| | | | |
| | | | |
| | | | |

reações: comportamento de protesto? Desativação? Consulte as listas para guiar-se. Na coluna 6, o que se pede é que você considere as maneiras como a sua reação — agora traduzida segundo os princípios do apego — o magoa e fica no caminho de sua felicidade. Por fim, a coluna 7 o insta a considerar maneiras novas — seguras — de lidar com essas situações usando um modelo ampliador de segurança em sua vida junto dos princípios seguros que delineamos neste livro (box na página 186).

| 5. Modelos operacionais e princípios do apego inseguro | 6. Como eu perdi por ter sucumbido a esses modelos operacionais/ princípios | 7. Identifique uma pessoa com modelo seguro que seja relevante para essa situação e princípios seguros para adotar. Como ela é relevante? |
|---|---|---|
| | | |
| | | |
| | | |
| | | |
| | | |
| | | |
| | | |
| | | |

Pensamentos, emoções e reações ansiosas comuns

## Pensamentos

- Leitura de pensamentos: eu sabia, é claro que ele não está mais a fim de mim.
- Nunca vou encontrar outra pessoa.
- Eu sabia que era bom demais para durar.
- Pensamento ou-tudo-ou-nada: arruinei tudo, não há nada que eu possa fazer para consertar a situação.
- Ele/ela não pode me tratar desse jeito!
- Eu sabia que alguma coisa ia dar errado; nada nunca dá certo para mim.
- Preciso falar ou encontrar com ele/ela agora mesmo.
- Melhor que venha de joelhos implorar o meu perdão, se não ele/ela pode me esquecer para sempre.
- Talvez se eu estiver com uma aparência irresistível ou agir de forma sedutora, as coisas funcionem.
- Ele/ela é tão incrível, por que afinal iria querer ficar comigo?
- Lembrar-se de todas as coisas boas que seu parceiro fez e disse depois de se acalmar após uma briga.
- Lembrar-se só das coisas ruins que seu parceiro já fez quando estão brigando.

## Emoções

- Triste
- Bravo
- Amedrontado
- Sem esperança
- Desesperado
- Ciumento

- Ressentido
- Frustrado
- Deprimido
- Humilhado
- Tomado de ódio
- Incerto

- Hostil
- Vingativo
- Culpado
- Odiando a si mesmo
- Inquieto
- Desconfortável

- Agitado
- Rejeitado
- Mal-amado
- Solitário
- Incompreendido
- Menosprezado

## Ações

- Fazer drama.
- Tentativa de restabelecer contato a qualquer preço.
- Começar uma briga.
- Esperar que ele dê o primeiro passo para a reconciliação.
- Ameaçar deixá-lo.
- Agir com hostilidade — olhar para o teto, mostrar-se desdenhoso.
- Tentar fazer com que ele/ela sinta ciúme.
- Fingir-se ocupado ou fora de alcance.
- Afastar-se — parar de falar com seu parceiro ou desviar-se fisicamente.
- Agir de forma manipuladora.

Pensamentos, emoções e reações evitantes comuns

## Pensamentos

- Pensamento ou-tudo-ou-nada: eu sabia que ele não era o certo para mim, essa é a prova!
- Generalizações excessivas: eu sabia que não fui feito para ter um relacionamento íntimo.

- Ele está tomando a minha vida, não posso aceitar!
- Agora eu tenho de fazer tudo do jeito dele. O preço é alto demais.
- Eu preciso sair daqui. Estou me sentindo sufocado.
- Se ele fosse o "tal", esse tipo de coisa não aconteceria.
- Quando eu estava com (ex-fantasma) isso não teria acontecido.
- Intenção maliciosa: ele está realmente fazendo isso para me aborrecer, é tão óbvio...
- Ele só quer me prender, isso não é amor de verdade.
- Fantasiar sobre fazer sexo com outras pessoas.
- Eu estaria melhor sozinho.
- Ai, ele é tão carente! É patético.

### Emoções

- Afastado
- Frustrado
- Bravo
- Pressionado
- Desvalorizado
- Iludido
- Tenso
- Tomado de ódio
- Dono da verdade
- Desprezando-o
- Incompreendido
- Ressentido
- Hostil
- Altivo
- Vazio
- Desesperado
- Desdenhoso
- Inquieto
- Desconfiado

### Ações

- Fazer drama.
- Levantar e ir embora.
- Menosprezar o parceiro.

- Agir com hostilidade, mostrar-se desdenhoso.
- Fazer observações críticas.
- Afastar-se mental ou fisicamente.
- Minimizar o contato físico.
- Manter o nível de compartilhamento emocional no mínimo.
- Parar de ouvir seu parceiro. Ignorá-lo.

Possíveis princípios do apego em jogo

## Ansioso

- Comportamento de protesto.
- Estratégias de ativação — qualquer pensamento, sentimento ou comportamento que resultará em um aumento do desejo de se reconectar.
- Colocar o parceiro em um pedestal.
- Sentir-se pequeno e inferior em comparação ao parceiro.
- Ver/lembrar só o melhor em seu parceiro depois de uma briga (e, ao mesmo tempo, deixar de lado os aspectos negativos).
- Confundir um sistema de apego ativado com amor.
- Viver na zona de perigo (veja diagrama na página 95).
- Viver em uma montanha-russa emocional — ficar viciado nos altos e baixos.

## Evitante

- Estratégias de desativação.
- Confundir autossuficiência com independência.

- Inflar a sua própria importância e autoestima e, ao mesmo tempo, menosprezar o parceiro.
- Ver só o negativo em seu parceiro e ignorar o positivo.
- Pressupor intenções maliciosas nas ações de seu parceiro.
- Desconsiderar as pistas emocionais do parceiro.
- Ansiar pelo ex-fantasma.
- Fantasiar sobre "o tal".
- Reprimir sentimentos e emoções de amor.

## Exemplos de princípios seguros

- Seja disponível.
- Não interfira.
- Aja de maneira encorajadora.
- Comunique-se efetivamente.
- Não faça jogos.
- Veja a si mesmo como responsável pelo bem-estar de seu parceiro.
- Tenha o coração aberto — seja corajoso e honesto em suas interações.
- Concentre-se no problema em questão.
- Não faça generalizações durante um conflito.
- Abafe o fogo antes que se torne um incêndio florestal — lide com as aflições de seu parceiro antes que elas aumentem.

Às vezes, pode ser útil repassar o inventário com uma pessoa supervisora do apego (PSA), tal como um membro da família, um amigo próximo ou um terapeuta. Ter a possibilidade de recorrer a alguém que tem familiaridade com seus padrões quando seu sistema entra em sobrecarga e seu julgamento está obscurecido pela ativação/desativação, pode lhe dar uma perspectiva nova e diferente. A sua PSA pode lembrar a você as suas tendências destrutivas e ajudá-lo a se deslocar para um espaço mental mais seguro, antes que você aja sem considerá-las e prejudique o relacionamento.

Se você completou o inventário de relacionamentos, já identificou seu modelo operacional e as maneiras como ele pode interferir em sua felicidade e produtividade. Você provavelmente localizou os padrões recorrentes em seus relacionamentos e a maneira como você e os seus parceiros (passados e presentes) provocam um ao outro. Você pode até resumi-los para si mesmo.

*Meu modelo operacional — resumindo o inventário*

Você consegue identificar situações que tendem a ativar (se você é ansioso) ou desativar (se você é evitante) o seu sistema de apego ao longo de seus relacionamentos?

- _____
- _____
- _____

Você consegue detectar as formas como um modelo operacional ineficiente impediu que você alcançasse uma maior segurança?

- _____
- _____
- _____


Quais são os mais importantes princípios de apego em jogo em seus relacionamentos?

- _____
- _____
- _____


Volte ao seu inventário e pergunte a si mesmo como os modelos seguros (ou o modelo integrado seguro) podem colocar sob uma nova perspectiva os problemas de relacionamento com os quais você está/esteve lidando.


- O que eles fariam se estivessem em uma situação assim?
- Que ponto de vista eles colocariam na mesa?
- O que eles lhe diriam se soubessem que você está lidando com esse problema?
- Como a sua experiência com eles é relevante para a situação?

A resposta para essas perguntas irá ajudá-lo a completar a última — e crucial — coluna do inventário.

Os dois exemplos a seguir permitirão que você compreenda melhor como essa abordagem pode funcionar e como usar o inventário.

## A mensagem de texto que salvou a pátria

Quando nós entrevistamos Georgia e Henry para o livro, eles estavam constantemente discutindo. Segundo Henry, nada do que ele fazia era bom o bastante para Georgia, e ele estava sempre sendo julgado e criticado. Georgia, por sua vez, acreditava que o ônus do casamento ficava com ela. Ela tinha de correr atrás de Henry até para fazer planos simples e era sempre quem se encarregava de ter a iniciativa em tudo — desde comprar um presente de aniversário para a mãe dele até decidir qual apartamento alugar. Ela se sentia muito solitária no relacionamento. Quando nós encorajamos Georgia a começar a monitorar o seu modelo operacional, que era claramente ansioso, ela veio com uma situação em particular que ocorria frequentemente e sempre a tirava do sério. Henry nunca tinha tempo para falar durante o horário de trabalho. Ela ligava e deixava um recado, mas ele raramente ligava de volta para ela. O inventário de Georgia continha a seguinte entrada:

| 1. Nome do parceiro | 2. Como é/era o relacionamento? De quais padrões recorrentes você consegue se lembrar? | 3. Situação que disparou a ativação ou desativação do sistema de apego | 4. Minha reação (pensamentos, sentimentos, ações) | |
|---|---|---|---|---|
| Henry | Eu me sinto sozinha e sem atenção neste relacionamento. Estou cansada de fazer a maior parte do trabalho do relacionamento. | Henry não retornar as minhas ligações durante o trabalho. | Fico ansiosa e inquieta. Pergunto--me se fiz algo que deixou Henry bravo.<br><br>Um nó no estômago.<br><br>Ligo sem parar ou me forço para esperar que ele ligue.<br><br>Ajo com hostilidade quando ele liga. | |

| 5. Modelos operacionais e princípios do apego inseguro | 6. Como perdi por ter sucumbido a esses modelos operacionais/ princípios | 7. Identifique uma pessoa com modelo seguro que seja relevante para essa situação e princípios seguros para adotar. Como ela é relevante? |
| --- | --- | --- |
| Ativação: a sensação de ansiedade e inquietude e a necessidade de falar com Henry AGORA MESMO são os meios de meu sistema de apego para me fazer ficar próxima de Henry. Comportamento de protesto: agir com hostilidade quando Henry liga é minha maneira de fazer Henry realmente prestar atenção em mim e tentar fazer as pazes. | Em vez de me conectar com Henry, eu acabo brigando com ele. E também preocupar-me com a disponibilidade dele afeta a minha concentração no trabalho — e isso acontece mesmo quando eu sei que ele me ama! | Debbie, a minha terapeuta, que era uma grande presença segura em minha vida, me disse para eu ligar para ela sempre que estivesse aflita. Ela disse: "Georgia, eu prefiro passar dez minutos no telefone com você a deixar que você passe o dia todo aflita". Nunca precisei ligar para ela. Era a disponibilidade dela que era importante. Eu acho que não preciso realmente falar com Henry tantas vezes. A minha necessidade real é de saber que ele está disponível e conectado. Ligando para Henry muitas vezes estou também violando a regra de não interferência da base segura. |

Henry, que tinha um estilo de apego evitante, estava sempre ocupado com seus pacientes e ficava frustrado com as ligações e mensagens de texto de Georgia. Quando ele, por fim, retornava as ligações dela, o diálogo começava em um tom azedo que afetaria o tom de toda a conversa. Eis como ficou uma parte do inventário dele:

| 1. Nome do parceiro | 2. Como é/era o relacionamento? De quais padrões recorrentes você consegue se lembrar? | 3. Situação que disparou a ativação ou desativação do sistema de apego | 4. Minha reação (pensamentos, sentimentos, ações) |
|---|---|---|---|
| Georgia | Nunca há paz e tranquilidade em nosso relacionamento. Georgia exige muita atenção | As repetidas ligações telefônicas e mensagens de texto quando estou ocupado no trabalho. | Me sinto frustrado.<br><br>Fico nervoso pensando no quanto Georgia é dependente.<br><br>Desligo meu celular ou respondo a ligação de forma seca e irritada. |

| 5. Modelos operacionais e princípios do apego inseguro | 6. Como eu perdi por ter sucumbido a esses modelos operacionais/ princípios | 7. Identifique uma pessoa com modelo seguro que seja relevante para essa situação e princípios seguros para adotar. Como ela é relevante? |
|---|---|---|
| *Desativação:* considerar Georgia como carente e dependente demais.<br><br>Esquecer que ela não está tentando me flagrar e que ela me ama e se importa comigo.<br><br>*Distanciamento:* eu me distancio desligando o telefone ou sendo hostil quando acabamos nos falando. | Quando chego em casa, Georgia está chateada, e eu me sinto culpado.<br><br>E também, com frequência, ela liga por uma boa razão (como qual restaurante eu gostaria que ela reservasse para hoje à noite), e eu perco ao ignorá-la. | O meu chefe e a mulher dele sempre se mantêm em contato. Eles são o casal poderoso no hospital — ambos são chefes de departamento. Ela até liga para garantir que a agenda dele deixe tempo o suficiente para ele fazer exercícios. Eles realmente ajudam um ao outro.<br><br>Também estou violando a regra da "disponibilidade". Preciso descobrir um jeito de estar disponível para Georgia quando ela precisar de mim. |

•••

Quando Georgia e Henry analisaram os seus modelos operacionais, começaram a encarar a situação deles de maneira diferente. Henry se deu conta de que, ao ignorar as necessidades de sua mulher e ridicularizar a dependência dela, ele estava só piorando as coisas e causando infelicidade no relacionamento. Georgia se deu conta de que, ao usar o comportamento de protesto, ela estava, na realidade, distanciando Henry em vez de fazê-lo estar presente para ela, como supunha. Quando os dois sentaram-se para conversar sobre esse problema recorrente, ambos estavam mais bem preparados. Henry disse que, embora ele, de fato, pensasse nela durante o dia, ficava tão ocupado que simplesmente não tinha tempo para parar e ligar. Foi reconfortante para Georgia ouvir que Henry pensava com frequência nela quando não estavam juntos. Ela também entendeu a agenda cheia dele. Simplesmente entendeu que só precisava sentir-se mais conectada com ele durante o dia.

Então eles acharam uma solução elegante: Henry perguntou se tudo bem se ele mandasse uma mensagem de texto pré-escrita sempre que pensasse nela. Tomaria só um instante de seu tempo, mas iria reduzir enormemente a preocupação de Georgia. Essa solução funcionou maravilhosamente para o relacionamento. Para Georgia, receber uma mensagem "pensando em você" possibilitava que ela se acalmasse e se concentrasse melhor em seu trabalho, e Henry sentiu-se menos ressentido ao perceber que Georgia não estava tentando destruir a carreira dele ao pegar no seu pé incessantemente. De fato, ao evocar o relacionamento especial de seu chefe com a mulher, ele pôde ver como uma base segura poderia ajudá-lo a progredir em sua carreira. De noite, quando eles se encontravam, a tensão se fora e a carência e a hostilidade não mais estavam presentes.

## O incidente da pasta de dente

Sam realmente queria que Grace viesse morar com ele quando ela se mudou para Nova York. Eles estavam juntos fazia mais de dois anos e ele achou que seria legal que o relacionamento chegasse a um nível mais profundo. Além disso, eles estavam ficando um na casa do outro o tempo todo, e pense só o quanto iriam economizar de aluguel! Grace preferia não se mudar para o apartamento de Sam. Ela queria alugar, em vez disso, um lugar maior, onde os dois poderiam começar em pé de igualdade. Mas Sam se recusou; ele adorava o seu apartamentinho e não via razão para gastar dinheiro quando ele tinha um lugar que era dele. Sam tinha certeza de que conseguiriam fazer com que desse certo, mas tinha algumas hesitações. Ele nunca morara com alguém antes e era muito determinado quanto ao jeito como gostava das coisas. Contudo, ao longo dos anos, também sentira a solidão que acompanha a autossuficiência e queria algo mais. Então, quando Grace se mudou para a casa dele, Sam começou a sentir a pressão aumentando. Às vezes, ele sentia que ia ficar sufocado. As coisas dela estavam por toda a parte. Ele sentia que estava perdendo seu santuário tranquilo, e, muito literalmente, que sua casa tinha sido invadida. Finalmente, um dia ele perdeu as estribeiras — foi por causa da pasta de dente. Grace sempre espremia a pasta do meio do tubo para frente, enquanto ele fazia questão de, cuidadosamente, espremê-lo de baixo para cima. Quando Sam notou o tubo de pasta de dente torto, ficou furioso e disse para Grace que ela era relaxada e descuidada. Grace foi pega com a guarda baixa; ela estava se esforçando o máximo que podia para tornar a presença dela no apartamento a menos invasiva possível, e um ataque dele era a última coisa que esperava.

Um pouco depois, ao repensar as coisas, Sam fez as seguintes revelações:

| 1. Nome do parceiro | 2. Como é/era o relacionamento? De quais padrões recorrentes você consegue se lembrar? | 3. Situação que disparou a ativação ou desativação do sistema de apego | 4. Minha reação (pensamentos, sentimentos, ações) |
|---|---|---|---|
| Grace | Eu achei que a gente se dava bem, mas agora não tenho mais certeza. Talvez eu não seja feito para morar com outra pessoa. | Grace se mudando para o meu apartamento, fazendo modificações e coisas do jeito dela — a pasta de dente foi a gota d'água. | Fico chateado e nervoso.<br><br>Penso que morar com Grace foi um grande erro — me sinto um estranho em minha própria casa. Estou numa armadilha.<br><br>Encontro defeito em tudo que Grace faz. Penso em como ela é incapaz.<br><br>Fico muito mal--humorado. |

| 5. Modelos operacionais e princípios do apego inseguro | 6. Como eu perdi por ter sucumbido a esses modelos operacionais/ princípios | 7. Identifique uma pessoa com modelo seguro que seja relevante para essa situação e princípios seguros para adotar. Como ela é relevante? |
|---|---|---|
| *Desativação:* ver Grace como incompetente e intrusiva. Reprimir sentimentos amorosos — esquecer o quanto foi importante para mim passarmos a morar juntos e quão infeliz e solitário eu era no passado. | Eu quero que ela faça tudo do meu jeito na casa, o que a deixa tensa, e a tensão é contagiosa.<br><br>Estou colocando em risco o meu relacionamento com Grace e magoando a única parceira de quem eu realmente gostei.<br><br>Morar sozinho será como voltar à estaca zero. Eu estava sozinho e infeliz. Foi por isso que comecei a fazer terapia. Foi através do que trabalhei na terapia que consegui ter esse relacionamento. | O meu terapeuta disse para eu deixar o tempo passar, sem vir com afirmações grandiosas como "não ter sido feito para morar com outra pessoa". É um ajuste. O meu melhor amigo está morando com sua parceira há mais de um ano agora. Eles fazem supermercado juntos e dividem as outras tarefas. Eu tinha muita inveja deles antes de Grace vir morar comigo. Estou violando a regra de não interferência da base segura. O lugar é novo para ela. Preciso apoiá-la, e não fazer com que se sinta mal. |

E eis como a entrada de Grace era:

| 1. Nome do parceiro | 2. Como é/era o relacionamento? De quais padrões recorrentes você consegue se lembrar? | 3. Situação que disparou a ativação ou desativação do sistema de apego | 4. Minha reação (pensamentos, sentimentos, ações) |
|---|---|---|---|
| Sam | Eu não sei o que aconteceu ultimamente. Nós estávamos nos dando tão bem, mas, desde que eu mudei para a casa dele, ele vem agindo com distância e mesquinhez. Eu sabia que devíamos ter nos mudado para um lugar que fosse novo para ambos. | Morar com ele e ser constantemente criticada. | Sinto que tudo o que faço está errado.<br><br>Estou convencida de que ele não me ama mais.<br><br>Por que fui morar com ele? Fui limitada a agir como uma hóspede em minha própria casa. Caí numa armadilha.<br><br>Sinto-me muito inadequada.<br><br>Sou assim tão descuidada?<br><br>Acho que não vamos conseguir sobreviver a isso. Provavelmente romperemos logo. |

Depois de fazer seu inventário, Sam se deu conta de que todos os anos em que vivera sozinho e acreditara em sua autossuficiência estavam agora sendo confrontados. Ele ficou avassalado e discutiu

| 5. Modelos operacionais e princípios do apego inseguro | 6. Como eu perdi por ter sucumbido a esses modelos operacionais/ princípios | 7. Identifique uma pessoa com modelo seguro que seja relevante para essa situação e princípios seguros para adotar. Como ela é relevante? |
|---|---|---|
| Generalizando uma situação específica para o relacionamento todo.<br><br>Desvalorizando-me.<br><br>Levando-me à conclusão — "o relacionamento acabou".<br><br>Ficar imersa em memórias e emoções negativas. | De novo vou criar uma profecia autorrealizadora. Vou agir com hostilidade e ficar chateada e ser desagradável até o relacionamento realmente acabar.<br><br>Não consigo pensar em uma solução específica quando encaro as coisas tão extremamente | Minha irmã fez uma observação pertinente: disse que Sam trabalha em casa e que eu fico muito em casa. Talvez seja muito de uma vez só. Não faria mal ter uma zona de amortecimento para, gradualmente, nos descontrairmos. As pessoas precisam de tempo para se ajustar. Ela disse que quando foi morar com seu novo marido, eles também passaram por um período de ajuste. Estou violando a regra de apoio da base segura. Preciso dar mais apoio. Isso é mais difícil para ele do que para mim. |

essa nova compreensão com Grace. Grace se deu conta de que ela estava ameaçada porque Sam estava tendo dificuldades de se ajustar à presença dela. Ela também viu como estava interpretando a

situação e reagindo de uma maneira que estava prejudicando o relacionamento. Grace gostou da ideia de sua irmã sobre uma zona
amortecedora. Como uma amiga próxima de Grace ia ficar fora da
cidade por seis meses, Grace veio com a ideia de sublocar o apartamento da amiga dela por um tempo para que pudesse ter um lugar
próprio para fazer seu trabalho de arte e outros hobbies, sem se
preocupar com a reação de Sam. Sam ficou surpreso com a sugestão
dela. Saber que Grace, agora, tinha uma alternativa fez uma diferença enorme para ele. Imediatamente não se sentia mais sufocado
e se incomodava menos com as mudanças que ela fizera. Seis meses
depois, nos quais Grace raramente ficou no outro apartamento, de
fato, ela não se preocupou em procurar outro para sublocar — Sam
e ela tinham se ajustado para viver juntos.

## Faça do tornar-se seguro um processo contínuo de crescimento

Lembre-se de que os estilos de apego são estáveis e artificiais —
tornar-se mais seguro é um processo contínuo. Sempre que uma
nova preocupação, insatisfação ou conflito surgir, inclua a nova
informação. Isso irá ajudá-lo em sua busca de romper com os seus
padrões inseguros. Mas mover-se em direção à segurança não tem
a ver apenas com lidar com os problemas em seu relacionamento;
tem a ver também com divertir-se junto. Encontre maneiras de
desfrutar de seu tempo juntos como um casal — um passeio no
parque, um filme e jantar fora, assistir a um programa na TV do
qual vocês dois gostam — e arranje tempo para estar fisicamente
próximo. Livrar-se de seu modelo operacional inseguro fará mara-
vilhas à sua capacidade de agir no mundo em geral. A Dr. Sue
Johnson, fundadora da Terapia Concentrada no Emocional (EFT
— *Emotionally Focused Therapy*) demonstrou, por meio de seu

trabalho clínico e textos, que criar uma verdadeira segurança no relacionamento e reconhecer que você é emocionalmente dependente de seu parceiro em todos os níveis é a melhor maneira de melhorar seu elo romântico. Outro pioneiro no campo do apego aplicado é o Dr. Dan Siegel, que em seus muitos livros (*The Developing Mind, Parenting from the Inside Out* e *Mindsight*, para citar apenas alguns) ajuda as pessoas a se tornar mais seguras. Usando uma técnica singular, ele ensina às pessoas com estilo de apego inseguro a narrar a sua história passada de uma maneira segura. A capacidade de relembrar as memórias de infância, do relacionamento com quem primeiro cuidou de você de uma forma mais consistente, tem efeitos notáveis: ajuda você a se tornar um pai/mãe melhor e mais ponderado e melhora outras áreas de sua vida.

Quando você constrói um relacionamento seguro, ambos os indivíduos ganham: se você é o parceiro ansioso, obtém a proximidade pela qual anseia, e se você é o parceiro evitante, irá desfrutar muito mais da independência de que precisa.

## E se a meta da segurança não for atingida?

O que acontece se, apesar de seus esforços para tirar o seu relacionamento da "armadilha" e do círculo vicioso inseguro, você não obtiver resultados? Isso pode acontecer porque não há o desejo verdadeiro de um, ou de ambos os parceiros, de mudar, ou porque as suas tentativas falharam. Nós acreditamos que, quando as pessoas estão em um relacionamento ansioso-evitante, em especial quando não conseguem se mover para uma maior segurança, essas discrepâncias sempre serão uma parte de sua vida e nunca irão desaparecer completamente. Mas também acreditamos firmemente que conhecimento é poder. E pode ser muito valioso saber que suas contínuas dificuldades como casal não acontecem porque um ou outro de vocês é maluco, mas, antes, porque o seu relacionamento tem um conflito embutido que não vai desaparecer.

Um dos benefícios mais importantes desse *insight* tem a ver com a sua percepção de si mesmo. Os choques quanto à intimidade são muito destrutivos para o parceiro não evitante, que está sendo constantemente empurrado para longe pelo parceiro evitante. Podemos ver isso acontecendo nos exemplos que citamos ao longo do livro, em comportamentos tais como manter um alto grau de segredo e então culpar a outra pessoa por ser ciumenta e carente, preferir camas separadas e achar maneiras de passar menos tempo junto. Se você está com um parceiro evitante, está constantemente sendo rejeitado e recusado. Depois de vivenciar essas estratégias de distanciamento por um tempo, você começará a culpar a si mesmo. Você poderá acreditar que se o seu parceiro estivesse com alguma outra pessoa, ele agiria diferente; que com outra pessoa ele certamente iria querer ficar mais próximo do que com você. Você começa a não se sentir atraente e inadequado.

Compreender que as contínuas discussões têm na realidade um subtexto oculto — que elas podem ser genuinamente insolúveis — muda a sua percepção de seu próprio papel de maneira drástica. Uma vez que você compreende que seu parceiro sempre encontrará áreas de contenda como um meio de manter a distância, e que ele sempre precisará se distanciar, não importa com quem ele esteja, você não mais irá culpar a si mesmo pelos problemas no relacionamento.

Ao menos na superfície, o parceiro evitante se magoa menos, porque o distanciamento é um movimento unilateral que não requer a cooperação do parceiro. Todavia, embora aparentemente imperturbável, uma lição importante a ser aprendida é que a indiferença não denota segurança. Os evitantes precisam suprimir ativamente as suas necessidades de apego, mas tendem a declarar que são menos felizes nos relacionamentos. Ainda assim, frequentemente, eles atribuem a culpa de sua infelicidade ao parceiro.

Mas como as pessoas vivem com essa compreensão?

Quando entrevistamos Alana, ela nos contou a respeito de seu relacionamento com o ex-marido, Stan. Alana relatou como eles tinham conseguido encontrar alguma estabilidade no relacionamento desde que Stan estivesse trabalhando na maior parte do tempo, e, nos fins de semana, eles fizessem várias tarefas separadas e passassem bem pouco tempo juntos. No entanto, as coisas ficavam mais difíceis sempre que Alana pedia a ele para fazerem uma viagem romântica com a esperança de que os deixaria mais próximos. Nessas ocasiões, Stan sempre achava uma desculpa para não ir. Eles costumavam ter um ritual em que Alana contava aos amigos e colegas de trabalho que ela e Stan iam viajar em um fim de semana; ela ficava entusiasmada, fazia planos, começava a arrumar as malas. Alguns dias depois, ela ligava para eles parecendo derrotada e desalentada, para dizer que algo tinha acontecido no último minuto, e eles não iam viajar. Uma vez era o trabalho dele; noutra, ele não estava se sentindo bem e em outra ainda, era o carro que precisava de conserto. Eles tinham uma briga colossal, e então as coisas se acalmavam de novo — até a próxima vez. Para Alana, ter suas esperanças alimentadas, apenas para ser desapontada de novo e de novo, era uma experiência dolorosa.

Finalmente, o relacionamento de Alana com Stan acabou. Ela nunca realmente percebeu que as brigas dela com ele eram por algo muito mais fundamental do que fazer ou não uma viagem (ou mesmo sobre romance, no caso). Em vez disso, elas eram sobre uma grande barreira que ele erguia entre os dois. E mesmo que, em algum nível profundo, ela compreendesse, não era capaz de verdadeiramente aceitar essa realidade ou viver com ela.

Outras pessoas, de fato, encontram uma maneira de viver em uma paz relativa com necessidades de intimidade em atrito. Como elas conseguem? Elas aceitam o fato de que, no que se refere a certos aspectos do relacionamento, as coisas nunca irão mudar. Elas compreendem que podem optar por viver uma vida de Sísifo em um contínuo desapontamento e frustração, quando estarão continuamente lutando uma batalha perdida, ou podem modificar suas expectativas. Elas aprendem a aceitar certas limitações e adotam algumas estratégias de vida pragmáticas:

- Admitem para si mesmas que em certas áreas seu companheiro nunca será um parceiro ativo e param de insistir para que ele mude.
- Param de ficar pessoalmente ofendidas quando seu parceiro as afasta e aceitam que isso simplesmente faz parte da natureza dele.
- Aprendem a fazer coisas sozinhas que previamente esperavam fazer junto com o parceiro.
- Entram em atividades com amigos que têm interesses em comum, geralmente das quais seu companheiro não está disposto a participar.
- Aprendem a ficar gratas pelo que seu companheiro faz e a ignorar o que ele não faz.

Conhecemos incontáveis pessoas que, depois de ter batalhado com contínuos conflitos quanto à intimidade, finalmente operaram um deslocamento em sua atitude mental e entraram em um acordo com o qual eram capazes de viver:

- Doug, 53, costumava ficar furioso com sua mulher quando ela chegava em casa horas depois do previsto. Ele finalmente decidiu parar de ficar bravo e quando ela, afinal, chegava, a cumprimentava calorosamente. Ele tomou uma decisão consciente de fazer do lar um lugar para onde ela quisesse ir, em vez de um campo de batalha.

- Natalie, 38, sempre sonhou em compartilhar seu tempo livre com o marido. Depois de anos de ressentimento e brigas terríveis por conta dessa recusa de passar os fins de semana juntos, ela decidiu mudar. Hoje Natalie faz planos para si mesma. Se ele quiser se juntar a ela (como raramente acontece), ele é bem-vindo a bordo. Caso não, é "até logo, nos vemos mais tarde".

- Janis, 43, está casada com Larry. Larry, que já tinha sido casado, não assume um papel ativo na criação de seus filhos de ambos os casamentos. Janis acabou aceitando que, no que se refere às crianças (e várias outras áreas de sua vida), está literalmente sozinha. Janis não espera mais que ele participe e não fica mais brava quando ele se recusa.

Todos esses indivíduos compartilham colisões crônicas em relação à intimidade com seus parceiros. Eles optaram por abandonar o sonho de serem verdadeiramente íntimos de seus parceiros e encontraram uma maneira de viver com a proximidade limitada deles. Aceitaram o acordo. Contudo, não se engane: o acordo de forma alguma é mútuo; é de fato inteiramente unilateral. Em vez de entrar em conflitos intermináveis que só resultavam em frustração e desapontamento, eles decidiram modificar suas expectativas e reduzir o conflito a proporções toleráveis.

## Decidindo abandonar o sonho

Nós recomendamos que siga essa rota? A nossa resposta é — "depende". Se você está em um relacionamento em curso repleto de choques quanto à intimidade que não conseguiu resolver, e, no entanto, quer permanecer na relação por qualquer motivo que seja, então, sim, essa é a única maneira de viver em relativa paz. O seu nível de satisfação no relacionamento será mais baixo do que o das pessoas que não vivenciam tais batalhas. Mas também será mais alto do que o das pessoas que optam por reencenar essas brigas dia após dia, sem jamais aceitar que os desentendimentos têm diferenças fundamentais que jamais desaparecerão.

Se, todavia, você está em um relacionamento relativamente novo ou sem compromisso e já está vivenciando um monte de colisões quanto à intimidade, nós o aconselhamos a pensar muito e seriamente se você quer mesmo fazer tantas concessões para ficar com essa pessoa. Há uma diferença significativa entre casais que estão lidando com problemas não relacionados ao apego e aqueles que estão envolvidos em batalhas sobre a intimidade. Enquanto os primeiros casais querem encontrar um terreno comum e chegar a uma solução que os deixará mais próximos e juntos, os últimos ou entram em brigas contínuas e irreconciliáveis, ou um dos dois é forçado a compromissos unilaterais em áreas que são essenciais e custosas a ele.

E tem mais: essa colisão no apego pode ir de mal a pior. O próximo capítulo descreve como choques relativos à intimidade podem sair de controle, o que é preciso para reconhecer a situação e, o mais importante, como sair dela.

# 10

## Quando o anormal se torna a norma: um guia para o rompimento baseado na teoria do apego

"Clay e Tom estavam desfrutando de um jantar romântico no aniversário deles. Clay estava olhando amorosamente para Tom, quando, sem mais nem menos, Tom protestou: 'Por que você fica me olhando? Para de me encarar assim, é realmente muito chato'. Clay quis se levantar e ir embora imediatamente, mas se conteve. Ela não disse nada, e eles terminaram o jantar em silêncio."

"Durante a viagem para fazer trilhas na Guatemala, em vez de caminhar lado a lado e compartilhar a aventura, Gary sempre ia à frente de Sue, fazendo comentários desdenhosos sobre o quanto ela era preguiçosa e incompetente por andar tão devagar."

"Depois que Pat acabou dando ao seu marido o prazer sexual 'sem reciprocidade' que ele pedira, ele disse: 'Foi incrível — e a coisa mais legal é que podia ter sido qualquer uma, uma completa desconhecida. Isso é excitante'. Para Pat foi como se tivesse levado um soco no estômago."

No capítulo anterior, discutimos os problemas que surgem em função do choque ansioso-evitante e possíveis maneiras de resolver essas questões. Em alguns casos, todavia, mesmo esforços repetidos para melhorar a situação falham, e a interação entre esses dois estilos de vínculo pode ser tornar verdadeiramente prejudicial. Infelizmente, nesses casos, as pessoas ansiosas e as evitantes podem despertar o pior de umas nas outras. O "anormal" se torna a norma.

Uma opinião comum é que só pessoas masoquistas, "patéticas", toleram um tratamento tão ruim assim, e, se elas estão dispostas a aguentar em vez de romper, bom, talvez mereçam isso! Outros acreditam que essas pessoas estão revivendo experiências problemáticas da infância em sua vida adulta. A história de Marsha e Craig contradiz essas pressuposições típicas. Conhecemos Marsha, de 31 anos de idade, no processo de entrevistas para este livro. Ela foi muito aberta e direta ao relatar a história dela para nós, e não tinha receio quanto a revelar momentos muito íntimos e, não raro, dolorosos de sua vida. Ela nos disse que queria que a história dela fosse contada para ajudar outras mulheres que poderiam se encontrar em situações similares. Queria que soubessem que é possível escapar de um relacionamento destrutivo e encontrar a felicidade em outra parte. Marsha viera de uma família amorosa e atenciosa e, depois de seu relacionamento com Craig, ela conseguiu encontrar um homem que a adorava e a tratava muito bem.

O único "defeito" que pudemos descobrir em Marsha foi que ela era ansiosa e Craig era evitante. Como discutimos no capítulo 5, parece haver uma atração gravitacional entre indivíduos ansiosos e evitantes, e, uma vez que eles se tornam apegados, é muito difícil romperem. A história de Marsha demonstra o transtorno que ocorre em um casal ansioso-evitante extremo e o esforço mental que custa desfazê-lo.

Embora perturbadora, a história de Marsha termina em um tom de esperança. Nós a incluímos por três razões: ilustrar o poder do processo de apego, mostrar que mesmo indivíduos emocionalmente saudáveis podem ficar enredados em uma situação destrutiva e permitir que pessoas em relacionamentos assim saibam que podem encontrar uma vida melhor para si mesmas se criarem a coragem de sair deles.

## A história de Marsha

Conheci Craig na faculdade. Ele era bonito e esportista, e eu admirava a aparência dele. Além disso, era tutor em Física, o curso que eu escolhera para me graduar, fazendo um trabalho que parecia bem mais avançado do que o meu. Eu achei que ele era brilhante. Desde o começo, todavia, havia coisas em seu comportamento que me confundiam e chateavam.

Quando ele me convidou para sair, fui para o que supunha ser um encontro, só para descobrir que era uma saída em grupo com um bando de amigos dele. Mesmo sabendo que qualquer mulher teria entendido o convite dele da mesma maneira, eu lhe dei o benefício da dúvida, aceitando a possibilidade de tê-lo interpretado mal. Logo depois disso, ele me convidou para sair só com ele, e assim deixei que o primeiro "encontro" ficasse por conta de um mal-entendido.

Um mês depois, achei que surpreenderia Craig aparecendo para torcer por ele em seu treinamento de corrida. Não só ele não me agradeceu o apoio, como ainda me ignorou totalmente. Ele estava com os amigos dele e nem mesmo disse oi. O que me restava fazer a não ser achar que a minha presença ali o envergonhava?

Mais tarde, eu quis que ele esclarecesse o comportamento dele. Ele disse: "Marsha, quando estamos na companhia de outras pessoas, eu não acho que elas precisem saber que somos um casal". As palavras dele me deixaram furiosa e me reduziram às lágrimas. Mas, então, ele me abraçou e beijou, e eu fiz as pazes com ele. Logo, apesar de Craig não assumir nosso relacionamento em público, ficou aparente que éramos, de fato, um casal.

Infelizmente, não foi a única vez que descobri que não estávamos na mesma sintonia. Estávamos saindo fazia vários meses e, para mim, o relacionamento estava progredindo bem. Então, para deixar as coisas mais claras, eu disse ao meu namorado anterior — que eu ainda encontrava ocasionalmente — que não podia mais vê-lo. Quando mencionei isso para Craig, a resposta dele me pegou de supetão. "Por que você disse isso ao seu ex? Ainda estamos muito no começo e isso pode não dar em nada!"

Depois de alguns meses juntos, Craig e eu finalmente parecíamos estar em sintonia. Ele estava se mudando para um apartamento de quarto e sala e sugeriu que eu fosse morar com ele. Gostei de saber que ele estava querendo um compromisso e concordei. Pareceu perfeitamente natural para todo mundo; Craig era um grande cara e passava uma impressão muito boa. As pessoas que o conheciam superficialmente achavam que ele era realmente legal. A verdade, entretanto, era que a minha vida com Craig estava se tornando uma montanha-russa emocional, e eu me via em lágrimas diariamente.

Para começo de conversa, Craig estava sempre me comparando com a sua ex-namorada, Ginger. De acordo com Craig, ela era perfeita — inteligente, bonita, interessante e sofisticada. Saber que eles ainda mantinham contato era extremamente difícil para mim e fazia eu me sentir insegura. Se ele era rápido em elogiar Ginger, era igualmente rápido em me menosprezar, em especial no que se referia às minhas capacidades intelectuais. Eu ficava péssima por ele pensar que eu era, de algum modo, meio lerda. Porém eu sabia que era inteligente — afinal, eu estudava em uma universidade da Ivy League — de modo que deixei para lá.

A minha confiança em minha aparência já era outra história. Eu era insegura quanto a isso, e não ajudava nada quando Craig implicava com algum detalhe — um pouco de celulite, por exemplo — e falava sobre esse detalhe por semanas a fio. A primeira vez que ele me viu nua no chuveiro, comentou que eu parecia uma "anã com tetas enormes". Eu levava seus comentários depreciativos a sério e, às vezes, até me desprezava. Uma vez, depois de ter comido demais e estar me sentindo gorda, eu perguntei a ele por que ele iria querer fazer sexo com alguém tão repulsiva. Agora, a maioria dos namorados — na verdade, a maioria das pessoas — teria reagido a esse terrível momento de autodepreciação com algo encorajador como: "Marsha, como você pode dizer uma coisa dessas? Você é linda!".

Mas Craig simplesmente respondeu: "Você é o que eu tenho no momento". Nem mesmo ocorreu a ele que suas palavras poderiam ser ofensivas — para ele, aquilo era apenas uma constatação.

Até tentei conversar com ele sobre o quanto isso me magoava; algumas vezes cheguei ao ponto de dizer que ele parecia emocionalmente deficiente. Entretanto as minhas palavras entravam por um ouvido e saíam pelo outro. Houve ocasiões em que eu jurei para mim mesma que não podia mais aceitar o comportamento dele e que criaria a coragem de dizer que estava terminando com ele. Mas eu nunca conseguia chegar a tanto. Ele me dizia que me amava e eu o deixava me convencer de que devíamos ficar juntos.

Ele me amava mesmo? Talvez sim. Ele me dizia isso quase todos os dias. Eu justificava o comportamento dele, convencendo-me de que a culpa não era dele, que ele fora criado sem um exemplo de um relacionamento saudável. O pai de Craig era muito dominador e tratava mal a mãe dele. Fiquei habituada a racionalizar, pensando que ele "simplesmente não sabia como se comportar melhor". E se o comportamento dele fora aprendido, eu poderia torcer, achar, possivelmente até esperar, que ele pudesse desaprendê-lo e mudasse.

A minha negação requeria que eu suportasse muita coisa. Como o pai dele, Craig era muito impositivo. Tudo se referia a ele. Nós sempre fazíamos o que ele queria: as opiniões dele valiam mais — em tudo. Ele escolhia os filmes a que iríamos assistir e planejava o que eu iria cozinhar. Mesmo sabendo que a decoração era muito importante para mim, ele decidiu que devíamos ter um pôster de Shaquille O'Neal na sala de estar. Na sala de estar!

Por conta de ser profundamente envergonhada quanto à maneira como Craig me tratava — a maneira como deixava ele me tratar — eu nunca encontrava os meus amigos na presença dele. O tempo que passávamos com os amigos dele já era ruim o bastante. Posso ser muito tímida, mas, uma vez, quando saímos com algumas pessoas que conhecíamos, tentei entrar na conversa dando uma opinião. Ele interrompeu: "Ei, escutem só, minha namorada 'gênia' quer dizer alguma coisa". Outra vez, na praia, pedi a ele uma toalha e ele gritou: "Seque-se ao sol!" na frente de todo mundo. Essas são só duas situações. Houve outras, muitas outras. Pedia para ele não falar comigo daquele jeito, mas acabei desistindo.

O único aspecto do relacionamento que fazia as coisas suportáveis — e que me permitiu ficar com ele por tanto tempo — era que, apesar de suas palavras, Craig era muito afetuoso. Nós nos abraçávamos e dormíamos um nos braços do outro. A afeição me permitia fingir que eu estava satisfeita com a minha vida sexual. Craig foi o namorado menos sexual que eu já tive e o conforto do "me aninhar" reduzia a dor da rejeição.

Em minha cabeça, eu tentava compensar, mas com o passar do tempo o meu pensamento foi ficando cada vez mais distorcido. Eu dizia a mim mesma: "Ninguém tem um relacionamento perfeito, sempre se tem de aceitar algum acordo — e se é assim, eu posso muito bem ficar com o Craig". Como tínhamos ficado juntos por vários anos, eu "raciocinei" que devia parar de perder tempo e me casar. Mesmo depois dos comentários terrivelmente inapropriados que ele fez quando lhe sugeri a ideia, inclusive "mas isso significará que eu nunca mais dormirei com uma mulher de 20 anos!", eu ainda queria me casar com ele.

O casamento foi a única decisão à qual eu pressionei Craig. Assim que ele concordou, eu soube que fora um erro. Ficou evidente logo de cara. O anel que ele comprou era sem graça e as pedras ficavam caindo. De que outro mau agouro eu precisava?

A nossa lua de mel em Paris foi horrível. Ficamos juntos o tempo todo, e eu me sentia literalmente acorrentada a Craig. Tínhamos tempo de sobra para nos divertirmos, mas Craig tornava tudo um problema. Ele se queixou do serviço do hotel e ficou fora de si quando eu, acidentalmente, fiz com que pegássemos a linha errada do metrô. Esse foi um momento de revelação para mim. Quando Craig começou a me xingar com palavrões, eu me dei conta de que não teria o poder de modificá-lo. Quando nós finalmente voltamos para casa e a minha família me perguntou sobre a lua de mel, não tive coragem de contar a eles que tinha sido um desastre. Eu disse "foi legal", num tom de voz pateticamente frágil. Que jeito infeliz de descrever uma lua de mel!

Embora eu me sentisse presa em uma armadilha, ainda não conseguia escapar do pesadelo. Incontáveis vezes, quando eu criava coragem de partir, Craig me convencia a ficar. Eu comecei a fantasiar que ele se apaixonaria por alguma outra e me largaria, porque eu tinha medo de que nunca teria a força necessária para largá-lo. Por sorte, Craig encontrou a força; quando eu disse a ele que queria me divorciar, pela enésima vez, ele, de novo, implorou para eu ficar com ele, mas, dessa vez, me prometeu que se alguma vez eu pedisse de novo, ele nada faria para que eu desistisse. Fico grata por ele ter mantido a palavra. Quando novamente as coisas se tornaram insuportáveis, eu disse a ele que queria o divórcio, e ele disse: "OK!". Tínhamos assinado um contrato para comprar um apartamento juntos e perdemos 10 mil dólares por rompê-lo, mas, pensando bem, foi o dinheiro que eu melhor gastei na vida.

O divórcio foi relativamente rápido e fácil. Mantivemos contato depois. Uma vez que não estava mais amarrada a ele, era de fato gostoso passar um tempo com ele — em pequenas doses. Ele era interessante, afetuoso e charmoso. Quando ficava inconveniente, eu simplesmente me levantava e ia embora.

Por sorte, Marsha conseguiu, depois, conhecer alguém com quem tem uma vida feliz. Já com o novo parceiro, ela conseguiu mudar de emprego para um mais compensador e desenvolve um novo hobby. Ela nunca mais vivenciou o transtorno emocional que sentira com Craig.

## Forças opostas

A história de Marsha e Craig exemplifica quão ruim um relacionamento ansioso-evitante pode ficar. Craig não se sentia à vontade com muita intimidade, de modo que ele não perdia oportunidade nenhuma de erguer barreiras emocionais entre ele e Marsha — criando incerteza no começo do relacionamento deles, mantendo a situação vaga, tendo de ser "forçado" a se casar, menosprezando-a, evitando o sexo e usando várias outras estratégias de desativação. Evidentemente, ele tem um estilo de apego evitante. Marsha tem um estilo de apego ansioso. Ela ansiava por ficar próxima a Craig, ela foi a força que impulsionou o casamento deles e ela se preocupava com o relacionamento — no início, chorava todos os dias por causa do comportamento dele, uma forma de preocupação, e, mais tarde, ela pensava constantemente em divórcio, outra maneira de pensar sem parar no relacionamento. De uma maneira tipicamente ansiosa, Marsha flutuava entre altos e baixos, dependendo dos sinais que vinham de Craig, e recorria ao comportamento de protesto (ameaçando romper, mas nunca cumprindo). O sistema de apego dela se mantinha cronicamente ativado, ao menos nos primeiros anos — antes de ela se tornar indiferente a ele.

É evidente que cada lado tem necessidades muito diferentes em relacionamentos, resultando em um confronto contínuo. A necessidade de Craig era manter distância e a de Marsha, ficar mais próxima. A autoestima inflacionada de Craig (uma característica dos evitantes) alimentava a crescente dúvida dela quanto a si mesma (uma característica dos ansiosos). Mas havia também momentos de ternura entre eles que tornavam difícil para ela partir. Por exemplo, Craig, às vezes, sabia como ser muito afetuoso e amoroso e como reconfortar Marsha quando as coisas ficavam ruins demais (mesmo que, em geral, as coisas tivessem ficado ruins demais por causa dele!). No entanto, cada situação de proximidade deles era seguida por distanciamento dele, o que é típico no relacionamento ansioso-evitante.

## Uma palavra sobre sexo

Considere a afirmação sobre Craig ser "a pessoa menos sexual com a qual já saí". Os evitantes com frequência usam o sexo para se distanciar de seus parceiros. Isso não significa necessariamente que eles trairão os parceiros, embora estudos tenham mostrado que é mais provável que eles venham a fazer isso do que as pessoas com outros tipos de apego. Phillip Shaver, em estudo com a então recém-formada na Universidade da Califórnia-Davis, Dory Schachner, verificou que, dos três estilos, os evitantes dão em cima do parceiro de outra pessoa mais facilmente ou correspondem a tais proposições.

Porém, mesmo quando os evitantes mantêm-se fiéis, eles têm outras maneiras de usar o sexo para afastar os parceiros. Enquanto pessoas com um estilo de apego ansioso preferem um envolvimento emocional intenso durante o sexo e desfrutam os aspectos íntimos de fazer amor, como beijar e acariciar, os evitantes têm preferências muito diferentes. Eles podem optar por se concentrar no próprio ato sexual, deixando de lado o abraçar e se aninhar, ou colocam regras como "sem beijos" de modo a fazer com que o sexo pareça menos íntimo. Outros podem fazer sexo raramente — ou nunca — com seus parceiros, ou fantasiar sobre outros ao fazê-lo. (Casais de longa data podem usar a fantasia para tornar mais picante sua vida sexual, mas fazem isso como uma maneira de ficarem mais próximos. Com os evitantes, a fantasia não é a parte da aventura mútua do casal, mas antes uma estratégia de desativação para manter o isolamento.) De fato, em um estudo com casais que moram juntos, casados ou não, os cientistas canadenses Audrey Brassard e Yvan Lussier, em colaboração com Phillip Shaver, verificaram que os homens e mulheres evitantes fazem menos sexo com seus parceiros do que as pessoas com outros estilos de apego.

Outra descoberta interessante: eles verificaram que as mulheres e homens evitantes eram mais suscetíveis a fazer menos sexo se o seu parceiro tivesse um estilo de apego ansioso! Os pesquisadores acreditam que em relacionamentos como o de Marsha e Craig, há menos sexo porque o parceiro ansioso quer muita proximidade física e isso, por sua vez, faz com que o evitante se afaste ainda mais. Há melhor maneira de evitar a intimidade do que reduzir o sexo ao mínimo?

Além disso, constatou-se que o parceiro ansioso usa o sexo para obter uma sensação de afirmação e como um barômetro de sua atração aos olhos de seu companheiro. Pode-se ver que uma colisão é praticamente inevitável quando a pessoa ansiosa atribui importância demais à vivência sexual e a pessoa evitante quer se afastar da intimidade física.

É claro que há relacionamentos ansiosos-evitantes em que o sexo não é um problema. Nesse caso, o distanciamento emocional assumirá uma forma diferente.

## A vida no círculo íntimo

Entretanto, o sexo não era a maior preocupação de Marsha durante o tempo em que ficou com Craig. Constituía apenas uma pequena fração das estratégias de desativação usadas por Craig no dia a dia. Fosse com amigos ou na privacidade da casa deles, a desativação dele era implacável e incessante. Em suma, Craig tratava Marsha como se ela fosse o inimigo, em contraste agudo à pessoa amorosa e atenciosa que ele exibia para o restante do mundo. ("Craig era um grande cara e passava uma impressão muito boa. As pessoas que o conheciam superficialmente achavam que ele era realmente legal.") Essa dicotomia confundia Marsha. De todas as pessoas no mundo, ela era a mais próxima dele, e, no entanto, era ela quem ele tratava pior. Como ele podia ser tão legal com todos os outros e tão ruim com ela? Não fazia sentido, e ela pensava que, se conseguisse fazer com que Craig percebesse que a estava magoando, então ele conseguiria tratá-la tão bem quanto a todas as outras pessoas.

Marsha não tinha consciência de que Craig a tratava mal não "apesar" de ela ser a pessoa mais próxima dele, mas "porque" ela era. Ela estava, agora, vivendo dentro do círculo íntimo de Craig. Quando nossos parceiros entram em nosso círculo íntimo, nós nos tornamos próximos a eles de uma maneira como só podemos ser com os nossos familiares mais próximos — nossos cônjuges e filhos (e, quando crianças, nossos pais e irmãos). Infelizmente, a vida no círculo íntimo para um casal ansioso-evitante não é um mar de rosas. Uma vez que Marsha cruzara essa linha com Craig, ela ficou próxima demais para ele se sentir confortável e tornou-se "o inimigo". Quanto mais Marsha tentava ficar próxima, mais ele tentava afastá-la. A vida no círculo íntimo pode, com frequência, ser assim se você tem um estilo de apego ansioso e está com alguém evitante.

SINAIS DE QUE VOCÊ SE TORNOU "O INIMIGO"

- Você tem vergonha de deixar seus amigos e família saberem como seu parceiro realmente o trata.
- Você fica surpreso quando as pessoas dizem o quanto o seu companheiro é doce, legal ou atencioso.
- Você entreouve as conversas de seu parceiro para ficar sabendo o que realmente está acontecendo na vida dele.
- O seu parceiro, frequentemente, consulta outras pessoas, em vez de você, sobre assuntos importantes.
- Em uma emergência, você não tem certeza se o seu parceiro deixará tudo o mais de lado para estar com você.
- É mais importante para o seu parceiro dar uma boa impressão para desconhecidos do que para você.
- Você fica surpreso quando vê amigos sendo tratados com consideração pelos parceiros deles.
- Você é a pessoa mais sujeita a ser insultada ou menosprezada pelo seu parceiro.
- A sua saúde emocional e física não fica no topo da lista de prioridades de seu parceiro.

Essas afirmações se aplicam à sua situação? As chances são que, se você está sendo deixado na geladeira, se o seu parceiro é muito mais legal com desconhecidos, você se tornou o inimigo. O seu único crime foi ter ficado próximo demais de alguém que não consegue tolerar isso.

Isso é muito contrastante para o círculo íntimo da vida de alguém seguro.

O CÍRCULO ÍNTIMO QUANDO VOCÊ É TRATADO COMO REALEZA

- O seu bem-estar não vem em segundo lugar.
- As confidências são feitas primeiro a você.
- Suas opiniões são as mais importantes.
- Você se sente admirado e protegido.
- A sua necessidade de proximidade é recompensada com ainda mais proximidade.

Muitas pessoas em relacionamentos ansiosos-evitantes acham que o "círculo íntimo tratado como realeza" na verdade não existe e que todas as pessoas têm uma mesma experiência de intimidade. Elas pressupõem que as outras pessoas simplesmente não estão sendo honestas sobre o que acontece entre quatro paredes. Mas estamos aqui para dizer que ele, de fato, existe e nem mesmo é uma ocorrência rara. Afinal, as pessoas seguras constituem 50% da população e o círculo íntimo delas é tratado como realeza.

Os "canos fumegantes" na história de Marsha e Craig

Dentro das primeiras semanas e meses (!) do relacionamento de Marsha e Craig, vários sinais — tão óbvios quanto os canos fumegantes em uma cena de crime — poderiam ter alertado Marsha sobre a armadilha em que estava se metendo.

- Craig ignorou Marsha quando ela veio torcer por ele em seu treino de corrida.
- Ele tentou esconder que eram um casal.
- Ele ficou surpreso que Marsha parasse de ver seu ex-namorado (sugerindo que ele próprio não valorizava o relacionamento).

- Ele fez comentários desvalorizadores e degradantes sobre ela.
- Ele comparou-a desfavoravelmente à "ex-fantasma" dele, Ginger.
- Ele reagiu às preocupações e dúvidas de Marsha de uma maneira que a fez se sentir pior.
- E, mais importante, em todas essas ações, ele passou uma mensagem forte de que ele não era capaz de atender apropriadamente às necessidades emocionais dela.

Sobre "canos fumegantes", veja capítulo 5

## Admitindo que há um problema

Muitas pessoas que vivem em uma armadilha ansioso-evitante têm dificuldades para admitir para si mesmas, e para os outros, que estão em uma péssima situação. Elas admitirão que não estão completamente satisfeitas com o relacionamento, e então qualificarão isso dizendo: "Mas quem está? Todos os casais brigam, todos os casais ficam chateados. Em que somos diferentes deles?". Elas se convencem a acreditar que o comportamento de seu parceiro não é tão ruim. Outras, como Marsha, têm consciência de sua situação péssima, porém não conseguem dar os passos necessários para sair dela. Elas podem tentar, mas ficam avassaladas pela dor associada ao rompimento. Então vivenciam o efeito de ricochete.

## O efeito de ricochete

Uma vez que você se convenceu de que se tornou o inimigo, por que, ainda assim, é tão difícil cair fora? Primeiro, porque é muito doloroso. Por mais doloroso que seja ser maltratado pelo seu parceiro, cortar um elo de apego é ainda mais excruciante. Você pode compreender racionalmente que precisa romper, mas o seu cérebro emocional pode não estar pronto para tomar essa iniciativa. Os circuitos emocionais que constituem o nosso sistema de apego evoluíram para desencorajar-nos a ficar sós. Um meio de nos empurrar de volta à segurança dos braços de nosso amado é criar a sensação de dor inconfundível quando nos vemos sozinhos. Estudos constataram que, em imagens do cérebro, as mesmas áreas que são acionadas quando quebramos uma perna são ativadas quando rompemos com nosso parceiro. Como parte de uma reação a uma separação, nosso cérebro vivencia a partida de uma figura de apego de maneira similar àquela que ele registra a dor física.

Mas não é só um sentimento de dor que nos domina. Outros processos de pensamento são também sequestrados nesse processo. Uma vez que o seu sistema de apego fica ativado, outro fenômeno interessante é disparado: você será avassalado pelas memórias positivas dos poucos bons momentos que tiveram juntos e esquecerá a infinidade de más experiências. Você lembrará quão doce a pessoa foi com você naquele dia em que você estava chateado e, convenientemente, esquecerá que fora ela quem o magoara, para começo de conversa. Um sistema de apego ativado é imensamente poderoso. Foi uma razão muito importante para Marsha ter ficado com Craig todo o tempo que ficou.

## Voltando à cena do crime

O que acontece quando você acaba se reunindo com seu parceiro depois de um rompimento? Myron Hofer, um colega de Amir, na Universidade de Columbia, e um dos principais pesquisadores no campo da psicobiologia do apego mãe-filho, descreveu uma fascinante descoberta em seus estudos. Quando filhotes de ratos são separados das mães, uma série de reações fisiológicas ocorre: o nível de atividade deles cai, o pulso diminui, bem como o nível do hormônio do crescimento. Nos estudos de Hofer, ele gradualmente substituiu cada atributo materno por um equivalente artificial: ele primeiro aqueceu os filhotes com um aquecedor, então os alimentou até o estômago ficar cheio e, por fim, os acariciou com um pincel, imitando o ato de lamber da mãe deles. Então descobriu que cada intervenção ajudava em um dos aspectos de seu desconforto pela separação. Alimentar os filhotes ajudou a manter o pulso deles em um nível normal, aquecê-los ajudou a manter o nível de atividade intacto e pincelá-los ajudou a elevar a secreção de seu hormônio do crescimento.

Mas apenas uma intervenção aliviou todos os sintomas imediatamente, e essa foi a reunião com a mãe deles.

Para os seres humanos, a situação é muito similar. Quando rompemos com alguém, nosso sistema de apego entra em sobrecarga e, do mesmo jeito que os filhotes de rato, não conseguimos pensar em nada a não ser voltarmos a estar com o nosso amado. Como uma pessoa pode fazer desaparecer todo o nosso desconforto em uma fração de segundo, fica muito difícil resistir à tentação de voltar a vê-lo. Estar no mesmo cômodo já é o bastante para aliviar a ansiedade de um jeito que nenhum outro amigo ou membro da família consegue.

Por essa simples razão, muitos indivíduos descobrem que é difícil seguir em frente com a vontade de romper, mesmo depois de terem tentado mais de uma vez fazê-lo. Isso também explica por que Marsha optou por manter algum contato com Craig por um bom tempo depois de eles terem se separado. As pessoas ansiosas podem levar muito tempo para superar um relacionamento ruim, e não cabe a elas decidir quanto tempo irá demorar. Só quando cada célula em todo o seu corpo estiver completamente convencida de que não há chance de que seu parceiro venha a mudar ou de que algum dia voltarão a ficar juntos é que conseguirá desativar e deixar para trás.

## Fuga de Alcatraz

Mesmo sem saber sobre o efeito ricochete, Marsha podia ver que estava com problemas. Afinal, ela tinha vivenciado o efeito antes. Marsha receava que poderia mudar de opinião de novo, portanto, ficou bastante aliviada quando Craig assumiu as rédeas — mantendo a palavra de que iria terminar da próxima vez que ela o ameaçasse com o divórcio. Na noite em que Marsha disse que queria se separar, tudo aconteceu muito rápido. Ela fez uma mala pequena e ligou para que a irmã fosse buscá-la no mesmo instante. Da perspectiva do apego, essa foi uma partida muito bem planejada.

Ficar junto da irmã, em um ambiente familiar e acolhedor, a ajudou com seu sistema de apego em alarme; falar com os amigos por telefone e obter o apoio deles foi outra; comer sorvete e chocolate, mais outra. Nenhum desses consolos aliviava completamente os sintomas de sua aflição com a separação, e, às vezes, ela perdia a noção de por que precisara romper com Craig. Então seus amigos e família a relembravam, às vezes de hora em hora, por que era necessário.

## Quando as estratégias de desativação são uma coisa boa

Muito tempo antes de Marsha de fato romper, ela estivera inconscientemente preparando a sua fuga ao começar a desativar o seu sistema de apego. Depois de tentar, anos a fio, fazer as coisas darem certo com Craig — explicando seus pontos de vista, desmoronando emocionalmente e desculpando o comportamento dele —, ela finalmente perdera a esperança. Em nossa entrevista, Marsha nos contou que, enquanto nos primeiros anos ela se entregava às lágrimas diariamente, nos últimos anos ela quase não chorava mais. Emocionalmente, já estava começando a se distanciar. Ela não acreditava mais que alguma coisa fosse mudar nem que, de fato, Craig pudesse mudar. Ela começou a perceber mais e mais os defeitos dele e parou de se concentrar nas ocasionais experiências positivas que compartilhavam. O processo pelo qual passou foi o mesmo em que as pessoas evitantes estão o tempo todo; para evitar ficarem muito próximos, se concentram nas características e comportamentos negativos de seus parceiros, mantendo-os a distância. Marsha, embora ansiosa, começou a usar estratégias de desativação depois de ter sido queimada emocionalmente por Craig incontáveis vezes. Desativar é um processo necessário que precisa ocorrer para tirar alguém de seu sistema de apego. Começar esse processo enquanto ainda está com o seu parceiro, todavia, não garante que você não irá vivenciar o efeito de ricochete. Uma vez que o seu sistema de apego está reativado como consequência de uma separação, todas as apostas são inúteis. No caso de Marsha, ter iniciado o processo de desativação de fato a ajudou a atravessar em segurança a fase inicial do rompimento e o divórcio que se seguiu.

Hoje, Marsha não mantém contato com Craig, e eles não são amigos. Em vez disso, ela foi em busca de sua verdadeira alma gêmea.

## Sobrevivendo a um rompimento

As nove estratégias a seguir, usando princípios do apego, ajudarão você a atravessar a experiência dolorosa de terminar um relacionamento.

1. **Pergunte a si mesmo como é a sua vida no "círculo íntimo".** Se você não consegue se decidir a romper, pergunte-se se é tratado como realeza ou como o inimigo. Se você é o inimigo, está na hora de cair fora.

2. **Construa uma rede de apoio previamente.** Comece a se abrir para amigos e família sobre como o seu relacionamento realmente é. Isso irá realimentar amizades que você pode ter negligenciado devido à vergonha ou pura infelicidade, e também irá prepará-los para ajudá-lo quando você agir (veja como na estratégia 7).

3. **Encontre um lugar que o console e o apoie durante as primeiras noites.** Você vai precisar de todo o apoio que conseguir no início. A tentação da recaída é muito forte. Pais, irmãos, ou os seus amigos mais íntimos podem ajudar a controlar esse impulso.

4. **Atenda às suas necessidades de apego por outros meios.** Recrute o apoio das pessoas mais próximas a você e procure distrações como uma massagem, muito exercício e comida confortante e saudável. Quanto mais você conseguir acalmar o seu sistema de apego, menos dolorosa será a separação.

5. **Não tenha vergonha de se separar e "voltar à cena do crime".** Obviamente, é melhor não restabelecer contato com o seu ex, mas, se você acabar fazendo isso, não se martirize. Quanto pior você se sentir quanto a si mesmo, mais vai querer voltar à falsa segurança do relacionamento ruim em que estava.

O seu sistema de apego fica mais ativado quando você se sente mal quanto a si mesmo e um sistema de apego ativado significa querer reatar o contato ainda mais.

6. **Se você estiver passando por um mau bocado, não se sinta culpado. Lembre-se, a dor é real!** Os amigos poderão insistir para que você se esqueça de seu ex, que pare de sentir pena de si mesmo e que siga em frente rapidamente. Mas nós sabemos que a dor que você está sentindo é real, de modo que não é o caso de renegá-la. Em vez disso, seja gentil consigo mesmo e encontre maneiras de mimar o seu corpo e alma. Você faria isso se estivesse com uma perna quebrada!

7. **Quando você for tomado por memórias positivas, peça a um amigo íntimo para lhe fazer voltar à realidade.** Lembre-se de que o seu sistema de apego está distorcendo sua perspectiva do relacionamento. Peça a um amigo para lembrá-lo de como as coisas realmente eram. Mesmo que, às vezes, você tenha saudades ou idealize o seu ex, a realidade irá, lentamente, vencer.

8. **Desative: escreva todas as razões pelas quais se separar.** O seu objetivo é desativar o seu sistema de apego. A melhor maneira de fazer isso é se lembrar dos maus momentos no relacionamento, e a melhor maneira de mantê-los presentes é escrevê-los. Dê uma espiada na lista quando aquelas memórias positivas invasivas se imiscuírem em sua mente.

9. **Saiba que não importa quão grande seja a dor que está sentindo agora, ela vai passar.** A maioria das pessoas se recupera muito bem de um coração partido e acaba saindo em busca de pastagens mais verdes!

# PARTE 4

## A via segura — afiando as suas habilidades em relacionamentos

# 11

# Comunicação efetiva: fazendo a mensagem chegar

## Usando a comunicação efetiva para escolher o parceiro certo

Depois de alguns encontros com Ethan, Lauren estava se sentindo muito confusa. No primeiro encontro, eles tinham ido a um bar romântico, à beira da praia, e passaram várias horas conhecendo um ao outro. No fim da noite, ele disse um rápido adeus e desapareceu. Para a surpresa dela, ele ligou de novo convidando-a para sair, dessa vez para um evento no clube, à beira-mar. Eles tomaram alguns drinques e passaram horas dançando juntos. Até deram um pequeno passeio pela praia e, de novo, nada aconteceu, só um abrupto "a gente se fala" quando se despediram. Esse padrão se repetiu mais uma vez no encontro seguinte. Lauren, que tem um estilo de apego ansioso, achou que talvez Ethan simplesmente não sentisse atração por ela. Então, por que ele ainda a estava convidando para sair? Talvez ele só quisesse a companhia? Lauren não queria deixar de vê-lo sem uma razão clara, porque realmente gostava dele. Uma amiga íntima a encorajou a parar de especular sobre as razões do comportamento de Ethan e simplesmente perguntar.

Normalmente, Lauren não teria tido a coragem — ficaria com muito medo de uma resposta que a magoaria. Mas ela chegara a um ponto em que não estava mais disposta a perder um tempo precioso com a pessoa errada. Assim, ela acabou abordando o assunto com Ethan, hesitante a princípio, porém se descobrindo muito direta ao longo da conversa: "Eu estou procurando algo que seja mais do que platônico. Quais são as suas intenções?". Contrariamente ao que imaginara, ela ficou sabendo que ele a achava, sim, atraente. Ele disse que realmente gostava dela e expressou o desejo de encontrar uma parceira. Mas, quando ela deu um passo adiante e perguntou especificamente sobre a política dele de "não toque", ele não teve resposta e ficou enrolando. Embora ela não tenha saído da conversa com uma resposta específica sobre a razão de ele não estar interessado em contato físico, conseguira uma imagem clara sobre o futuro deles juntos — não era possível!

Lauren desistiu de pensar nele como um parceiro em potencial, mas eles continuaram sendo amigos. Depois de Ethan confidenciar-lhe sobre várias outras mulheres com quem ele estivera saindo, e que também tinham ficado obviamente frustradas com seu comportamento intrigante, ela finalmente somou dois mais dois. O mistério em relação à conduta de Ethan não era, afinal, nenhum mistério — ficou claro que ele estava tendo sérias dúvidas quanto à sua orientação sexual. Lauren agradeceu a Deus por ter tido a coragem de expressar suas preocupações logo no começo, poupando-se de meses de falsas esperanças e de uma rejeição inevitável.

A história de Lauren é um exemplo excelente da importância da comunicação efetiva. Expressar suas necessidades e expectativas para seu parceiro de uma maneira direta e delicada é uma ferramenta incrivelmente poderosa. Embora seja usada naturalmente por pessoas com um estilo de apego seguro, é, com frequência, pouco comum para pessoas cujo estilo de apego é ansioso ou evitante.

Uma conversa direta com Ethan pôs um fim a todas as adivinhações e "teorias" que Lauren construíra na cabeça. Para Ethan, teria sido conveniente se Lauren estivesse disposta a tolerar o comportamento dele indefinidamente. Ele estava conseguindo o que queria — uma namorada para mostrar para os amigos e família (para tirá-los do seu pé) e um tempo para compreender sua orientação sexual. Mas, ao expressar suas necessidades, Lauren foi capaz de se precaver e ainda evitou se enredar pelas intenções ulteriores de outra pessoa. Nesse caso, o estilo de apego não era a questão subjacente, e Lauren não tinha como saber disso antes. Se o comportamento de Ethan tivesse sido simplesmente uma manifestação de seu estilo de apego, a comunicação efetiva também teria revelado isso, e ambos teriam se beneficiado ao descobrir, no começo, que os seus estilos de apego eram incompatíveis.

Contudo, o que teria acontecido se Lauren o tivesse confrontado dessa maneira direta, causando a ele grande constrangimento, só para descobrir que o comportamento dele não era o resultado nem de seu estilo de apego nem de sua orientação sexual, mas de simples timidez? Bem, nós conhecemos alguém que teve uma experiência assim.

A situação de Tina era muito similar a de Lauren. No seu terceiro encontro com Serge, Tina estava sentada no sofá, ao lado dele, assistindo a um filme e se perguntando por que ele não estava fazendo nada. Ela também tivera sua porção de relacionamentos "beco sem saída" e não estava disposta a perder muito tempo se perguntando qual poderia ser o problema específico de Serge. Assim, adotando um sorriso insinuante, ela simplesmente disse: "Posso ganhar um beijo?". Embora Serge ficasse pasmo por um instante e murmurasse algo baixinho, ele se recompôs e inclinou-se para beijá-la. Essa foi a última vez em que a timidez dele foi um problema no relacionamento, que ainda vai muito bem três anos depois.

Neste caso, pedir um beijo de um jeito provocante foi um uso eloquente da comunicação efetiva. Tina expressou suas necessidades e, embora tenha havido um momento de constrangimento, o fato de ela ter sido direta deu ao relacionamento com Serge um tremendo empurrão que os tornou muito mais próximos, não só fisicamente, mas também emocionalmente. Mesmo que Serge tivesse reagido de outra maneira, e as coisas tivessem ocorrido de forma diferente, ainda assim teria sido útil: a reação das pessoas à comunicação efetiva é sempre muito reveladora. Ela permite que você evite se envolver em um relacionamento sem saída ou ajuda a levar o relacionamento a outro nível, como no caso de Serge e Tina.

A comunicação efetiva tem como base a nossa compreensão de que todos temos necessidades específicas em relacionamentos, muitas das quais determinadas pelo estilo de apego. Elas não são boas ou más, elas são simplesmente o que são. Se você é ansioso, tem uma forte necessidade de proximidade e tem de ser assegurado sempre sobre o amor e respeito de seu parceiro. Se você é evitante, você precisa manter certa distância, seja emocional, seja física, de seu parceiro e preservar um alto grau de separação. Para podermos ser felizes em um relacionamento, precisamos encontrar um meio de comunicar essas nossas necessidades de apego claramente, sem recorrer a ataques ou defesas.

Por que usar a comunicação efetiva?

A comunicação efetiva permite atingir dois objetivos:

- **Escolher o parceiro certo.** A comunicação efetiva é a maneira mais rápida e direta de determinar se seu parceiro em potencial será capaz de atender às suas necessidades. A reação à comunicação efetiva da pessoa com quem você saiu pode revelar mais em cinco minutos do que você conseguiria saber em meses de encontros sem essa espécie de discurso. Se o outro demonstra um desejo sincero de compreender as suas necessidades e coloca o seu bem-estar como prioridade, o futuro de vocês dois juntos é promissor. Se descarta as suas preocupações como insignificantes ou faz com que você se sinta inadequado, tolo ou autocomplacente, é possível concluir que essa pessoa não tem em mente o que é melhor para você, e provavelmente lhe é incompatível.

- **Garantir que as suas necessidades sejam atendidas em um relacionamento, seja ele novo em folha, seja de longa data.** Ao deixar claro as suas necessidades, você torna muito mais fácil para seu parceiro atendê-las. Ele não precisa adivinhar se há alguma coisa incomodando-o — ou o que essa coisa é.

A beleza da comunicação efetiva é que ela permite transformar uma suposta fraqueza em vantagem. Se você precisa ser assegurado de que seu parceiro sente amor e é atraído por você (ao menos na fase inicial de um relacionamento), em vez de tentar esconder esse desejo, por não ser socialmente aceitável, você o afirma como algo dado. Apresentando-o dessa maneira, você não se mostra fraco nem carente, mas confiante e assertivo. E, claro, a comunicação efetiva significa que você se comunica de uma maneira que não é ofensiva e não coloca seu parceiro na berlinda, mas permite que ele seja aberto com você sem sentir-se atacado, criticado ou culpado.

Outra vantagem da comunicação efetiva é que ela oferece um modelo para seu parceiro. Você dá o tom do relacionamento como aquele em que ambos podem ser honestos e no qual cada um tem a responsabilidade sagrada de procurar prover o bem--estar do outro. Uma vez que seu parceiro vê que você pode ser tão aberto, ele seguirá o exemplo. Como você viu no capítulo 8, nunca é tarde demais para usar a comunicação efetiva para melhorar um relacionamento. É uma das ferramentas mais poderosas que as pessoas seguras usam em sua vida cotidiana, com seu parceiro e filhos, e no trabalho. Pode realmente transformar a maneira como você lida com as pessoas a sua volta.

## Julgando a resposta

Com a comunicação efetiva, você talvez não consiga solucionar um problema nem resolver as suas diferenças de um golpe só. Mas você pode julgar imediatamente o quanto é importante, para seu parceiro, o seu bem-estar:

- Ele tenta compreender a fundo as suas preocupações?
- Ele responde ao problema em questão ou tenta se esquivar?
- Ele leva as suas preocupações a sério ou tenta menosprezá-lo ou fazer com que você se sinta tolo por expressá-las?
- Ele tenta encontrar maneiras de você se sentir melhor ou só age na defensiva?
- Ele está respondendo às suas preocupações apenas factualmente (como em um tribunal) ou também está sintonizado com o seu bem-estar emocional?

Se seu parceiro é solícito e genuinamente se preocupa com a sua felicidade e segurança, você tem sinal verde para seguir adiante no relacionamento. Se, todavia, o seu parceiro tenta se esquivar de tópicos importantes, age defensivamente, ou faz com que você se sinta tolo ou carente, você deve encarar isso como um sério sinal de advertência.

## Por que é difícil para as pessoas com estilo inseguro adotarem a comunicação efetiva

A comunicação efetiva sempre parece não ter mistério nenhum. Afinal, todas as pessoas conseguem alcançá-la, desde que decidam fazê-lo, certo? Bom, sim, desde que você seja seguro. Com frequência, as pessoas inseguras não conseguem localizar o que realmente as está incomodando. Elas ficam avassaladas pelas emoções e acabam fazendo um drama. Estudos mostram que as pessoas com um estilo de apego seguro não reagem tão intensamente, não ficam avassaladas tão facilmente e podem, assim, calma e efetivamente, comunicar suas próprias emoções e atender às necessidades de seus parceiros. As pessoas seguras também acreditam que são dignas de amor e atenção, e esperam que seus parceiros sejam solícitos e atenciosos. Com essas crenças, é fácil ver por que eles não deixam seus pensamentos negativos levarem a melhor, como eles podem permanecer calmos e compostos e pressupor que a outra pessoa reagirá positivamente. De fato, essa atitude pode ser contagiosa. Nancy Collins, da Universidade da Califórnia, Santa Barbara, cujos principais interesses de pesquisa incluem os processos sociais e cognitivos que moldam relacionamentos próximos na idade adulta e o impacto que esses processos têm na saúde e no bem-estar, e Stephen Read, da Universidade da Califórnia do Sul, que estuda modelos de redes neurais de raciocínio e comportamento social, descobriram que as pessoas com um estilo de apego seguro parecem funcionar como treinadores de comunicação efetiva — eles demonstram ser bons em conseguir que outros se abram e falem sobre coisas pessoais. Mas o que acontece quando você não é seguro?

## Se você é ansioso...

Quando começa a sentir que alguma coisa o está incomodando em seu relacionamento, você tende rapidamente a ficar assolado por emoções negativas e a pensar em extremos. Diferentemente de sua contrapartida segura, você não espera que seu parceiro reaja positivamente, mas antecipa o contrário. Você percebe o relacionamento como algo frágil e instável que pode ruir a qualquer momento. Esses pensamentos e pressuposições tornam difícil para você expressar as suas necessidades. Quando você finalmente fala com seu parceiro, com frequência o faz de uma maneira explosiva, acusatória, crítica ou ameaçadora. Em vez de prover o conforto de que você precisa, seu parceiro pode recuar. De fato, Collins e Read confirmaram isso em seu estudo: homens que saíam com parceiras ansiosas relatavam que elas se abriam com menos frequência e deram notas mais baixas ao seu nível geral de comunicação. O resultado é que, depois de expressar as suas necessidades de uma maneira que afasta o seu parceiro (em vez de usar a comunicação efetiva), você então recorre ao comportamento de protesto — expressando a sua necessidade por proximidade e apoio através de um drama. Ao fazer isso, você perde todos os benefícios dessa ferramenta poderosa — diferentemente da comunicação efetiva, o comportamento de protesto nunca lhe dá a oportunidade de abordar inequivocamente as suas preocupações. Seu parceiro pode reagir negativamente, mas você nunca tem certeza se ele está reagindo à sua necessidade ou ao seu comportamento de protesto.

Digamos, por exemplo, que você ligue para o celular de seu parceiro incessantemente porque teme que ele esteja traindo você. Ele decide que já aguentou o suficiente e rompe com você. Você fica tendo de adivinhar, perguntando-se se você o afastou por ter atuado de maneira pegajosa ou se ele decidiu que você realmente não era a pessoa certa para ele. Você acaba não obtendo uma resposta para sua preocupação original, que é se ele se importa o suficiente para ouvir as suas aflições, confortá-lo e fazer o que for necessário para que você se sinta seguro e amado.

Portanto, apesar de seu compreensível medo de se magoar, nós aconselhamos que você evite o comportamento de protesto tendo fé e adotando a comunicação efetiva. Podemos honestamente dizer que todo mundo que conhecemos, que usou a comunicação efetiva, ficou grato a ela no fim das contas. Com frequência, a comunicação efetiva traz um grande alívio ao mostrar quão intensos são os sentimentos de seu parceiro por você — e ao estreitar a ligação entre vocês dois. E mesmo que, em alguns casos, a reação possa não ser a que você esperava — e você fique convencido de que arruinou tudo —, se ao menos você tivesse dito ou feito algo diferente, ele com certeza teria agido diferente — nunca ouvimos ninguém dizer que se arrependeu de ter abordado um assunto importante em uma situação de encontro ou relacionamento. De fato, as pessoas expressam, em sua enorme maioria, gratidão por a comunicação efetiva tê-las levado a dar aquele passo a mais em seu objetivo de longo prazo para encontrar a pessoa certa ou estreitar a ligação existente.

Considere Hillary, por exemplo. Ela estava planejando uma caminhada romântica com Steve que consistia em atravessar a Brooklin Bridge, em uma ensolarada manhã de domingo, mas, ao ligar para ele, Steve disse que tinha acabado de pôr a roupa para lavar e ligaria mais tarde para ela. Vendo que Hillary ficara chateada, a amiga dela a convenceu a ligar de novo para ele e pedir que ele terminasse o serviço depois do passeio — estava um dia de primavera tão bonito, afinal. Relutantemente, Hillary fez a ligação. Steve não só afirmou a sua decisão de terminar a tarefa, como ainda decidiu que não queria se encontrar com ela naquele dia! Hillary ficou arrasada. Ficou furiosa com a amiga por ter feito com que ela ligasse. Ela sentiu que, ao mostrar interesse demais, arruinara suas chances com Steve. Meses depois, um amigo mútuo contou a ela que Steve ficara profundamente deprimido depois de seu amargo divórcio e estava longe de estar interessado em — ou em condições de — começar um novo relacionamento. Hillary percebeu que insistir no assunto naquela manhã lhe poupara do pesar que a indisponibilidade emocional de Steve teria indubitavelmente causado nela. Na hora, Hillary tinha ficado muito chateada com a amiga e a culpara por arruinar suas chances com Steve, porém, mais tarde, ela se deu conta de que sua amiga tinha lhe ensinado uma das lições mais valiosas sobre relacionamentos: como efetivamente comunicar suas necessidades. Essa foi a primeira vez em que Hillary teve certeza de ter se mostrado por inteiro e genuinamente em um relacionamento — sem fazer nenhum joguinho. Embora as coisas não tenham dado em nada com Steve, ela sabia que tinha feito o melhor que podia para que acontecesse. Ela também começou a descobrir que, na maior parte das vezes, as razões pelas quais as pessoas se comportavam estupidamente com ela não tinha nada a ver com ela ser atraente ou desejável.

Eis outro exemplo de como afirmar aquilo que você quer, sem quaisquer desculpas, pode ser poderosamente efetivo:

Por anos, Jena, com medo de soar desesperada, não era aberta com os homens com quem saía sobre o seu grande desejo de se casar e ter filhos. Quando fez 40 anos e seu relógio biológico tornou-se prioritário em relação a todo o resto, ela decidiu dizer a parceiros em potencial, no primeiro encontro, que não só queria ser mãe, como também só estava interessada em sair com homens que também quisessem ter filhos o quanto antes. Embora ela suspeitasse — e com razão — que a maioria dos caras que ouvisse isso sairia correndo na outra direção, o medo da rejeição não era mais a sua principal preocupação. Ela afastou alguns pretendentes, de fato, mas acabou encontrando Nate, que, longe de se sentir ameaçado, queria a mesma coisa. Ele achou instigante que ela soubesse o que queria e não tivesse medo de dizer claramente. Usar a comunicação efetiva funcionou bem para ela. Hoje ela e Nate são os felizes pais de dois filhos.

Como Jena e Hillary, você também poderá aprender a usar a comunicação efetiva, mesmo que seja sob uma perspectiva amedrontadora caso tenha um estilo de apego ansioso.

## Se você é evitante...

Embora não exista nada que torne duas pessoas mais próximas do que compreender e ser compreendido um pelo outro, a comunicação efetiva tem algo a oferecer também para a pessoa evitante. Como alguém com um estilo de apego evitante, você com frequência não tem consciência de sua necessidade de distância e separação — sente que precisa se afastar, mas não compreende o porquê. Quando sente isso, você pode supor que está começando a ficar menos atraído por seu parceiro e, nesse caso, o que há para dizer? Ele provavelmente não é "o tal", então para que prolongar a agonia? Porém você se vê em um relacionamento fracassado atrás de outro, repetindo o mesmo ciclo, de novo e de novo. Se você é evitante, o primeiro passo, portanto, é reconhecer sua necessidade de espaço — seja emocional, seja físico — quando as coisas ficam muito próximas e, então, aprender a comunicar essa necessidade. Explique para seu parceiro, previamente, que você precisa de algum tempo sozinho quando sente que as coisas estão muito sentimentais e que isso não é um problema dele, mas, antes, sua necessidade em qualquer relacionamento (essa parte é importante!). Isso vai aplacar as preocupações dele e, de algum modo, tranquilizar seu sistema de apego. Ele, então, ficará menos propenso a intensificar seus esforços para ficar mais próximo de você (que é o que deixa você mais desconfortável). Assim, haverá uma chance melhor de impedir uma dinâmica toda de aproximação/ retração com seu parceiro.

Andres, que tem um estilo de apego evitante, estivera casado com Monica por aproximadamente 25 anos quando descobriu que tinha uma doença autoimune lentamente progressiva. Era incurável, disseram-lhe, mas, dada a idade dele, provavelmente sua expectativa de vida não seria severamente reduzida. Requereria periódicos exames de laboratório, todavia. Depois do choque inicial da descoberta, Andres conseguiu pôr de lado os pensamentos sobre a doença e seguir sua vida. Monica, no entanto, não conseguiu fazer isso. Ela acreditava que adotar a abordagem "como se tudo continuasse na mesma" estava errada. Ela tentou convencê-lo, em várias ocasiões, a ouvir uma segunda opinião e fazer uma pesquisa abrangente sobre a doença dele, na internet. Andres igualmente se esquivava dessas conversas e descartava as sugestões médicas dela, mas, às vezes, isso levava a sérios conflitos entre os dois. Por fim, após vários meses de frustração, ele confrontou Monica. Ele sabia que o envolvimento dela vinha de sua preocupação, no entanto, em vez de ajudar, só servia para ficar lembrando-o, volta e meia, de sua doença. Ele confiava em seu médico e achava que não havia necessidade de mais investigações, e sentia que o comportamento de Monica era não só ineficaz para melhorar sua saúde, como também prejudicial para o relacionamento. Monica se deu conta de que não estava ajudando Andres — era a maneira dela de lidar com um diagnóstico assim, mas não a dele. Ela compreendeu que poderia ser uma parceira melhor e dar mais apoio respeitando as vontades dele, em vez de tentar forçar suas próprias. Desde então, Monica vem conseguindo censurar mais a si mesma (embora não completamente), o que permitiu que os conflitos entre eles diminuíssem.

## Usando a comunicação efetiva para garantir que as suas necessidades sejam atendidas no relacionamento

Monique e Greg estavam saindo fazia alguns meses, e o 4 de Julho estava logo ali. Monique planejou comemorar o evento com um grupo de amigos, mas ela não convidou Greg, ao menos não imediatamente. Greg foi ficando cada vez mais chateado com isso. Ele ficou preocupado sobre o que isso significaria. Monique só o via como alguém temporário na vida dela? Talvez ela ficasse envergonhada com ele e não quisesse apresentá-lo a seus amigos? Greg não quis confrontá-la diretamente por medo de que isso o fizesse parecer muito ansioso e carente. Em vez disso, ele decidiu dar pistas: "Não tenho certeza do que vou fazer no 4 de Julho. Tive alguns convites, mas não consegui decidir se algum deles vale a pena". De fato, ele não tinha nenhum outro plano, mas não queria soar como alguém que está tentando receber um convite. Monique não entendeu as deixas dele; ela supôs que ele estivesse realmente considerando as suas opções e tentou ajudá-lo. Nesse ponto, Greg decidiu simplesmente desistir, achando que, se depois de todas essas dicas, Monique ainda optava por não convidá-lo, ela obviamente não queria que ele fosse. A raiva aumentou dentro de Greg e ele decidiu pensar muito, e muito bem, se Monique seria a mulher certa para ele.

Mas e se Greg usasse a comunicação efetiva? Ele tem um estilo de apego ansioso, e o tipo de diálogo que a comunicação efetiva requer não lhe aparece naturalmente. Ele está mais acostumado a recorrer ao comportamento de protesto. E decide, todavia, tentar uma abordagem diferente. Ele se volta para Monique: "Eu gostaria de passar o 4 de Julho junto com você. Você gostaria de vir comigo e meus amigos ou prefere que eu vá com você?". Monique responde que nem tinha pensado em convidá-lo porque passar uma noite com a velha turma dela do Ensino Médio não parecia o tipo de coisa de que ele gostaria, mas, se ele topasse, por que não? Uma simples pergunta deu a Greg a resposta que ele queria. E, ainda mais significativo, depois desse primeiro precedente bem-sucedido, os dois acharam muito mais fácil falar abertamente um com o outro.

E se Monique tivesse respondido diferente e o pedido de Greg fosse recusado? Como sempre, com a comunicação efetiva, você ganha de todos os jeitos. Mesmo que Monique tivesse ignorado o pedido dele e, rapidamente, mudado de assunto, ele teria sabido uma coisa muito reveladora. Um sinal vermelho baseado na realidade — e não nas pressuposições ansiosas de Greg — teria se mostrado quanto à capacidade de Monique de atender às suas necessidades e sensibilidades. Não estamos sugerindo que Greg devesse deixar Monique imediatamente se ela reagisse dessa maneira, mas seria um cano fumegante. Duas ou três dessas estratégias de evasão iriam, provavelmente, inspirar Greg a procurar em outro lugar.

## Quando devo usar a comunicação efetiva?

Quando nos perguntam quando usar a comunicação efetiva, a nossa resposta automática é: sempre! Mas, então, com frequência ouvimos: "Eu tenho de abordar cada questão do relacionamento imediatamente? Sou ansiosa — isso significaria expressar cada preocupação e dúvida que passa pela minha cabeça — e Deus sabe que há muitas delas". Em geral, quando você aborda coisas que o estão incomodando de cara e recebe uma reação positiva, toda a sua atitude muda. As preocupações e medos vêm mais à tona quando você não está comunicando o que sente e deixa as coisas se acumularem.

No entanto, pelo menos até você se sentir inteiramente confortável usando a comunicação efetiva, sugerimos as seguintes regras básicas:

- **Se você é ansioso** — recorra à comunicação efetiva quando você sente que está começando a empregar comportamentos de protesto. Quando alguma coisa que seu parceiro disse ou fez (ou deixou de dizer ou fazer) ativa o seu sistema de apego a ponto de você sentir que está em vias de fazer drama — não responder às chamadas dele, ameaçar romper ou entrar em qualquer outra forma de comportamento de protesto — então detenha-se. Compreenda quais são as suas necessidades reais e use a comunicação efetiva no lugar. Mas só depois de ter se acalmado de vez (o que para alguém ansioso, às vezes, pode levar um ou dois dias).
- **Se você é evitante** — o sinal mais provável de que você precisa usar a comunicação efetiva é quando você sente uma necessidade irreprimível de cair fora. Use a comunicação efetiva para explicar a seu parceiro que você precisa de algum espaço e que gostaria de encontrar uma maneira de consegui-lo que fosse aceitável para ele. Sugira algumas alternativas, garantindo que as necessidades da outra pessoa estejam sendo atendidas. Agindo assim, é mais provável que você consiga o espaço de que precisa.

Nunca é tarde demais para usar a comunicação efetiva, mesmo que você tenha começado com o pé esquerdo

Larry recebeu um e-mail preocupante de seu trabalho num sábado em que Sheila, sua parceira há sete anos, tinha ido visitar uma amiga. Quando ela chegou para pegar suas coisas para a academia, Larry ficou ansioso e chateado: "Você já vai sair de novo? Acabou de chegar em casa! Eu nunca fico com você nos fins de semana!". Mesmo enquanto estava dizendo isso, Larry sabia que não estava sendo justo. Sheila ficou pasma pelo ataque inesperado — ele sabia dos planos dela, e, mesmo antes de confirmá-los, ela tinha se oferecido para ficar em casa se ele quisesse. A atmosfera ficou tensa e nenhum dos dois disse nada por algum tempo. Depois de ler alguma coisa para se acalmar, Larry se deu conta do que se tratava o seu comportamento: ele estava nervoso por causa do e-mail do trabalho e queria a segurança de ter Sheila junto dele, mas não se sentia à vontade para pedir a ela para mudar seus planos e, instintivamente, recorrera ao comportamento de protesto começando uma briga apenas para mobilizá-la. Ele pediu desculpas a Sheila por não expressar seus sentimentos de forma efetiva e explicou a situação. Assim que a verdadeira mensagem foi passada, ela também se acalmou e deu-lhe o apoio de que precisava, e ele insistiu que ela fosse para a academia.

Embora Larry tivesse inicialmente recorrido ao comportamento de protesto, ele descobriu que, com uma parceira receptiva, a comunicação efetiva, mesmo quando empregada tarde no jogo, pode desarmar uma situação tensa.

Os cinco princípios da comunicação efetiva

Como o conceito da comunicação efetiva, os seus princípios são também muito claros:

1. **Mantenha o coração aberto.** A comunicação efetiva requer ser genuíno e completamente honesto sobre os seus sentimentos. Seja emocionalmente corajoso.

2. **Concentre-se em suas necessidades.** A ideia é fazer com que as suas necessidades fiquem claras. Ao expressar suas necessidades, estamos sempre nos referindo às necessidades que também levam o bem-estar de seu parceiro em consideração. Se elas acabam magoando-o, com certeza você acabará magoado também; você e seu parceiro são uma unidade emocional. Ao expressar suas necessidades, é útil usar verbos tais como "preciso", "sinto" e "quero", que se concentram no que você está tentando conseguir, e não nas falhas de seu parceiro:
   - "Eu preciso sentir confiança no relacionamento. Quando você fica puxando conversa com a garçonete, eu me sinto como se estivesse sobre gelo fino."
   - "Eu me sinto desvalorizado quando você me contradiz na frente dos seus amigos. Eu preciso sentir que você respeita as minhas opiniões."
   - "Eu quero saber que posso confiar em você. Quando você sai com seus amigos, fico preocupada demais que você vá me trair."

3. **Seja específico.** Se você falar em termos gerais, seu parceiro poderá não entender exatamente o que você quer, o que poderá diminuir as chances de que

ele faça a coisa certa. Indique precisamente o que o está incomodando:

- Quando você não fica à noite...
- Quando você não quer saber como estou todos os dias...
- Quando você disse que me amava e então voltou atrás...

4. **Não ponha culpas.** Nunca faça seu parceiro se sentir egoísta, incompetente ou inadequado. A comunicação efetiva não tem nada a ver com salientar as falhas da outra pessoa nem fazer acusações que irão rapidamente distanciá-lo da questão e criar um duelo. Tenha certeza de escolher uma hora em que esteja calmo para discutir as coisas. Você descobrirá que tentar usar a comunicação efetiva quando está no limiar de explodir é uma contradição porque você muito provavelmente soará bravo ou recriminador.

5. **Seja assertivo e não se desculpe.** Suas necessidades no relacionamento são válidas — e ponto final. Embora pessoas com estilos de apego diferentes possam não considerar suas preocupações como legítimas, elas são essenciais para sua felicidade, e expressá-las autenticamente é crucial para a comunicação efetiva. Esse ponto é especialmente importante se você tem um estilo de apego ansioso, porque a nossa cultura o encoraja a acreditar que muitas de suas necessidades são ilegítimas. Mas, se elas são legítimas ou não para as outras pessoas, não importa. São essenciais para a sua felicidade, e isso, sim, é importante.

## Uma nova lei Miranda para os encontros: comunicação efetiva desde o começo

Em 1966, as advertências Miranda, nos Estados Unidos, foram tornadas obrigatórias pela Suprema Corte. Requer que a polícia, ao prender alguém, leia os seus direitos: "Você tem o direito de permanecer em silêncio. Qualquer coisa que você diga pode e será usada contra você no tribunal. Você tem direito à presença de um advogado durante o seu interrogatório. Se você não puder pagar um advogado, o Estado designará um defensor público para você. Compreendeu esses direitos?".

Uma colega nossa, Diane, costumava brincar sobre os homens que seguiam o mesmo procedimento com ela, ou seja, lhe informavam ao que ela tinha direito ao sair com eles. "Eu não acho que esteja pronto para um compromisso", diriam, querendo dizer: "se não der certo, não diga que não a avisei". Aparentemente, assim como a polícia, que fica legalmente protegida ao interrogar um suspeito, esses homens se sentiam absolvidos de quaisquer responsabilidades emocionais com Diane por terem lhe informado a respeito da "lei".

Usando os princípios do apego, você pode criar seus próprios direitos, determinando a sua crença de que, quando as pessoas se apaixonam, estão colocando sua alma nas mãos de seu parceiro para proteção mútua, e que vocês dois têm responsabilidade em mantê-las seguras e fazê-las prosperar.

Ao indicar ao seu parceiro um modelo operacional seguro de amor e relacionamento, você está estabelecendo para si mesmo uma conexão tranquila desde o começo:

- Você está sendo inteiramente franco e aberto.
- Você tem como avaliar a reação da outra pessoa.
- Você está permitindo que tanto você quanto seu parceiro busquem uma ligação segura, mutuamente dependente.

## Comunicando efetivamente

### *Começando*

Quando você não está acostumado à comunicação efetiva, pode ser extremamente útil formular um roteiro da mensagem que você quer passar. É melhor não tentar fazer isso quando você está bravo, e é também importante que você ignore o conselho de amigos que sugiram métodos indiretos para tentar conseguir que as suas necessidades sejam atendidas, tais como fazer seu parceiro ficar com ciúme. Se possível, peça à sua pessoa supervisora do apego — PSA (ver capítulo 9) — ou a um amigo que tem um estilo de apego seguro ou familiaridade com os princípios da comunicação efetiva para ajudá-lo a escolher as palavras certas. Quando estiver seguro em relação ao conteúdo, recite-o para si mesmo até sentir-se confortável com o jeito que soa. Ter tudo por escrito pode ajudá-lo a superar seus medos de perder a coragem ou de esquecer as "falas" e tornar mais fácil que você se dirija a seu parceiro com confiança. Assim que pegar a prática e vivenciar o efeito que tem em sua vida, usar a comunicação efetiva vai se tornar algo inerente a sua natureza.

*Exercício: responda às seguintes questões para determinar o tópico de seu roteiro:*

Por que eu me sinto desconfortável ou inseguro (sistema de vínculo ativado ou desativado) neste relacionamento? Quais ações específicas de meu parceiro fazem com que eu me sinta assim? [O inventário do relacionamento no capítulo 9 pode ajudá-lo no processo.]

1. _____

2. _____

3. _____

Quais atitudes específicas de meu parceiro farão com que eu me sinta mais seguro e amado?

1. _____

2. _____

3. _____

Com qual das atitudes acima eu me sinto mais confortável para abordar e discutir?

_____

_____

_____

Use a resposta da pergunta anterior para guiá-lo em direção ao tópico de sua primeira comunicação efetiva. Agora, elabore um roteiro curto que se concentre nesse assunto, aderindo aos cinco princípios da comunicação efetiva.

Meu roteiro:

_____

_____

_____

Analise os exemplos a seguir. Observe como a comunicação não efetiva pode ser interpretada de maneiras diferentes, enquanto a comunicação efetiva tem apenas um significado específico. É por isso que a reação de seu parceiro à comunicação efetiva é muito mais reveladora que a reação dele à comunicação não efetiva ou ao comportamento de protesto.

| Situação | Comunicação não efetiva (comportamento de protesto) | Comunicação efetiva |
|---|---|---|
| Ele está muito ocupado com o trabalho e você mal o vê. | Ligar para ele a cada hora para ter certeza de que ele está pensando em você. | Dizer a ele que você tem saudades dele e está tendo dificuldades para se ajustar ao seu novo horário de trabalho, mesmo sabendo que é temporário. |
| Ela realmente não escuta quando você fala, o que faz você se sentir desimportante e incompreendido. | Levantar-se no meio da conversa e ir para outro aposento (com a esperança de que ela o siga e peça desculpas). | Deixar claro que não é o bastante que ela ouça sem responder. Enfatizar que você valoriza a opinião dela mais do que a de qualquer outro e que é importante saber o que ela pensa. |
| Ele fala sobre a ex-namorada dele, o que a faz se sentir insegura. | Dizer a ele que é patético que ele ainda fale da ex. Ou Falar sobre outros caras com quem você saiu para que ele sinta como a sensação é ruim. | Dizer que conversas sobre a ex-namorada dele fazem com que você se sinta inadequada e incerta sobre a sua posição, e que você precisa se sentir segura para ficar feliz com alguém. |
| Ele sempre liga no último minuto para fazer planos. | Dizer a ele que está ocupada sempre que ele faz isso para que ele aprenda a ligar com antecedência. | Explicar que você se sente aflita sem saber quando, e se, vai vê-lo e que é melhor para você ter uma noção de quando estarão juntos, com antecedência. |
| Ela não atende às suas ligações e liga de volta quando bem entende. | Sorrir amarelo e suportar. | Indicar o quanto é importante para você ligar de volta para ela imediatamente e como seria bom se ela fizesse o mesmo. |
| Ele não liga há alguns dias. Você se preocupa que ele esteja querendo terminar o relacionamento. | Quando ele finalmente ligar, dizer a ele que está ocupada. Isso vai dar-lhe uma lição! | Informá-lo de que você fica magoada quando ele desaparece e que uma das coisas de que você mais precisa é que o seu namorado a considere uma prioridade sempre que possível. |

É importante lembrar que, mesmo com a comunicação efetiva, alguns problemas não serão solucionados imediatamente. O que é vital é a reação de seu parceiro — se ele está preocupado com o seu bem-estar, se tem em mente o que é melhor para você e se está disposto a lidar com o problema.

# 12

## Resolvendo as coisas: cinco princípios seguros para lidar com o conflito

Brigar pode nos fazer mais felizes?

Um importante equívoco sobre o conflito em relacionamentos românticos é o de que as pessoas em bons relacionamentos devem brigar muito pouco. Há uma expectativa de que, se combinam bem, você e seu parceiro concordarão na maioria dos assuntos e discutirão raramente, ou nunca. Às vezes, as discussões são até consideradas "provas" de que duas pessoas são incompatíveis ou de que o relacionamento está descarrilando. A teoria do apego prova que essas pressuposições não têm substância; todos os casais — mesmo os seguros — têm a sua parcela de brigas. O que faz a diferença entre casais, e afeta seus níveis de satisfação em seus relacionamentos, não é o quanto discordam, mas como discordam e sobre o que discordam. Os estudiosos do apego aprenderam que os conflitos podem servir como uma oportunidade para os casais ficarem mais próximos e aprofundarem sua ligação.

Há dois tipos principais de conflito — os do tipo pão-pão-queijo-queijo e os do tipo centrado na intimidade. No capítulo 8, testemunhamos o que acontece quando pessoas com necessidades de intimidade diametralmente opostas ficam juntas e, apesar de suas melhores intenções, sofrem para encontrar um terreno comum. Vimos como essas necessidades conflitantes podem transbordar para cada área da vida e como, com frequência, resultam em um parceiro fazendo todas as concessões. Os conflitos pão-pão-queijo-queijo são tipicamente isentos de questões ligadas à intimidade.

## Conflitos pão-pão-queijo-queijo

Como o nome sugere, os conflitos pão-pão-queijo-queijo são aquelas disputas que inevitavelmente surgem quando vontades e personalidades separadas compartilham a vida cotidiana — a qual canal assistir, em que temperatura pôr o ar-condicionado, pedir comida chinesa ou indiana. Tais discordâncias são, na realidade, boas, porque o forçam a viver com outra pessoa e a aprender a chegar a acordos. Uma das piores punições a que um ser humano pode ser submetido é o confinamento solitário: somos criaturas sociais e vivemos melhor nos relacionando com os outros. Embora, às vezes, ser flexível em nosso pensamento e ação signifique sair de nossa zona de conforto, isso mantém nossa mente jovem e ativa, até permitindo que as células do cérebro se regenerem.

Mas o que parece bonito no papel — levar em conta as necessidades e preferências dos outros, até mesmo as contrárias às nossas — nem sempre é fácil de pôr em prática. Curiosamente, as pessoas com um estilo de apego seguro sabem instintivamente como fazer isso. Elas são capazes de baixar a temperatura durante uma discussão e eliminar as arestas de um conflito crescente. Se você alguma vez foi pego de surpresa, durante uma discussão, pelo interesse genuíno da outra pessoa por suas preocupações e pela disposição de considerá-lo, você provavelmente estava discutindo com alguém seguro. Mas uma inclinação natural pode ajudar aqueles entre nós que não foram agraciados por essas habilidades?

Na verdade, se olharmos mais de perto, poderemos ver que há um método por trás do comportamento instintivo dos seguros. Trata-se menos de seus poderes mágicos do que de suas práticas úteis. Não só identificamos cinco atitudes específicas que pessoas com um estilo de apego seguro tomam para desarmar e solucionar conflitos, como também acreditamos que elas podem ser aprendidas. A teoria do apego adulto provou que, no que se refere ao estilo de apego, somos maleáveis. E nunca é tarde demais para aprender novas habilidades em relacionamentos.

Os princípios seguros que fazem o
conflito funcionar

Vamos olhar mais de perto os cinco princípios que pessoas seguras usam quando estão tendo um desentendimento com seus parceiros.

Cinco princípios seguros para solucionar conflitos

1. Mostrar uma preocupação básica com o bem-estar da outra pessoa.
2. Concentrar-se no problema em questão.
3. Impedir-se de generalizar o conflito.
4. Estar disposto a se envolver.
5. Comunicar efetivamente sentimentos e necessidades.

**1. Mostrar uma preocupação básica com o bem-estar da outra pessoa:**

**Um chalé em Berkshires**

Frank ama estar ao ar livre e a casa de veraneio em Berkshires que herdou de seus pais. Sandy odeia isso tudo. Ela detesta a amolação de fazer e desfazer as malas e o trânsito congestionado que eles sempre pegam nos longos percursos de carro. Para ela, a coisa toda dá mais trabalho do que vale. Foram necessárias várias brigas feias antes de eles se darem conta de que cada um, insistindo em suas vontades e ignorando as do outro, acabava deixando ambos infelizes. Eles encontraram um sistema que funcionou, apesar de suas diferenças inerentes quanto a como passar o tempo livre. Hoje, quando Sandy percebe que a vida urbana está ficando demais para Frank, ela entra no espírito de equipe e eles se aventuram para o mato. Ao mesmo tempo, quando Frank vê que Sandy não aguenta mais viajar, eles ficam na cidade — às vezes por longos períodos. Nessas ocasiões, ele trata de agendar algumas atividades ao ar livre para manter sua sanidade. Não é um sistema perfeito, e às vezes um dos dois fica chateado e reclama, mas eles conseguem fazer com que funcione, cada um fazendo a vontade do outro o melhor que pode.

Tanto Frank quanto Sandy compreendem a premissa fundamental de um bom relacionamento — que o bem-estar da outra pessoa é tão importante quanto seu próprio. Ignorar as necessidades de seu parceiro terá um impacto direto em suas próprias emoções, nível de satisfação e até saúde física. Com frequência, encaramos o conflito como um jogo de soma zero: ou você consegue o que quer, ou eu consigo. Entretanto, a teoria do apego nos mostra que nossa felicidade, na realidade, depende da de nosso companheiro e vice-versa. As duas são inseparáveis. Apesar de suas vontades diferentes, Frank e Sandy desenvolveram uma espécie de sincronia tomá-lá-dá-cá que proporciona a ambos a satisfação de saber que a outra pessoa está sintonizada com suas necessidades. De uma perspectiva do apego, essa é uma experiência bastante recompensadora.

## 2. Concentrar-se no problema em questão: O apartamento bagunçado de George

"Num de nossos primeiros encontros", relembra Kelly, "George e eu passamos pelo apartamento dele, mas ele não me convidou para subir. Disse que estava sendo reformado e que ele não se sentia à vontade se eu o visse como estava. Sendo uma pessoa desconfiada, a desculpa dele não fez sentido para mim. Eu tiro conclusões precipitadas, conjurando imagens de uma escova de dente extra em seu banheiro e uma calcinha de outra mulher na cama. George percebeu minha mudança de humor e me perguntou o que aconteceu. Eu disse a ele que era óbvio que ele tinha algo a esconder, e o nosso encontro acabou com certo azedume.

Na noite seguinte, todavia, George me convidou para subir. Ele abriu a porta de entrada pelo interfone, e, quando eu estava subindo as escadas, ele abriu a porta e, com um gesto do braço, me convidou a entrar, dizendo 'bem-vinda, bem-vinda, bem-vinda!'. O lugar, de fato, estava uma bagunça, mas ambos rimos por isso e as sensações ruins desapareceram."

George foi capaz de dar uma reviravolta na situação porque tem um estilo de apego seguro. Embora suas reações possam parecer naturais, se olharmos um pouco mais de perto, veremos que elas não teriam vindo tão naturalmente para todo mundo. George manteve-se muito concentrado no problema em questão. Enquanto Kelly, que tem um estilo de apego ansioso, desviou-se do assunto, fazendo acusações pessoais, George foi capaz de ver o que estava por trás do comportamento de protesto dela e acertou no que realmente a estava incomodando. Seu comportamento corresponde bem às constatações das pesquisas. Garry Creasey, chefe do laboratório de apego na Universidade Estadual de Illinois, que tem um interesse singular no gerenciamento de conflitos da perspectiva do apego, em colaboração com Matthew Hesson-McInnis, também do departamento de psicologia da Universidade Estadual de Illinois, descobriu que os seguros são mais capazes de compreender a perspectiva de seus parceiros e de manter o foco no problema. Reagindo aos medos de Kelly, e lidando com eles rápida e diretamente, George evitou mais conflitos. A sua capacidade de construir uma conexão segura beneficiou a ambos: Kelly ficou sabendo que ela tem um parceiro que se considera responsável pelo bem-estar dela, e George descobriu que é aceito tal como é, com bagunça e tudo. Quando há a disposição para resolver um problema específico, as pessoas sentem que estão sendo ouvidas e isso aproxima ambos os lados.

Mas as pessoas seguras nem sempre são capazes de resolver as discussões de uma maneira tão elegante. Elas também podem perder a paciência e ignorar as necessidades de seus parceiros.

### 3. Impedir-se de generalizar o conflito: Saindo para fazer compras

Embora tanto Terry quanto Alex, ambos com 50 e poucos anos, tenham estilos de apego seguro, eles mantiveram um prolongado ritual de conflito por mais de trinta anos. Terry mandava Alex ao supermercado com uma lista de compras muito detalhada — molho de tomate, pão de trigo integral e um pacote de macarrão Barilla. Algumas horas depois, Alex voltava com produtos similares, mas não exatamente os mesmos. Ele teria comprado uma marca diferente de macarrão e extrato de tomate, em vez de molho. Terry ficava brava, declarava que os produtos eram inutilizáveis e, dramaticamente, proclamava que ela mesma teria de ir ao supermercado. Alex reagia perdendo a paciência, pegando as compras e saindo intempestivamente da casa. Ele voltava com os itens corretos, mas o dia ficava arruinado pelo confronto.

Mesmo que Terry e Alex gostem profundamente um do outro, eles nunca deram uma boa olhada em seu ritual de briga.

Se tivessem, teriam se dado conta do valor de encontrar uma solução diferente. Alex vive no mundo da lua; ele parece ser simplesmente incapaz de prestar atenção aos detalhes, então por que colocá-lo em um desafio que ele não consegue resolver? Para Terry, esses pequenos detalhes são cruciais — ela não conseguiria ignorá-los nem que tentasse. Todavia, isso não significa que Terry deveria ficar sozinha com todo o fardo. Uma solução criativa se fez necessária. Terry poderia ligar para Alex no supermercado para garantir que ele estaria pondo os produtos certos no carrinho, ela poderia fazer a compra pela internet e pedir que ele buscasse ou poderia ir ela mesma, enquanto Alex se ocuparia de outros serviços em casa. Eles precisavam encontrar o caminho de menor resistência e segui-lo.

Uma coisa é notável, no entanto. Apesar do drama todo, eles de fato conseguem passar ao largo de várias armadilhas destrutivas. O mais importante é que não deixam o conflito transbordar para outras áreas ou sair do controle. Eles evitam fazer comentários de menosprezo ou generalizações ofensivas um sobre o outro. Conseguem manter a discussão restrita ao problema em questão e não deixam as coisas chegarem a proporções descabidas. Mesmo que Terry ameace, irritada, ir ela mesma ao supermercado — e às vezes vai mesmo —, ela não amplia para "Estou até aqui com você" ou "Quer saber de uma coisa? Você que se vire com o seu jantar, que eu vou sair!".

### 4. Estar disposto a se envolver

Nos três conflitos anteriores, seja quando resolvidos pacífica ou explosivamente, o parceiro seguro (ou parceiros) permanece "presente" tanto física quanto emocionalmente. George é instintivamente capaz de conter o ataque pessoal de Kelly e, assumindo a responsabilidade por seus sentimentos magoados, dá uma reviravolta na situação enquanto se mantém envolvido. Se fosse evitante, ou mesmo ansioso, ele poderia ter reagido ao tratamento silencioso de Kelly recuando e criando ainda mais distância e hostilidade.

Frank e Sandy poderiam também, ambos, ter batido o pé. Sandy poderia ter dito "Quer saber de uma coisa? Você faça o que quiser, mas eu vou passar os meus fins de semana na cidade!" e se recusado a continuar a discussão. Frank poderia ter feito o mesmo. Presos em um impasse, eles teriam passado muitos fins de semana infelizes sentindo falta um do outro. Só porque ambos estavam dispostos a ficar, e a lidar com o assunto, foi que eles encontraram uma solução com a qual ambos podem viver e, no processo, aprenderam a ser mais sintonizados com as necessidades um do outro.

### 5. Comunicar efetivamente sentimentos e necessidades: Visitando a cunhada

Rebecca mal vê Tom durante a semana, pois o trabalho dele é muito agitado, o que a faz se sentir muito sozinha com frequência. Aos sábados, ela geralmente visita a irmã dela, que mora perto. Tom normalmente não vai com ela nessas visitas; ele gosta de ficar em casa e vegetar no sofá. Em geral, para Rebecca isso não é problema, porém, naquele sábado, depois de uma semana particularmente pesada no trabalho, quando Tom esteve ainda mais ausente do que o habitual, ela foi muito insistente para que ele fosse junto. Tom, exausto de sua semana de trabalho, foi inflexível em não querer ir. Rebecca não aceitou um não como resposta e o pressionou mais. Ele reagiu se fechando ainda mais. Por fim, ela disse a ele que estava sendo egoísta, ele acabou ficando em frente à TV, mudo, e ela foi sozinha à casa da irmã.

Rebecca age de uma maneira que é muito típica de uma pessoa com um estilo de apego ansioso. Porque seu marido ficou no trabalho mais do que o habitual durante a semana, ela ativou seu sistema de apego e sentiu necessidade de restabelecer a conexão. O que ela mais precisa é sentir que Tom está disponível para ela

— que ele se importa e quer ficar com ela. Todavia, em vez de dizer isso diretamente e explicar o que a estava incomodando, ela usou o comportamento de protesto — acusando-o de ser egoísta e insistindo que ele fosse com ela para a casa da irmã. Tom ficou perplexo que Rebecca estivesse repentinamente se comportando tão irracionalmente — afinal, eles têm um acordo de que ele não precisa ir à casa da irmã dela.

Como teria sido diferente a reação de Tom se Rebecca simplesmente tivesse dito: "Eu sei que você detesta ir à casa de minha irmã, mas significaria muito para mim se você viesse só dessa vez. Eu mal o vi durante toda a semana e não quero que fiquemos nem mais um instante longe um do outro".

Expressar efetivamente as suas necessidades emocionais é bem melhor que obrigar a outra pessoa a ler magicamente a sua mente. Significa que você é um agente ativo que pode ser ouvido e abre a porta para um diálogo emocional muito mais rico. Mesmo que Tom ainda optasse por não ir junto com Rebecca, se ele compreendesse o que ela estava sentindo, poderia encontrar outra maneira de assegurá-la: "Se você realmente faz questão que eu vá, eu vou. Mas eu também quero descansar. Que tal sairmos à noite, só nós dois? Isso a faria se sentir melhor? Você realmente não me quer na casa de sua irmã, em todo caso, quer? Eu só vou ficar no caminho de vocês que querem pôr os assuntos em dia".

## Prevenindo conflitos — biologia do apego

No que se refere ao conflito, nem sempre é sobre quem fez o quê para quem, nem sobre a que acordo chegar, nem mesmo como se expressar mais efetivamente. Às vezes, compreender a biologia básica do apego o ajuda a evitar o conflito antes mesmo que ele ocorra. A oxitocina, um hormônio e neuropeptídeo que teve muita cobertura da imprensa nos últimos anos, desempenha um papel importante nos processos de apego e serve para diversos fins. Ela faz a mulher entrar em trabalho de parto e funciona como um hormônio de coesão ao aumentar a confiança e a cooperação. Nós recebemos uma infusão de oxitocina em nosso cérebro durante o orgasmo, e até mesmo quando trocamos carícias — sendo por isso rotulado de "hormônio do amor".

Como a oxitocina está relacionada à redução de conflitos? Às vezes, nós passamos menos momentos agradáveis com nossos parceiros — especialmente quando há outras demandas. Todavia, os achados da neurociência sugerem que devíamos mudar as nossas prioridades. Ao abdicar da proximidade com nossos parceiros, também estamos ficando sem a dose de oxitocina — tornando-nos menos agradáveis para o mundo à nossa volta e mais vulneráveis ao conflito.

Da próxima vez que você decidir pular o carinho da manhã de domingo para ter a oportunidade de pôr em dia o seu serviço — pense duas vezes. Esse pequeno ato pode ser o bastante para imunizar o seu relacionamento contra conflitos por alguns dias.

Por que as pessoas inseguras não enfrentam o conflito

Vários aspectos da atitude mental dos ansiosos e evitantes tornam difícil, para eles, adotar princípios seguros de solução de conflitos.

Para o ansioso, o conflito pode disparar preocupações muito básicas sobre a correspondência de seus parceiros às suas necessidades e disparar preocupações quanto à rejeição e ao abandono. Quando uma disputa surge, eles vivenciam muitos pensamentos negativos e reagem usando o comportamento de protesto, tendo como alvo obter a atenção do parceiro. Eles podem fazer acusações fortes, chorar ou dar ao parceiro o tratamento silencioso. Temerosos de que seus parceiros não atendam às suas necessidades, sentem que precisam deixar sua marca para serem ouvidos. A reação deles, embora com frequência dramática, é geralmente não efetiva.

As pessoas com um estilo de apego evitante também se sentem ameaçadas pela possibilidade de que seus companheiros não estejam realmente disponíveis para elas quando precisarem. Todavia, para lidar com essas crenças, adotam a abordagem oposta — elas suprimem a sua necessidade de intimidade se fechando emocionalmente e adotando um defensivo ar de independência. Quanto mais pessoal o conflito fica, mais forte é o impulso delas de se distanciar emocionalmente da situação. Para tanto, elas usam estratégias de desativação — como ver defeitos no parceiro — para sentirem-se menos próximas.

Outro estudo de Gary Creasey, em colaboração com dois alunos de graduação, Kathy Kershaw e Ada Boston, constatou que tanto as pessoas ansiosas quanto as evitantes usam menos táticas positivas de solução de conflitos, expressam maior agressividade e tendem mais ao distanciamento e intensificação do problema do que as pessoas seguras. Talvez as similaridades delas em sua atitude em relação ao conflito — ou seja, a crença básica delas na indisponibilidade do parceiro e a dificuldade de expressar efetivamente as suas necessidades — expliquem esse resultado.

## O problema infantil de Paul e Jackie

Embora Jackie e Paul estivessem se encontrando há mais de um ano, e passassem a maioria das noites juntos, Paul tinha três filhos que Jackie nunca conhecera. Os amigos e família dela estavam preocupados com a situação e se perguntavam qual o futuro do relacionamento.

Jackie tentou abordar o assunto, mas Paul achou que ainda não era a hora certa — manter a estabilidade na vida de seus filhos era da maior importância para ele. Fim de semana sim, fim de semana não, quando Paul ficava com as crianças, ele estava fora do alcance de Jackie, que sentia que, se viesse com o assunto de novo, poderia levar o relacionamento para a beira do precipício. Mesmo em ocasiões apropriadas — quando Paul disse a ela o quanto a amava e falou em comprarem uma casa juntos —, Jackie ficou quieta quanto aos filhos e não correspondeu às declarações de amor dele. Ela achava que, se Paul realmente quisesse ficar próximo, ele a deixaria entrar em sua vida completamente, com crianças e tudo.

Quando os pais de Jackie vinham jantar, Paul ficava falando sobre seus filhos e o quanto eles eram maravilhosos. Depois de um desses jantares, passada a sobremesa, o pai de Jackie convidou Paul para uma breve caminhada. Ele disse a Paul que os filhos dele pareciam maravilhosos e que esperava que Jackie viesse a conhecê-los logo, porque ele e a mulher dele realmente gostavam de Paul e queriam ver o relacionamento crescer. Paul lhe assegurou que era muito sério quanto ao relacionamento. Nenhum deles contou a Jackie sobre a conversa que tiveram.

Na semana seguinte, Jackie não fazia ideia do porquê Paul estar tão quieto e respondendo às perguntas dela com "sim", "não" e "não sei". Por fim, ela lhe perguntou o que estava errado. Ele reagiu explodindo, se queixando de que o pai dela o criticara por falar sobre seus filhos, e a lembrou de quantas vezes ele expressara os seus sentimentos, sem ter nenhuma correspondência da parte dela. Ela respondeu que é duro se abrir quando ele a está deixando fora de uma parte tão grande da vida dele. Em vez de continuar a discussão, ele se levantou, pegou suas coisas, e partiu, dizendo que precisava de "um pouco de espaço". Ele voltou várias semanas depois, mas eles ainda evitaram discutir o assunto e voltaram ao estado anterior.

Típico de pessoas que têm um estilo de apego inseguro, tanto Jackie quanto Paul violaram quase todas as regras seguras para lidar com conflitos. Nenhum dos dois comunicou efetivamente as suas necessidades e ambos evitaram abordar diretamente o problema em questão — apresentar Jackie aos filhos de Paul — mas cada um por uma razão diferente. Paul tem uma opinião muito firme sobre o assunto — ele não quer que seus filhos conheçam alguém, a menos que seja muito sério — e Jackie nunca correspondeu à suas declarações de amor. Não lhe ocorreu perguntar a Jackie se a incomodava que eles ficassem separados um a cada dois fins de semana. Embora ele dissesse que a amava, isso não se traduzia em achar que os sentimentos dela deviam ser considerados no que se refere aos filhos dele (uma atitude caracteristicamente evitante). Ele também pressupôs que, se Jackie não abordava com frequência o assunto de querer conhecer seus filhos, ela não devia se importar muito.

Jackie, por sua vez, não falava mais sobre conhecer as crianças porque é ansiosa e se preocupava que ao exigir algumas coisas ela poderia colocar em risco o relacionamento. Ela tinha medo de que Paul pudesse decidir que ela "simplesmente não valia a pena".

Paul também evitou princípios seguros quando decidiu não contar a Jackie sobre a conversa que tivera com o pai dela. Pior ainda, quando eles finalmente falaram sobre o assunto, em vez de se envolver, Paul recuou por completo. Guardou a sua raiva por tanto tempo que, quando Jackie lhe perguntou o que havia de errado, ele já estava no seu limite e só conseguiu atacá-la. Jackie, que também é insegura, não foi capaz de salvar a situação:

em vez de tentar reconfortá-lo e acalmar as coisas, ela recorreu a contra-ataques. Sendo ansiosa, interpretou as palavras de Paul como uma rejeição pessoal e reagiu defensivamente. Infelizmente, nenhum dos dois conseguiu ver além de sua própria mágoa para compreender a imagem mais ampla ou o que estava acontecendo com o outro.

Como regra elementar, assuntos delicados — como conhecer os filhos de um parceiro — precisam sempre ser postos na mesa. Considere que são importantes, mesmo se não são abordados. Vocês talvez possam não chegar a uma solução imediata, mas, ao menos, estarão abertos para ouvir um ao outro, e nenhum de vocês estará enterrando sentimentos de mágoa que irão explodir incontrolavelmente no futuro. E, é claro, há sempre uma chance maior de que o problema venha a ser resolvido se for discutido, em vez de ignorado.

## Como fazer com que os princípios seguros ajam em seu favor

Pressuposições inseguras interferem na solução de conflitos. Especificamente, ficar centrado em suas próprias necessidades e mágoas pode causar muitos problemas. O medo de que alguém não esteja tão emocionalmente envolvido quanto você, ou de que não queira ser tão íntimo quanto você gostaria, é compreensível. Mas, em situações de conflito, tais preocupações podem ser muito prejudiciais. Tente manter certas verdades em mente quando você estiver no meio de uma briga:

- Uma única briga não rompe um relacionamento.
- Expresse os seus medos! Não deixe que eles ditem as suas ações. Se você tem medo de que seu parceiro quer rejeitá-lo, diga.

- Não assuma que você é culpado pelo mau humor de seu parceiro. Provavelmente não é por sua causa.
- Confie que seu parceiro será atencioso e solícito, e vá em frente e expresse as suas necessidades.
- Não espere que seu parceiro saiba o que você está pensando. Se você não lhe contou o que está na sua cabeça, ele não sabe.
- Não presuma que compreendeu o que seu parceiro quis dizer. Quando em dúvida, pergunte.

Um conselho geral: é sempre mais efetivo presumir o melhor em situações de conflito. De fato, esperar o pior — o que é típico de pessoas com estilos de apego inseguro — com frequência age como uma profecia autorrealizadora. Se presume que seu parceiro irá agir ofensivamente ou rejeitá-lo, você automaticamente responde na defensiva — assim iniciando um círculo vicioso de negatividade. Embora você talvez tenha que se convencer a acreditar nas "verdades positivas" (mesmo que relutantemente, a princípio), vale muito a pena. Na maioria dos casos, irá conduzi-lo na direção certa.

Em suma, estes são os hábitos que você deve manter distantes durante brigas:

## Estratégias inseguras a evitar

1. Desviar-se do problema real.
2. Negligenciar a comunicação efetiva de seus sentimentos e necessidades.
3. Reverter para ataques pessoais e comportamento destrutivo.
4. Reagir "olho por olho, dente por dente" à negatividade de um parceiro, com ainda mais negatividade.
5. Recuar.
6. Esquecer-se de se concentrar no bem-estar do outro.

•••

O conflito de Paul e Jackie é, na realidade, centrado na intimidade, e não no tipo pão-pão-queijo-queijo. Nós o apresentamos para demonstrar como é fácil infringir quase todos os "não faça isso" listados acima numa só discussão. Apesar do amor um pelo outro, nesse caso eles (1) facilmente perdem de vista o problema real ("O seu pai me criticou por eu ter falado sobre meus filhos..."); (2) obviamente nunca comunicam efetivamente as suas necessidades e sentimentos. Muita coisa fica sem ser dita, especialmente por Jackie, que (5) usa o recuo emocional e não reage às tentativas de Paul de se aproximar de outras maneiras. Quando eles finalmente se falam, após uma semana de silêncio (5, de novo), eles (4) entram numa disputa olho por olho, dente por dente. Ambos estão enredados em suas próprias preocupações e (6) têm grande dificuldade em se concentrar no bem-estar do outro, em todo o relacionamento, e, em particular, quando discutem.

Um workshop de estratégias para conflitos

O primeiro passo para identificar suas próprias estratégias de conflito, e mudá-las, é aprender a reconhecer as estratégias efetivas e as não efetivas. Dê uma olhada nas situações a seguir e tente determinar se o casal lida com as suas diferenças usando princípios seguros ou inseguros. Se você acha que os princípios usados são inseguros, liste os seguros que poderiam ter sido usados no lugar.

1. Marcus fizera uma reserva em um cruzeiro ao Brasil para (sobretudo) solteiros, antes que ele e Daria começassem a sair, seis meses atrás. Daria não se sente confortável com Marcus fazendo uma viagem assim sem ela, e não gosta de cruzeiros. Quando Daria aborda o assunto, ele responde: "Então eu tenho de fazer tudo com você agora? Você não gosta dessas coisas, de qualquer forma, então qual é o problema? Além disso, eu já paguei. O que você quer que eu faça, perca 3 mil dólares?".

A reação de Marcus é
( ) Segura
( ) Insegura

Táticas inseguras que Marcus usou:

_____

_____

Táticas seguras que Marcus poderia usar:

_____

_____

**Resposta: inseguro.** Marcus usa uma série de táticas inseguras. Ele generaliza o conflito atacando-a ("O que você quer que eu faça, perca 3.000 dólares?") e faz com que ela pareça carente e, ao mesmo tempo, excessivamente exigente ("Então eu tenho de fazer tudo com você agora?"). Ele não mantém o foco no problema, que é a preocupação de Daria de que ele não permaneça fiel. Ele prefere se esquivar do tópico transformando-o em dinheiro e carência de Daria.

Táticas seguras que Marcus poderia usar: o melhor conselho possível para Marcus seria manter-se focalizado no problema em questão. A preocupação de Daria é real, e, enquanto ele realmente não lidar com isso, nunca será resolvida.

2. Em seguida à reação de seu namorado nesta situação, Daria cede. Ela pede desculpas por ter abordado o assunto. Afinal, essa era uma viagem que ele planejara antes de eles terem se conhecido. Ela se sente mal por ter sido tão insensata, carente e dependente.

A reação de Daria é
( ) Segura
( ) Insegura

Táticas inseguras que Daria usou:

_____

_____

Táticas seguras que Daria poderia usar:

_____

_____

**Resposta: insegura.** Qual é o problema com Daria? Ele está partindo em um cruzeiro para solteiros ao Brasil depois de seis meses de relacionamento com ela. Ela deveria expressar sem a menor dúvida a sua perplexidade. Mas, em vez de falar abertamente sobre sua preocupação, ela recua. Daria tem medo de que, por dizer o que pensa, o relacionamento possa terminar, de modo que tenta desfazer o dano pedindo desculpas por ter abordado o assunto. Ao fazer isso, Daria está concordando com um novo pacto tácito no relacionamento: que seus sentimentos e preocupações não são importantes.

Táticas seguras que Daria poderia usar: ela poderia comunicar efetivamente as suas necessidades; dizer a Marcus o que a preocupava e o quanto a viagem iminente a deixava ansiosa em relação ao futuro do relacionamento deles. A reação de Marcus a essa comunicação efetiva seria muito significativa. Se ele continuasse a menosprezá-la e a desvalorizar seus sentimentos, então Daria deveria se perguntar se ficar com alguém assim a interessaria em longo prazo.

3. Num percurso de carro, Ruth está dizendo para John o quanto está preocupada com as dificuldades da filha deles com Matemática. John assente durante toda a conversa, mas não fala muito. Depois de alguns minutos, Ruth explode: "Por que isso é um problema só meu? Ela é sua filha também, mas você parece não se importar. Você não está preocupado com ela?". John fica espantado com o ataque de Ruth. Depois de mais ou menos um minuto, ele diz: "Eu estou realmente exausto e dirigir está tomando toda a minha energia. Também estou muito preocupado com isso, mas eu mal consigo me concentrar na estrada agora".

A reação de John é
( ) Segura
( ) Insegura

Táticas inseguras que John usou:

_____

_____

Táticas seguras que John poderia usar:

_____

_____

**Resposta: seguro.** As pessoas seguras não são santas! Elas podem ficar cansadas e impacientes às vezes, e suas mentes se distraem como as de todo mundo. A questão é como eles reagem quando o conflito surge. Perceba como John não retalia ou age na defensiva quando Ruth o ataca. Ele mantém o foco no problema, responde de uma maneira direta ("Eu estou realmente exausto...") e mostra importar-se genuinamente com o bem-estar de sua mulher ao validar a preocupação dela ("Eu também estou muito preocupado com isso").

Táticas seguras que John poderia usar: John saiu-se realmente bem; ele evitou uma escalada desnecessária de discussões e acalmou sua parceira. Imagine se ele tivesse retrucado: "Mas que droga! Você não está vendo o quanto eu estou cansado? O que você quer, que eu bata o carro?". Por sorte, ele compreendeu que a acusação de sua mulher veio de uma preocupação real e não de uma crítica, e ele abordou o problema real, assegurando-a de que são parceiros no que se refere ao bem-estar da filha.

4. Steve, que vem saindo com Mia há algumas semanas, liga para ela numa tarde de sexta-feira e pergunta se ela gostaria de se encontrar com ele e seus amigos naquela noite, em um bar local. Steve quase sempre quer se encontrar com ela junto com os amigos, enquanto ela prefere sair só com ele. "Você realmente morre de medo de ficar sozinho comigo, não? Eu não mordo, sabe?", diz ela, meio de brincadeira. Depois de um silêncio, constrangedor, Steve responde: "Bom, me ligue depois se você quiser ir" e desliga.

A reação de Steve é
( ) Segura
( ) Insegura

Táticas inseguras que Steve usou:

_____

_____

Táticas seguras que Steve poderia usar:

_____

_____

A reação de Mia é
( ) Segura
( ) Insegura

Táticas inseguras que Mia usou:

_____

_____

Táticas seguras que Mia poderia usar:

_____

_____

**Resposta: Steve é inseguro.** Steve tenta evitar um confronto ou uma conversa íntima e recua em vez de seguir adiante. Ele não tenta descobrir o que está se passando pela cabeça de Mia: ele simplesmente desaparece.

Táticas seguras que ele poderia usar: para começo de conversa, parece que Steve não está realmente interessado em nada sério. Se fosse assim, ele provavelmente não escolheria trazer uma turma a cada encontro. Se, no entanto, ele de fato quer que o relacionamento dê certo, deve se concentrar no problema e perguntar a Mia o que ela quis dizer com sua afirmação. Certo, ela de fato pareceu um pouco cínica, mas se Steve fosse esperto (e seguro) ele não encararia isso pessoalmente. Ele tentaria saber o que estava na cabeça dela e como isso poderia ser usado para levar o relacionamento para um nível mais íntimo.

**Resposta: Mia é insegura.** Mas e quanto a Mia? A reação dela também foi insegura. Sua tentativa de comunicar efetivamente as suas necessidades pareceu demais com um ataque. Ela agora ficará se perguntando: "Será que ele ficou bravo comigo? Ele achou que eu o estava criticando?".

Táticas seguras que Mia poderia usar: ela poderia ter dito algo como: "sabe, eu preferia não estar com a turma o tempo todo, gosto de ficar sozinha com você; por que não planejamos algo só nós dois?" (efetivamente comunicando as suas necessidades). A reação de Steve teria revelado se ele é capaz de ouvir o que a parceira quer e se é capaz de atender às necessidades dela.

5. Sentados em um café na calçada, Emma percebe que seu namorado, Todd, fica olhando para as outras mulheres que passam.

"Eu realmente detesto quando você faz isso. É tão humilhante", diz ela. "Do que você está falando?", responde ele inocentemente. "Você sabe exatamente do que estou falando. Você fica olhando as outras". "Isso é ridículo! Para que lado você quer que eu olhe? E mesmo que eu esteja olhando, me mostre um só cara que não dê uma boa olhada para mulheres bonitas. Não quer dizer absolutamente nada".

A reação de Todd é
( ) Segura
( ) Insegura

Táticas inseguras que Todd usou:

_____

_____

Táticas seguras que Todd poderia usar:

_____

_____

A reação de Emma é
( ) Segura
( ) Insegura

Táticas inseguras que Emma usou:

_____

_____

Táticas seguras que Emma poderia usar:

_____

_____

**Resposta: Todd é inseguro.** Ele se esquiva da preocupação subjacente de Emma — sentir que não é atraente e desvalorizada quando ele olha outras mulheres. Em vez disso, ele reverte para o recuo, o contrário do envolvimento. A princípio, ele "não faz ideia" do que ela está falando e, depois, minimiza a importância do argumento dela dizendo que isso é simplesmente uma parte natural de ser homem. É a comunicação não efetiva do pior jeito possível. Nada se resolve. Ela continuará a ficar chateada com o comportamento dele, e ele se sentirá justificado e inteiramente certo quanto a continuar.

Táticas seguras que Todd poderia usar: a abordagem segura teria sido mostrar preocupação pelo bem-estar de Emma dizendo que ele não se dava conta do quanto isso a fazia sentir-se mal. Ele poderia tentar compreender o que realmente a incomodava quanto a esse comportamento e assegurá-la de que, de fato, a achava bonita (mantendo o foco no problema em questão). Todd poderia pedir para ela avisar quando ele estivesse repetindo esse padrão, para que pudesse tentar mudar o seu comportamento: "Desculpe, eu faço isso por hábito, mas percebo agora que é incômodo e desrespeitoso com você. Afinal, eu fico bravo quando outros homens olham para você, mesmo quando você nem se dá conta! Vou tentar ser mais respeitoso, mas se eu recair, quero que você me diga".

**Resposta: Emma é segura.** Emma comunica efetivamente as suas necessidades. Ela diz a Todd como a atitude dele a faz se sentir, de uma maneira direta, sem acusações (ou tão sem acusações quanto se possa esperar nessas circunstâncias).

Táticas seguras que Emma poderia usar: ela se saiu bem.

6. A irmã de Dan vem cuidar dos filhos dele e de Shannon para eles darem um passeio, sozinhos, de que há muito precisavam. Quando eles voltam, Shannon sobe direto para a cama, enquanto Dan conversa com a irmã. Depois, Dan entra no quarto furioso. "A minha irmã está nos fazendo um favor enorme ficando com as crianças, o mínimo que você podia fazer era dizer oi para ela!" Em resposta, Shannon diz: "Eu realmente nem disse oi? Estou tão cansada. Não foi minha intenção. Desculpe".

A reação de Shannon é
( ) Segura
( ) Insegura

Táticas inseguras que Shannon usou:

_____

_____

Táticas seguras que Shannon poderia usar:

_____

_____

**Resposta: segura.** Shannon evita muitos riscos inseguros. Ela evita generalizar o conflito. Não reage na defensiva nem recorre a contra-ataques. Não retalia olho por olho, dente por dente. Shannon mantém o foco no que está em questão e responde só a isso. Isso não quer dizer que a raiva de Dan irá desaparecer; de fato, o mais provável é que ele continue irritado. Mas Shannon conseguiu aparar as arestas da raiva dele e evitar a escalada. A resposta dela mostra que reagir de forma segura ao conflito não é nenhum bicho de sete cabeças; não requer fantásticas habilidades verbais ou psicológicas. Frequentemente isso pode vir como um simples, mas sincero, pedido de desculpas.

# Epílogo

Para nós, a mais importante mensagem para levar deste livro é que os relacionamentos não devem ser deixados ao acaso. Os relacionamentos são uma das experiências humanas mais recompensadoras, acima e além de outros dons que a vida tem para oferecer. De fato, uma pesquisa constatou que 73% de mais de 300 estudantes universitários que dela participaram estariam dispostos a sacrificar a maioria de suas metas na vida por um relacionamento romântico. Mas, apesar da importância que atribuímos a nossas ligações mais íntimas, a maioria de nós ainda sabe muito pouco sobre a ciência por trás dos relacionamentos românticos e se deixa levar com demasiada frequência por concepções equivocadas e mitos.

Mesmo nós dois, tendo estudado exaustivamente a ciência por trás do apego adulto, ocasionalmente nos vemos caindo de novo nos padrões familiares de pensamento quando ouvimos uma dada história de amor ou assistimos a um filme romântico que aperta todos os velhos botões. Recentemente vimos um filme popular, do tipo comédia romântica, que teve exatamente esse efeito. Um jovem se apaixona perdidamente por uma mulher bonita e inteligente. Ele fica consumido pelo desejo de passar o resto da vida com ela. Ela, por outro lado, está determinada a permanecer livre e desapegada — e diz isso a ele logo no começo. Durante a história, ela passa mensagens contraditórias; flerta e deixa que ele se envolva, o que permite que ele fique esperando um final feliz. Contudo, em uma reviravolta atípica para Hollywood, ela parte o coração dele. Ele, mais tarde, descobre que ela foi se casar com o homem dos seus sonhos e está vivendo feliz para sempre. (Bom, pelo menos até onde ele — e nós — sabemos, porque o filme termina aí.)

A nossa primeira reação, junto com o restante da plateia, foi a de se apaixonar pela mulher. Ela era forte, passional, independente — um verdadeiro espírito livre. E ela era honesta: ela o advertiu, antes, que não estava buscando um relacionamento sério. Com certeza não podíamos criticá-la por isso. Além disso, ele obviamente não era "o tal" para ela (afinal, nos contam, depois, que ela encontrou "o tal"). Durante boa parte do filme, nós também ficamos fascinados pela possibilidade romântica de que ela se abriria para ele e ele a ganharia. Embora o filme tenha começado com uma indicação de como ia terminar — dizendo que não era uma história de amor —, nós nunca paramos de desejar que as duas estrelas terminassem caminhando juntas ao pôr do sol.

Mas, pensando bem, rapidamente nos demos conta de que tínhamos nos iludido por todas as falácias possíveis sobre relacionamento. Mesmo nós, com nossa compreensão profissional da ciência por trás do comportamento romântico, voltamos as nossas velhas — e muito inúteis — crenças. Permitimos que concepções equívocas profundamente enraizadas influenciassem o nosso pensamento.

O primeiro equívoco é achar que todo mundo tem a mesma capacidade para a intimidade. Fomos criados para acreditar que toda pessoa pode se apaixonar profundamente (essa parte bem pode ser verdade) e que, quando isso acontece, ela se transformará em uma pessoa diferente (essa parte não!). Independentemente de como eram antes, quando as pessoas acham "o tal", elas supostamente se tornam parceiras amorosas, fiéis, apoiadoras — livre de temores quanto ao relacionamento. É tentador esquecer que, de fato, as pessoas têm diferentes capacidades para a intimidade. E, quando a necessidade de proximidade de uma pessoa se encontra com a necessidade de independência e distância de outra pessoa, a infelicidade é o resultado. Tendo conhecimento disso, vocês podem procurar um caminho melhor no mundo dos encontros e conhecer pessoas com necessidades de intimidade similares às próprias (se vocês ainda não estão ligados a alguém) ou atingir uma compreensão inteiramente nova de suas necessidades diferentes em um relacionamento já existente — o primeiro e necessário passo para uma direção mais segura.

O segundo equívoco de que fomos vítimas é que o casamento é o suprassumo e o fim supremo. As histórias românticas tendem a terminar nele, e ficamos todos tentados a acreditar que, quando alguém se casa, temos uma prova inequívoca do poder do amor de transformar; e acreditar que a decisão de se casar significa que eles estão, agora, prontos para a verdadeira proximidade e parceria emocional. Não gostamos de admitir que as pessoas possam entrar em um casamento sem ter essas metas na cabeça, gostamos menos ainda de imaginar que algumas pessoas nem têm capacidade de atingir metas. Queremos acreditar que, como ficamos esperando no filme, qualquer um pode mudar e tratar o seu cônjuge como realeza (especialmente se as duas pessoas estão profundamente apaixonadas).

Neste livro, todavia, mostramos que estilos de apego incompatíveis podem levar a muita infelicidade no casamento, mesmo para pessoas que se amam consideravelmente. Se você está em um relacionamento assim, não se sinta culpado por sentir-se incompleto ou insatisfeito. Afinal, com frequência, as suas necessidades mais básicas não são atendidas, e só o amor não é o bastante para fazer o relacionamento funcionar. Se você leu este livro e compreendeu de onde cada um de vocês vem, em termos de seus estilos de apego, você pode, agora, enfrentar esse problema de um ângulo completamente diferente.

O terceiro equívoco difícil de abandonar é que só nós mesmos somos responsáveis por nossas necessidades emocionais. Quando parceiros em potencial "leem os nossos direitos" (veja o capítulo 11), no começo de um relacionamento, nos dizendo que não estão prontos para um compromisso e, desse modo, renunciando à responsabilidade por nosso bem-estar, ou quando tomam decisões unilaterais em um relacionamento de longa data sem levar em conta as nossas necessidades, não hesitamos em aceitar esses termos. Essa lógica se tornou muito natural para as pessoas, e nossos amigos poderão dizer "eles avisaram antes que não queriam um compromisso" ou "eles sempre disseram quão firmes eram quanto a isso, de modo que a culpa só pode ser sua". Porém, quando estamos apaixonados e queremos continuar um relacionamento, tendemos a ignorar as mensagens contraditórias que estamos recebendo. Em vez de reconhecer que alguém que flagrantemente ignora as nossas emoções não será um bom parceiro, aceitamos essa atitude. De novo, precisamos constantemente lembrar a nós mesmos que: em um relacionamento verdadeiro, ambos os parceiros encaram como sua a responsabilidade de garantir o bem-estar do outro.

Assim que nos livramos dessas ilusões, o filme, como muitas situações na vida, assume um significado muito diferente. A trama se torna previsível e perde muito do seu apelo. Não é mais uma história mocinho-encontra-mocinha, mas uma história evitante-encontra-ansioso; ele tem uma necessidade de intimidade, e ela se esquiva disso. Estava escrito na parede desde o começo, mas o herói do filme não conseguia ver. Que a mulher que ele amava tenha se casado com algum outro não muda o fato de que ela era uma evitante, e nada prediz sobre a felicidade dela (ou a do marido) no casamento. É muito provável que ela tenha continuado com o mesmo comportamento e se distanciado de seu marido de muitas maneiras. Tanto quanto se pode saber, o herói deve ter se tornado o ex-fantasma dela.

O que aprendemos ao assistir ao filme é o quanto é difícil abandonar conceitos em que acreditamos durante toda a nossa vida — pouco importa quão pouco úteis tenham sido. E jogar fora essas ideias é um passo necessário; se agarrar a elas pode ser altamente destrutivo. Elas nos encorajam a comprometer nossa autoestima e felicidade ao ignorarmos nossas necessidades mais básicas e ao tentarmos ser alguém que não somos.

Nós acreditamos que todas as pessoas merecem vivenciar os benefícios de uma ligação segura. Quando nosso parceiro age como base segura e âncora emocional, nós adquirimos força e encorajamento para sair mundo afora e dar o máximo de nós mesmos. Ele está lá para nos ajudar a nos tornarmos a melhor pessoa que podemos ser.

Não perca de vista estes fatos:
- As suas necessidades de apego são legítimas.
- Você não deve se sentir mal por depender da pessoa da qual é mais próximo — é parte da sua constituição genética.
- Um relacionamento, por uma perspectiva do apego, deve fazer você se sentir mais confiante em si mesmo e lhe dar paz de espírito. Se não for assim, isso é um toque de alarme!
- E, acima de tudo, mantenha-se verdadeiro ao seu eu autêntico — fazer joguinhos só irá distanciá-lo de sua meta principal que é encontrar a verdadeira felicidade, seja com seu parceiro atual, seja com outra pessoa.

Nós esperamos que você use a sabedoria sobre relacionamentos exposta neste livro, resultado de mais de duas décadas de pesquisa, para encontrar a felicidade em suas conexões românticas e voar alto em todos os aspectos de sua vida. Se você seguir os princípios de apego que delineamos, estará dando a si mesmo a sua melhor chance de encontrar — e manter — um amor profundamente gratificante, em vez de deixar um dos aspectos mais importantes de sua vida ao acaso.

## Agradecimentos

Somos gratos a muitas pessoas por nos terem ajudado a escrever este livro. Primeiro e o mais importante, agradecemos a nossas famílias pelo apoio. Também gostaríamos de dizer um obrigado muito especial para Nancy Doherty, por seu excelente trabalho de edição e encorajamento infinito. Ela é uma pessoa realmente excepcional!

Somos gratos à nossa agente, Stephanie Kip-Rostan, por sua ajuda e por nos ter apresentado a Sara Carder, nossa editora na Tarcher, que "pegou" o livro quando ele não passava de um esboço. O *insight* e a visão de Sara foram inestimáveis. Agradecemos a toda a equipe da Tarcher pelo ótimo trabalho que fizeram. Além disso, gostaríamos de dar um obrigado especial a Eddie Sarfaty, Jezra Kaye, Jill Marsal, Giles Anderson e Smriti Rao. Obrigado a Ellen Landau e Lena Verdeli por seus comentários valiosos sobre partes do manuscrito. Muito obrigado para Tziporah Kassachkoff, Donald Chesnut, Robert Risko, David Sherman, Jesse Short, Guy Kettelhack, Alexander Levin, Arielle Eckstut, Christopher Gustafson, Oren Tatcher, Dave Shamir, Amnon Yekutieli, Christopher Bergland, Don Summa, Blanche Mackey, Leila Livingston, Michal Malachi Cohen, Adi Segal e Margaret e Michael Korda. Um agradecimento especial para

Dan Siegel, por suas palavras encorajadoras sobre o manuscrito e pelo retorno importante que deu.

Gostaríamos de agradecer aos voluntários que compartilharam suas experiências íntimas e pensamentos conosco. Também agradecemos àqueles que responderam a nossos questionários de Apego Adulto Aplicado e nos deram retorno sobre a versão beta. Todos, e cada um, nos ensinaram algo de útil.

Escrever este livro teria sido impossível sem o rico legado de pesquisa inovadora sobre o apego, pesquisa da qual nos valemos. Ficaremos eternamente em débito com os estudiosos que fizeram descobertas pioneiras nesse campo. Eles nos apresentaram uma maneira diferente — e engenhosa — de ver os relacionamentos.

*De Rachel:*
Eu agradeço a toda a equipe do Serviço de Psicologia Educacional de Modiin, onde trabalhei durante os últimos quatro anos. Seus conhecimentos, *insights* e sabedoria coletiva permitiram que eu me tornasse uma psicóloga melhor — tanto no processo terapêutico, quanto na identificação dos diagnósticos. Trabalhar nesse ambiente encorajador e rigoroso me permitiu continuar a aprender e a expandir meus horizontes diariamente.

Agradeço ao Shinui Institute for Family and Marriage Therapy por me apresentar a perspectiva dos sistemas na psicoterapia, encorajando-me a considerar e tratar sintomas no contexto mais amplo possível, levando em conta o impacto intenso de nossos relacionamentos íntimos em nossa vida. Também agradeço a Batya Krieger, minha primeira supervisora de terapia, por seu encorajamento e orientação.

Gostaria de dizer um obrigada especial para as pessoas que influenciaram o meu pensamento no começo de minha carreira, incluindo o Dr. Harvey Hornstein, não só um profissional e professor de destaque, mas também uma pessoa excepcionalmente generosa, e ao Dr. W. Warner Burke, por sua sabedoria e inspiração — ambos da Universidade de Columbia.

Expresso a minha gratidão aos meus pais: meu pai, Jonathan Frankel que, para a minha tristeza, não viveu para ver este projeto chegar à sua fruição, e minha mãe, Edith Rogovin Frankel, que me ajudou de várias maneiras. Também sou grata ao meu marido, Jonathan, por seu amor, apoio, amizade e sabedoria, e aos meus três filhos, que acrescentam profundidade e significado à minha vida todos os dias.

*De Amir:*

Tive a felicidade de encontrar um lar para meu pensamento nos últimos 12 anos no departamento de psiquiatria e neurociência da Universidade de Columbia, onde tive a oportunidade de trabalhar com clínicos e pesquisadores excelentes. Sou grato aos muitos professores, mentores e colegas que enriqueceram a minha vida e minha maneira de pensar. Eu, especificamente, agradeço àqueles que tiveram uma contínua influência em meu caminho profissional: Dr. Rivka Eiferman, da Universidade Hebraica de Jerusalém, que me ensinou sobre a atitude analítica e como evitar o julgamento ao ouvir os pacientes; o falecido Dr. Jacob Arlow, cujo trabalho ajudou a formar o núcleo do moderno pensamento analítico, e de quem, afortunadamente, aprendi a prática psicoterapêutica; a Dra. Lisa Mellman e o Dr. Ron Rieder, que foram fundamentais em auxiliar o meu desenvolvimento como clínico e como pesquisador; ao Dr. Daniel Schechter, diretor de pesquisa no Parent-Child Project, em Columbia, que me apresentou à terapia baseada no apego com crianças e pais, na clínica terapêutica infantil; a Dra. Abby Fyer, com quem aprendi muito em nossas conversas ao longo dos anos e que me ensinou como os sistemas de apego apresentam características de compostos opiáceos; a Dra. Clarice Kestenbaum, por me ensinar a como trabalhar com crianças e jovens adultos de uma maneira muito especial; e o Dr. David Schaffer, que tornou possível a minha carreira de pesquisador.

Eu também agradeço à Dra. Dolores Malaspina, que me ensinou os fundamentos da pesquisa epidemiológica e a importância das amostras de comunidade na medicina; ao Dr. Bill Byne, que discutiu comigo a literatura sobre não conformidade infantil ao gênero e me ensinou a como ler a literatura científica de uma maneira crítica; e aos Doutores Ann Dolinsky, David Leibow e Michael Liebowitz, pelos ensinos clínicos, conhecimentos e experiências que compartilharam comigo. Obrigado ao Dr. Rene Hen por seu apoio ao longo dos anos; ao Dr. Myron Hofer, cuja abordagem no estudo do desenvolvimento de modelos animais e nos efeitos do apego inicial no fenótipo adulto são exemplares. Eu valorizo sua confiança em meu trabalho e aprecio sua orientação.

Gostaria de expressar minha gratidão e admiração por meus atuais colaboradores, o Dr. Eric Kandel, a Dra. Denise Kandel, o Dr. Samuel Schacher e a Dra. Claudia Schmauss. Trabalhar com eles desafia o meu intelecto e pensamento da melhor maneira possível.

Agradecimentos especiais ao falecido Dr. Jimmy Schwartz, que me deu a primeira oportunidade de desenvolver pesquisa em neurociência; ao Dr. Herb Kleber, por sua política de portas abertas e discussões iluminadoras; à Dra. Francine Cournos, minha primeira supervisora de terapia de longo prazo, por todo o apoio que me deu ao longo dos anos; e a todos os amigos e colegas com os quais tive a sorte de trabalhar e de cuja sabedoria me beneficiei.

Agradeço ao National Institute of Health pelo contínuo apoio à minha pesquisa, que contribuiu para a escrita deste livro.

Eu gostaria de expressar gratidão especial à minha família. Tê-los como base segura me dá coragem para explorar o mundo. E, por fim, mas não menos importante, agradeço a todos os meus pacientes, crianças e adultos igualmente, por compartilhar suas lutas e esperanças, frustrações e sonhos. Fazer parte de suas vidas fez de mim uma pessoa melhor, mais rica.

# Bibliografia

Atkinson, L., A. Niccols, A. Paglia, J. Coolbear, K. C. H. Parker, L. Poulton, et al. "A Meta-Analysis of Time Between Maternal Sensitivity and Attachment Assessments: Implications for Internal Working Models in Infancy/Toddlerhood", *Journal of Social and Personal Relationships* 17 (2000): 791-810.

Baker, B., J. P. Szalai, M. Paquette e S. Tobe. "Marital Support, Spousal Contact, and the Course of Mild Hypertension", *Journal of Psychosomatic Research* 55, nº 3 (Setembro de 2003): 229-33.

Brassard, A., P. R. Shaver e Y. Lussier. "Attachment, Sexual Experience, and Sexual Pressure in Romantic Relationships: A Dyadic Approach", *Personal Relationships* 14 (2007): 475-94.

Brennan, K. A., C. L. Clark e P. R. Shaver. "Self-Report Measurement of Adult Romantic Attachment: An Integrative Overview", in J. A. Simpson e W. S. Rholes, eds., *Attachment Theory and Close Relationships*, Nova York: Guilford Press, 1988, 46-76.

Cassidy, J. e P. R. Shaver. *Handbook of Attachment: Theory, Research, and Clinical Applications,* Nova York: Guilford Press, 1999.

Ceglian, C. P. e S. Gardner. "Attachment Style: A Risk for Multiple Marriages?", *Journal of Divorce and Remarriage* 31 (1999): 125-39.

Coan, J. A., H. S. Schaefer e R. J. Davidson. "Lending a Hand: Social Regulation of the Neural Response to Threat", *Psychological Science* 17, nº 12 (2006): 1032-39.

Cohn, D. A., D. H. Silver, C. P. Cowan, P. A. Cowan e J. Pearson, "Working Models of Childhood Attachment and Couple Relationships", *Journal of Family Issues* 13 (1992): 432-49.

Collins, N. L. e S. J. Read, "Adult Attachment, Working Models, and Relationship Quality in Dating Couples", *Journal of Personality and Social Psychology* 58 (1990): 644-63.

Creasey, G. e M. Hesson-McInnis, "Affective Response, Cognitive Appraisals, and Conflict Tactics in Late Adolescent Romantic Relationships: Associations with Attachment Orientations", *Journal of Counseling Psychology* 48 (2001): 85-96.

_____, K. Kershaw e A. Boston. "Conflict Management with Friends and Romantic Partners: The Role of Attachment and Negative Mood Regulation Expectancies", *Journal of Youth and Adolescence* 28 (1999): 523-43.

Feeney, B. C. "A Secure Base: Responsive Support of Goal Strivings and Exploration in Adult Intimate Attachment Relationships", *Journal of Personality and Social Psychology* 87 (2004): 631-48.

_____ e R. L. Thrush. "Relationship Influences on Exploration in Adulthood: The Characteristics and Functions of a Secure Base", *Journal of Personality and Social Psychology* 98, nº 1 (2010): 57-76.

Fraley, R. C., P. M. Niedenthal, M. J. Marks, C. C. Brumbaugh e A. Vicary. "Adult Attachment and the Perception of Facial Expressions of Emotion: Probing the Hyperactivating Strategies Underlying Anxious Attachment". *Journal of Personality* 74 (2006): 1163-90.

_____, N. G. Waller e K. A. Brennan. "An Item Response Theory Analysis of Self-Report Measures of Adult Attachment", *Journal of Personality and Social Psychology* 78 (2000): 350-65.

George, C., N. Kaplan e M. Main. "Adult Attachment Interview Protocol." Manuscrito inédito. Universidade da Califórnia, Berkeley, 1984.

Gillath, O., S. A. Bunge, P. R. Shaver, C. Wendelken e M. Mikulincer. "Attachment-Style Differences in the Ability to Suppress Negative Thoughts: Exploring the Neural Correlates", *NeuroImage* 28 (2005): 835-47.

Gillath, O., E. Selcuk e P. R. Shaver. "Moving Toward a Secure Attachment Style: Can Repeated Security Priming Help?", *Social and Personality Psychology Compass* 2/4 (2008): 1651-66.

Gillath, O., P. R. Shaver, J. M. Baek e D. S. Chun. "Genetic Correlates of Adult Attachment Style", *Personality and Social Psychology Bulletin* 34 (2008): 1396-1405.

Gray, J. *Homens são de Marte, Mulheres são de Vênus*. Rio de Janeiro: Editora Rocco, 1997.

Hammersla, J. F. e L. Frease-McMahan. "University Students' Priorities: Life Goals vs. Relationships", *Sex Roles: A Journal of Research* 23 (1990): 1-2.

Hazan, C. e P. R. Shaver. "Romantic Love Conceptualized as an Attachment Process", *Journal of Personality and Social Psychology* 52 (1987): 511-24.

_____, D. Zeifman e K. Middleton. "Adult Romantic Attachment, Affection, and Sex", trabalho apresentado na 7ª Conferência Internacional sobre Relações Pessoais, Groninger, Holanda, julho de 1994.

Johnson, S. *Attachment Processes in Couple and Family Therapy*. Susan M. Johnson, Ed.D. e Valerie E. Whiffen, Ph.D., Eds. Nova York: Guilford Press, 2003.

Keelan, J. R., K. L. Dion e K. K. Dion. "Attachment Style and Heterosexual Relationships Among Young Adults: A Short--Term Panel Study", *Journal of Social and Personal Relationships* 11 (1994): 141-60.

Kirkpatrick, L. A. e K. E. Davis. "Attachment Style, Gender, and Relationship Stability: A Longitudinal Analysis", *Journal of Personality and Social Psychology* 66 (1994): 502-12.

Krakauer, J. *Na Natureza Selvagem*. São Paulo: Companhia das Letras, 1998.

Main, M. e J. Solomon. "Discovery of a New, Insecure/Disorganized/Disoriented Attachment Pattern", in T. B. Brazelton e M. Yogman, eds., *Affective Development in Infancy*, 95-124. Norwood, NJ: Ablex, 1986.

Mikulincer, M., V. Florian e G. Hirschberger. "The Dynamic Interplay of Global, Relationship-Specific, and Contextual Representations of Attachment Security", trabalho apresentado na reunião anual da Society for Personality and Social Psychology, Savannah, Ga., 2002.

_____ e G. S. Goodman. *Dynamics of Romantic Love: Attachment, Caregiving, and Sex.* Nova York: Guilford Press, 2006.

_____ e P. R. Shaver. *Attachment in Adulthood: Structure, Dynamics, and Change.* Nova York: Guilford Press, 2007.

Pietromonaco, P. R. e K. B. Carnelley. "Gender and Working Models of Attachment: Consequences for Perceptions of Self and Romantic Relationships", *Personal Relationships* 1 (1994): 63-82.

Rholes, W. S. e J. A. Simpson. *Adult Attachment: Theory, Research, and Clinical Implications.* Nova York: Guilford Press, 2004.

Schachner, D. A. e P. R. Shaver. "Attachment Style and Human Mate Poaching", *New Review of Social Psychology* 1 (2002): 122-29.

Shaver, P. R. e M. Mikulincer. "Attachment-Related Psychodynamics", *Attachment and Human Development* 4 (2000): 133-61.

Siegel, D. J. *The Developing Mind: How Relationships and the Brain Interact to Shape Who We Are.* Nova York: Guilford Press, 2001.

_____. *Mindsight: The New Science of Personal Transformation.* Nova York: Bantam, 2010.

_____. *Parenting from the Inside Out: How a Deeper Self-Understanding Can Help You Raise Children Who Thrive.* Nova York: Tarcher/Penguin, 2003.

Simpson, J. A. "Influence of Attachment Styles on Romantic Relationships", *Journal of Personality and Social Psychology* 59 (1990): 971-80.

Simpson, J. A., W. Ickes e T. Blackstone. "When the Head Protects the Heart: Emphatic Accuracy in Dating Relationships", *Journal of Personality and Social Psychology* 69: 629-41.

_____, W. S. Rholes, L. Campbell e C. L. Wilson. "Changes in Attachment Orientations Across the Transitions to Parenthood", *Journal of Experimental Social Psychology* 39 (2003): 317-31.

Strickland, B. B. *The Gale Encyclopedia of Psychology.* Michigan: Gale Group, 2007.

Watson, J. B. *Psychological Care of Infant and Child.* Nova York: W. W. Norton Company, Inc., 1928.

# Índice remissivo

## Sobre os autores

O Dr. Amir Levine, que cresceu em Israel e no Canadá, sempre foi fascinado por biologia e pelo cérebro. Sua mãe, uma editora conhecida no ramo da ciência, que valorizava a criatividade e a automotivação, permitia que ele ficasse em casa, em vez de ir à escola, sempre que quisesse, para estudar o que quer que fosse que o interessasse. Embora a sua liberdade, às vezes, o colocasse em encrencas, durante o Ensino Médio, ele escreveu a sua primeira grande obra, sobre aves de rapina na Bíblia e na Assíria e Babilônia antigas. Sua tese examinava a evolução do simbolismo de uma cultura de múltiplas divindades para uma cultura monoteísta. Depois do Ensino Médio, Levine serviu o exército israelense como assessor de imprensa. Trabalhou com jornalistas de prestígio como Thomas Friedman, Glenn Frankel e Ted Koppel, e recebeu uma citação por excelência.

Terminado seu serviço militar obrigatório, e tendo desenvolvido uma paixão por trabalhar com pessoas, bem como amor pela ciência, Levine entrou na faculdade de Medicina da Universidade Hebraica de Jerusalém, onde recebeu numerosos prêmios. Durante a faculdade, organizou reuniões de estudantes com o Dr. Eiferman, um psicanalista, para discutir como os médicos poderiam preservar sua sensibilidade às necessidades dos pacientes hospitalizados e lidar, ao mesmo tempo, com uma complexa hierarquia hospitalar. Ele ganhou o prêmio do corpo docente pela sua tese de graduação, "A sexualidade humana vista de uma perspectiva de não conformidade da infância ao gênero" que foi, mais tarde, adaptada para um seminário universitário.

O interesse de Levine pelo comportamento humano levou-o a uma residência em psiquiatria adulta no New York Presbyterian Hospital/Universidade de Columbia/New York State Psychiatric Institute, onde foi o primeiro da classe por três anos consecutivos. Ele recebeu vários prêmios, inclusive um American Psychoanalytic Fellowship, que lhe deu a rara oportunidade de trabalhar com um psicanalista de fama mundial, o falecido Jacob Arlow. Levine, então, especializou-se em psiquiatria de crianças e adolescentes. Ao trabalhar na clínica infantil de terapia com mães com síndrome de estresse pós-traumático e seus bebês, ele testemunhou o poder dos princípios do apego na vida cotidiana de adultos, tanto quanto na de crianças. Durante o último ano de sua bolsa de três anos, participou das pesquisas no laboratório do falecido James (Jimmy) Schwartz, um renomado neurocientista.

Atualmente, na Universidade de Columbia, Levine é diretor de pesquisa, junto com o vencedor do prêmio Nobel Dr. Eric Kandel e da renomada pesquisadora Dra. Denise Kandel, em projeto patrocinado pelo National Institutes of Health. Ele também mantém um consultório particular em Manhattan.

Levine é registrado como psiquiatra de adultos e membro da American Psychiatric Association, da American Academy of Child and Adolescent Psychiatry e da Society for Neuroscience.

Ele vive com sua família na cidade de Nova York e em Southampton, no estado de Nova York.